UT *metro*

Bill Moody
Moulin Rouge, Las Vegas

UT *metro* wird
herausgegeben von
Thomas Wörtche

Zu diesem Buch

Las Vegas, Mai 1955: Das Hotel Moulin Rouge wird mit einem rauschenden Fest eröffnet. Es ist das erste Hotel und Spielkasino in Las Vegas, das auch Schwarzen offen steht. Zum ersten Mal in der Geschichte von Las Vegas stehen Schwarze und Weiße auf der gleichen Bühne. Mit dabei ist auch der begabte junge Tenorsaxofonist Wardell Gray. Doch in der Nacht nach dieser symbolträchtigen Eröffnungsgala wird Gray tot in der Wüste aufgefunden. Obwohl die Gerüchte noch am Kochen sind, verfolgt die Polizei den Fall nicht weiter. Nur sechs Monate später schließt das bereits legendäre Moulin Rouge seine Tore für immer.

Evan Horne, der Jazzpianist, der nach der Verletzung seiner rechten Hand das Klavierspielen aufgeben musste, stößt fast vierzig Jahre später auf den mysteriösen Tod von Wardell Gray – und setzt alle Hebel in Bewegung, um das Geheimnis um Gray und um das Moulin Rouge zu lüften.

»Prickelndes Timing! Bill Moody ist selber Schlagzeuger und hat mit etlichen Jazzgrößen gespielt – wohl deshalb wirkt sein Krimi so überzeugend und trifft genau den richtigen Rhythmus.«
Beate Hinrichs, Deutsche Welle (über »Solo Hand«)

Der Autor

Bill Moody, geboren 1941, studierte Musik am berühmten Berklee College of Music in Boston und spielte mit Größen wie Jimmy Rushing, Junior Mance, Maynard Ferguson, Earl Hines und Lou Rawls. Nach einigen Jahren in Europa und Las Vegas zog Moody nach San Francisco, wo er heute als Musiker und Schriftsteller lebt. Weitere Romane mit Evan Horne sind im Unionsverlag in Vorbereitung.

Im Unionsverlag ist außerdem lieferbar: »Solo Hand«

Mehr über Buch und Autor im Anhang
oder auf *www.unionsverlag.ch*

Bill Moody

Moulin Rouge, Las Vegas

Aus dem Englischen von
Anke Caroline Burger

Unionsverlag

Die Originalausgabe erschien 1995
unter dem Titel *Death Of A Tenor Man*
bei Walker and Company, New York.

Deutsche Erstausgabe

Im Internet
Aktuelle Informationen
Dokumente, Materialien
www. unionsverlag.ch

Unionsverlag Taschenbuch 231

Rieterstrasse 18, CH-8027 Zürich
Telefon 0041-1-281 14 00, Fax 0041-1-281 14 40
mail@unionsverlag.ch

Umschlaggestaltung: Heinz Unternährer, Zürich
Umschlagfoto: Prisma/Westlight
Druck und Bindung: Clausen & Bosse, Leck
ISBN 3-293-20231-4

Die äußeren Zahlen geben die aktuelle Auflage
und deren Erscheinungsjahr an:
1 2 3 4 5 - 05 04 03 02

Für Helen Louise

Intro

Ich sehe mir alte Fotos in einem Buch über Jazzgeschichte an. Ein Geschenk, das mir jemand als gut gemeinte Geste verehrt hat, vermutlich um mir beim Überbrücken meiner Genesungszeit zu helfen. Der Bildband ist voll mit schwarzweißen Momentaufnahmen einer Ära, die nie wiederkommen wird. Auf diesem Foto sind die Zwillingstenorsaxofonisten zu sehen: Dexter Gordon und Wardell Gray. Aufgenommen in einem Club in Los Angeles Anfang der Fünfziger, wahrscheinlich dem Club Alabam oder dem Bird Basket. Central Avenue, wie sie leibte und lebte.

Auf diesem körnigen Bild hat der Fotograf Dexter in voller Fahrt eingefangen, sein massiger Körper blockiert die Sicht und ragt hoch über dem Mikrofon auf. Außer den Händen ist von dem Bassisten nichts zu sehen. Einige Schritte hinter ihm steht Wardell. Gordon hat die Augen geschlossen, die Schultern ein wenig hochgezogen, beide Hände umklammern das Instrument, als wolle er es erdrosseln. Sein Gesicht ist zur Grimasse verzogen, als könne er die Note, nach der er sucht, nicht aus dem Saxofon herausbekommen.

Der ultracoole Wardell hinter ihm hat sich den Hut auf den Hinterkopf geschoben. Sein schmaler Körper hängt in dem übergroßen Anzug. Wardell blickt stoisch vor sich hin. Doch bei näherem Hinsehen bemerke ich, dass sich sein bleistiftdünnes Oberlippenbärtchen leicht nach oben kräuselt, als wolle ein Lächeln durchbrechen. War es etwas, das Dexter gerade gespielt hat, oder amüsiert sich Wardell über Dex' Kampf mit dem einen Ton? Vielleicht denkt er auch darüber nach, was er als Nächstes spielen wird. Und was spielen sie gerade, als das Foto geschossen wurde? Einen Blues? Einen Standard? Vielleicht war es *The Chase*, ihr berühmtestes gemeinsames Stück, und Wardell wartet auf seinen Einsatz.

Wardell hat die Hände über dem Tenorsaxofon gefaltet, das an seinem Hals hängt. Zwischen den Fingern der linken Hand klemmt eine Zigarette, vor seinen Augen kringelt sich etwas Rauch.

Der Schlagzeuger beugt sich vor. Es muss wohl Roy Haynes sein. Die rechte Hand am Becken ist verwischt. Er hat die Augen aufgerissen, die Zähne blitzen weiß in dem dunklen Gesicht. Es ist kein Lächeln, eher ein Ausdruck der Euphorie. Der Pianist, der wie ein Jugendlicher wirkt, blickt Dexter erwartungsvoll an. Vielleicht um Zustimmung heischend? Beide Hände liegen fest auf den Tasten. Wer ist das? Al Haig? In der Bildunterschrift werden die Bandmitglieder nicht aufgeführt, nur das Datum – 1953.

Ich balle die rechte Hand zur Faust und werde ungewollt an den Gummiball erinnert, worauf mir allerdings sofort einfällt, dass ich ihn nicht mehr benutze. So, als ob einem jemand einfällt, der einem nahe stand und nun nicht mehr da ist, und mit dessen Abwesenheit man noch nicht abgeschlossen hat.

Wenn ich dreißig Jahre früher auf die Welt gekommen wäre, hätte ich der Pianist auf dem Foto sein können. Ich bin in Los Angeles aufgewachsen und war schon in jungen Jahren vom Jazz begeistert. Ob ich mich wie Art Pepper auf der Central Avenue herumgetrieben hätte? Was hätte es bedeutet, einen Auftritt wie diesen mitzuerleben? Wie wäre es wohl gewesen, Dexter Gordon und Wardell Gray zu kennen und mit ihnen zu spielen? Damals, als persönlicher Ausdruck alles war, damals vor dem Einzug von Synthesizer und E-Piano? Dexter oder Roy Haynes, das hätte klappen können. Doch unsere Wege haben sich nie gekreuzt. Dexter war bis vor wenigen Jahren noch am Leben, nach sechzehn Jahren in Europa, einer Oscar-Nominierung für seine Rolle in *Um Mitternacht* und unzähligen Schallplatten. Roy Haynes spielt immer noch, besser denn je.

Aber bei Wardell Gray war das unmöglich gewesen. Zwei Jahre bevor ich auf die Welt kam, war er schon nicht mehr da. Unter geheimnisvollen Umständen in der Wüste von Nevada tot aufgefunden.

Und ich? Ich spiele fast nie mehr Klavier.

1

»Hier ist es passiert«, sagt Ace Buffington. »Zumindest wurde die Leiche ungefähr hier gefunden.«

Eine halbe Stunde bin ich erst in Las Vegas und schon in Schweiß gebadet: Bei zweiundvierzig Grad Hitze gehe ich hier draußen ein wie eine Primel. Mitten auf einem verlassenen Grundstück neben einem Tankstellenshop. Die heiße Wüstenluft bläst mir ins Gesicht wie ein riesiger Föhn.

Ich halte meine kaputte Hand über die Augen. Ace steht einige Schritte entfernt und ist in dem grellen Licht nur ein großer, schwarzer Umriss. Ihm scheint die Hitze nichts auszumachen. Er ist im Tennisdress geradewegs vom Platz an den Flughafen gekommen.

»Woher weißt du das so genau?«, frage ich.

»Na ja, vollkommen sicher bin ich mir nicht«, gibt Ace zu. »Seit 1955 ist hier viel gebaut worden, aber das Moulin Rouge ist ganz in der Nähe. Es hätte auf jeden Fall gut hier passieren können.«

Eigentlich hatte ich mir vorgestellt, jetzt drinnen im klimatisierten Haus zu sein und ein kaltes Henry-Weinhard-Bier zu schlürfen oder mich in Aces Swimmingpool treiben zu lassen. Stattdessen stehe ich auf einem leeren Grundstück, von dem Ace annimmt, dass auf ihm ein praktisch vergessener Jazzmusiker namens Wardell Gray ermordet worden ist.

Es steht allerdings kein Gedenkstein hier, kein ausgeblichenes Schild mit der Aufschrift: »An dieser Stelle starb Wardell Gray, Mai 1955.« Erde, Sand und ein bisschen Gestrüpp. Ein Stück Wüste, übersät mit Fastfood-Verpackungen. Pappbecher, Flaschen sowie ein zurückgebliebener LKW-Reifen sind das Einzige, was es hier zu sehen gibt.

»Das war vor siebenunddreißig Jahren, Ace.«

»Ich weiß, ich weiß«, sagt Ace. Er kommt mit unvermindertem Enthusiasmus auf mich zu. »Aber genau hier könnte es passiert sein.« Er zeigt auf eine Stelle am Boden.

In seiner Stimme ist ein Anflug von Melancholie zu hören. Sogar ein wenig romantische Verklärung. Die legendären Figuren des Jazz faszinieren Ace, den begeisterten Jazzfan, Plattensammler und Hobbyhistoriker. Von Wardell sind nur seine nicht mehr erhältlichen Alben und einige Neuausgaben auf CD übrig geblieben. »Stell dir doch vor, Evan, genau hier hat es Wardell Gray erwischt.«

Ich schüttle den Kopf, höre den Verkehrslärm, der von der Schnellstraße hinter uns herüberkommt, und sehe den Autos auf dem Parkplatz des Ladens zu, der etwa zwanzig Meter weit weg ist.

»Ich versuchs ja, Ace.« Das Hemd klebt mir am Leibe, und ich merke, wie mir der Schweiß in die Augen tropft. »Gehen wir jetzt?«

»Na klar«, antwortet Ace. Er fühlt sich in der Hitze wohl, spielt bei jeder Temperatur Tennis und ist Anhänger der hier allgemein verbreiteten Meinung, dass es zwar heiß, die Hitze aber eine trockene Hitze sei.

Wir steigen wieder in seinen roten Jeep Cherokee. Sekunden später bläst mir die herrlich kalte Luft aus der Klimaanlage ins Gesicht. Ich werfe einen letzten Blick auf das verlassene Grundstück und frage mich, warum ich mich bloß habe breitschlagen lassen, im Juli nach Las Vegas zu kommen.

Das letzte Mal war ich während der Lonnie-Cole-Sache hier, als ich eine Unterredung mit dem Countrysänger Charlie Crisp im Frontier hatte – mein erster Auftritt als Detektiv. Die Sache ging eigentlich ganz gut aus, zumindest in finanzieller Hinsicht. Lonnie Cole sitzt immer noch hinter Gittern; Charlie Crisp hat es mir zu verdanken, dass er eine ordentliche Stange Geld gespart hat. Und jetzt will ich ausprobieren, ob ich wieder Klavier spielen kann. Das und Ace sind die zwei Gründe, warum ich in Las Vegas bin.

Ich beobachte Ace beim Autofahren. Beide Hände am Lenkrad, Schultern vorgebeugt; er ist so groß, dass er kaum in den Schalensitz passt. Sein Gesicht ist braun gebrannt, und auf der Stirn steht eine Andeutung von Schweiß. Ich versuche, ihn mir am Pult vor einem Hörsaal voller Erstsemester an der University of Nevada Las Vegas vorzustellen, wie er eine Vorlesung über Literatur hält. Ace sieht nicht im Geringsten wie ein Anglistikprofessor aus. Doch dort ist er Professor Charles Buffington.

Als wir an einer Ampel stehen, sieht er mich an, schlägt mir auf die Schulter und grinst breit. »Evan – wie schön, dich zu sehen.«

»Ich freu mich auch, Ace. Wie gehts der Rückhand?«

»Könnte nicht besser sein. Habe gerade drei Sätze mit einem Geschichtsprof gespielt, bevor ich zum Flughafen gekommen bin. Wie gehts *deiner* Hand?«

Wir werfen beide einen Blick auf meine Hand, während ich die Finger spreize. Abgesehen von zwei kleinen Narben ist nichts mehr zu sehen. Die Operation ist schon lange her, und ich schleppe den Gummiball nicht mehr mit mir herum, den ich sonst immer zur Fingergymnastik gedrückt habe.

Ich balle die Hand zur Faust. Mittlerweile verursacht das nur noch ein schwaches, schmerzhaftes Zucken. »Das wird sich ziemlich bald herausstellen«, erwidere ich.

Ace nickt und biegt auf die Schnellstraße ein. Die Skyline des Strip ist auf unserer Linken. Am Horizont erkenne ich die Spitze einer Pyramide.

»Das Luxor-Hotel«, sagt Ace, der meinen Blick bemerkt. »Es soll sogar noch eine Sphinx in Originalgröße davor gebaut werden.«

»Wie läufts an der Uni?«, frage ich.

»Ach, das Übliche. Wahlen am Fachbereich Anglistik, neuer Fachbereichsleiter, Professoren, die neidisch auf die Veröffentlichungen der anderen sind, und die National Collegiate Athletic Association ist immer noch hinter Jerry Tarkanian her. Nichts Neues also.«

Ein paar Kilometer weiter westlich biegt Ace in den Stadtteil Spring Valley ein, ein Las Vegas, das die meisten Touristen nie zu

Gesicht bekommen. Mit seinen Einkaufszentren, Supermärkten, Tankstellen, Fastfood-Ketten und enorm großen, flachen Häusern könnte es auch Phoenix, Scottsdale oder jede andere Stadt des Südwestens sein. Ace biegt von der belebten Spring Mountain Road ab und lenkt den Jeep durch ein Wohngebiet. Er biegt in die halbrunde Einfahrt vor dem Haus ein, in dem ich mich die nächsten Wochen über niederlassen werde.

Wir holen mein Gepäck aus dem Auto, und ich folge Ace auf einem langen Gehweg ums Haus herum, das im weitläufigen, einstöckigen Ranchhaus-Stil gebaut und von Bäumen und Büschen umgeben ist. Hinten gibt es eine abgeschlossene Einliegerwohnung, die ursprünglich für Janeys Mutter angebaut worden war – sämtliche Türen und Fenster sind mit schmiedeeisernen Gittern gesichert.

»Meine Idee war das nicht«, sagt Ace beim Türaufschließen, als er mein Stirnrunzeln bemerkt. »Janey hatte immer Angst vor Einbrechern. Ihre Mutter war noch schlimmer.«

Ich nicke schweigend. Der Tod eines geliebten Menschen ist immer schwierig zu verkraften, und für Ace ist es nach wie vor eine offene Wunde – keine sechs Monate, nachdem seine Frau schnell und entsetzlich vom Krebs dahingerafft wurde.

»So, da wären wir«, sagt Ace. »Du wirst dich hier sicherlich wohl fühlen und kannst kommen und gehen, wann du willst.« Die zwei Zimmer und Küche sind mit alten Möbeln aus dem Haus eingerichtet, aber Ace hat wirklich an alles gedacht. Es gibt einen kleinen Fernseher, eine Stereoanlage und einen Kühlschrank, der mit Henry-Weinhard-Bier, Aufschnitt und einem Pfund gutem Kaffee gefüllt ist. Ich bin richtig gerührt, als Ace mir die Schlüssel überreicht.

»Du weißt ja, dass im Haus ein Klavier steht. Du kannst jederzeit drauf spielen. Du hast hier deinen eigenen Telefonanschluss, also – fühl dich einfach wie zu Hause. Ich habe Janeys VW überholen lassen, damit du einen fahrbaren Untersatz hast.«

Wir treten hinaus auf die Terrasse, wo der Pool ist. »Als Erstes will ich da rein«, sage ich und blicke auf das reglose, blaue Wasser, das in der glühenden Sonne schimmert.

»Nur zu«, sagt Ace. »Ich muss noch ein paar Seminararbeiten korrigieren. Soll ich später ein paar Steaks auf den Grill werfen?«

»Hervorragende Idee.« Ein kurzes, betretenes Schweigen entsteht zwischen uns, als wir beide den Erinnerungen an Janey, meinen Unfall und eine lange Freundschaft nachhängen. »Ich danke dir für all das hier, und der Auftritt, das ist …«

»Ach, keine Ursache«, unterbricht mich Ace. »Vielleicht wirds dir ja gar keinen Spaß machen, in der Shopping-Mall aufzuspielen, und ich freu mich über jede Gesellschaft. Außerdem wirst du mir ja helfen.«

»Helfen? Bei was?«

»Beim Lösen des Mordfalls Wardell Gray.«

Von einem kurzen Bad erfrischt mache ich ein Bier auf und denke an Wardell Gray. Ich stecke eine der Kassetten, die Ace mir dagelassen hat, ins Kassettendeck, und plötzlich werde ich zurückversetzt in die Fünfziger. Wardell und Dexter Gordon, zwei der größten Tenorsaxofonisten der Jazzgeschichte, die in einem Stück mit dem passenden Titel *The Chase* gegeneinander antreten.

Der Titel war überall in den USA ein Musikbox-Hit. Die Platte machte Wardell und Dex zwar berühmt, aber nicht reich. Beide bekamen nur je hundert Dollar dafür. Dexter ging nach New York und dann weiter nach Europa, wo er sechzehn Jahre lang blieb. Als er zurückkam, ging seine Karriere erst richtig los. Er wurde vom amerikanischen Publikum wieder entdeckt. Wardell Gray hatte weniger Glück.

Nach Auftritten mit Count Basie und Benny Goodman wurde Gray als Mitglied der Benny Carter Band angeheuert und kam zur Eröffnung des Moulin Rouge, des ersten schwarzen Kasinohotels, nach Las Vegas. Er starb am zweiten Abend. Der Mord – der offiziell nicht als solcher bezeichnet wurde – wurde nie zufrieden stellend untersucht.

Ich kenne auch nur die Gerüchte und Mythen, die sich in der Jazzwelt um alle die ranken, die unerwartet aus dem Leben gerissen werden. Der bekanntermaßen heroinsüchtige Wardell wurde tot in der Wüste aufgefunden, anscheinend Opfer einer Überdosis. Viele Leute vermuteten, dass mehr hinter der Sache steckte. Aber damals fand die Polizei von Las Vegas nicht, dass der Tod eines schwarzen Junkie-Jazzmusikers einer Untersuchung wert war. Was heutzutage vermutlich nicht sehr viel anders wäre. Es gab Gerüchte, die sich um Grays Tod rankten, über die aber niemand reden wollte, weil sie nichts weiter als Gerüchte waren.

Ich entschließe mich zu einer Dusche und lege mich dann aufs Sofa, wo ich mich vom Summen der Klimaanlage in den Schlaf lullen lasse. Nach scheinbar nur wenigen Minuten klopft Ace an die gläserne Schiebetür. »Hey, Evan«, sagt er, »die Steaks sind fast fertig.«

»Bin sofort da.« Ich strecke mich, ziehe Shorts und T-Shirt über und geselle mich zu Ace, der gerade zwei T-Bone-Steaks vom Grill nimmt.

»Zu heiß hier draußen«, sagt Ace. »Lass uns reingehen.« Wir setzen uns mit den Steaks, großen Backofenkartoffeln und einem Salat an den Küchentisch. Die Steaks sind zart und saftig, mariniert in einer von Ace eigenhändig angemischten Sauce. Das Ganze spülen wir mit ein paar Bieren runter. Als wir die Teller zur Seite geschoben und den Kaffee aufgesetzt haben, erzählt Ace mir von seinem Plan, Recherchen über Wardell Gray und das Moulin Rouge zu betreiben, und warum er meine Hilfe dabei braucht.

»Ich will einen Artikel für eine populärwissenschaftliche Kulturzeitschrift schreiben«, erklärt Ace. »Im September ist eine Konferenz, bei der ich den Vortrag dazu halten will. Meine Kollegen schütteln den Kopf über das Thema, aber für meinen Ruf ist es gut und außerdem hundert Mal unterhaltsamer, als immer wieder die gleiche Literatur des neunzehnten Jahrhunderts durchzukauen.«

Ace hat bisher zwei Bücher veröffentlicht: Das eine ist eine Untersuchung über Charles Dickens, das andere vertritt die These, dass Herman Melville die Handlung von *Billy Budd* bei Nathaniel Hawthorne geklaut hat. Beide Bücher habe ich trotz redlicher Bemühungen nicht durchbekommen. Ich bin überzeugt, dass sie die Ergebnisse des Veröffentlichungsterrors sind, der in akademischen Kreisen herrscht.

»Geht der Artikel über Wardell?«

»Nicht ausschließlich«, sagt Ace, der sich langsam in Fahrt redet. Er schenkt zwei Tassen Kaffee ein. »Eine Menge Jazzmusiker sind viel zu früh gestorben. Clifford Brown und Bud Powells Bruder Richie starben bei einem Verkehrsunfall. Lee Morgan wurde im Slugs in New York erschossen, Albert Ayler wurde aus dem East River gefischt. Angeblich Selbstmord, allerdings waren seine Hände mit Handschellen gefesselt – hinterm Rücken. Wardell ist auch so ein Fall. Vermutlich war es eine Überdosis, alle scheinen sich da einig zu sein. Aber was hatte er in der Wüste zu suchen, und wie kam er da hin?«

Gute Frage. Ein Hotelzimmer oder eine dunkle Straße hinter dem Moulin Rouge wären wahrscheinlicher gewesen. »Und was soll ich dabei machen?«

Ace macht noch ein Bier auf. »Ein paar von den alten Musikern sind noch hier in der Gegend, aber mir werden sie kaum was erzählen, auf jeden Fall nicht gern. Mit dir, Evan Horne, einem Musikerkollegen, hätten sie hingegen sofort etwas gemeinsam. Es gibt noch eine andere Fährte, eine Tänzerin. Sie ist jetzt Immobilienmaklerin, war aber eine der Revuetänzerinnen im Moulin Rouge, als es eröffnet hat. Ich habe sie über einen Bekannten, einen Zeitungsjournalisten, aufgespürt, aber als ich ihr sagte, was ich vorhabe, wollte sie nicht mehr reden. Sehr merkwürdig.«

»Hat sie gesagt, warum?«

»Nein, nur, dass es ihr Leid täte, aber sie könne sich an nichts erinnern und wisse auch nichts über Wardell Gray. Das erscheint mir allerdings unmöglich.«

Ich nippe an meinem Kaffee und stecke mir trotz Aces gerunzelter Stirn eine Zigarette an. »Darf ich hier rauchen?« Ace zuckt nur mit den Achseln. »Ich weiß, ich weiß, wann höre ich endlich damit auf. Tja, klingt, als hättest du ein paar gute Anhaltspunkte, aber vielleicht gibts ja einfach nichts zu erzählen. Manche Leute lassen die Vergangenheit lieber auf sich beruhen.«

Ace schüttelt den Kopf. »Überzeugt mich nicht. Sie klang, als würde ich sie nach etwas fragen, was erst letzte Woche passiert ist. Es ist aber mehr als fünfunddreißig Jahre her. Vielleicht bilde ichs mir nur ein, aber ich könnte schwören, dass ich Angst in ihrer Stimme gehört habe. Es war ihr zumindest sehr unangenehm. Und, was meinst du dazu?«

Ich muss zugeben, dass es spannend klingt. Der Auftritt, wenn ich ihn denn durchziehe, wird nicht sehr viel Zeit in Anspruch nehmen. Und wenn ich Ace helfe, habe ich wenigstens etwas zu tun. Trotzdem meldet sich eine Stimme in meinem Kopf: Klingt ganz verdächtig nach Detektivarbeit, und einmal war genug. Beim Versuch, Lonnie Cole zu helfen, wurde ich niedergeschlagen, beinahe umgebracht und letztendlich betrogen. Eine andere Stimme sagt jedoch: Ganz ruhig, das hier ist Schnee von gestern, das kann doch unmöglich gefährlich sein. Manchmal ist die falsche Stimme überzeugender. »Was solls, warum nicht, ich sehe mir die Sache an.«

»Wunderbar«, sagt ein strahlender Ace. »Ich geb dir die Namen der Musiker. Sie sind meistens montagabends im Four Queens anzutreffen. Was Jazz anbelangt, ist Alan Grant nach wie vor die einzige Adresse. In der Uni-Bibliothek haben wir ein paar Zeitungsausschnitte über das Moulin Rouge im Handschriften- und Zeitungsarchiv. Da kann ich dich reinbringen.«

»Was ist mit der Tänzerin?«

»Ich hab ihre Nummer. Wie du mit ihr in Kontakt kommen willst, überlasse ich dir.« Ace lächelt. »Vielleicht haben wir ja Glück, und sie wird auf dich aufmerksam.«

Wer weiß, vielleicht wird sie das ja. Es wird mein erster Auftritt in einer Shopping-Mall sein. »Ach, übrigens, Ace.«

»Ja?«

»Wie soll der Artikel denn heißen?«

Er grinst, als hätte er darauf gewartet, dass ich ihn das frage.

»Moulin Rouge, Las Vegas.«

2

Brent Tyler hat blonde Kraushaare, trägt ein weißes Hemd, Krawatte und Hosenträger, die eine teure Anzugshose festhalten. Passend zum Handy in der Gesäßtasche hat er draußen auf dem Parkplatz vermutlich einen BMW stehen. In der Hand hält er ein Klemmbrett, weswegen er mir sofort unsympathisch ist.

Ganz in der Nähe des Strip und des Frontier-Hotels stehen wir im Erdgeschoss der Fashion Show Mall vor einem weißen Flügel – ein ganz schlechtes Zeichen. Eine Samtkordel trennt uns vom beständigen Strom der morgendlichen Einkäufer, die mit Tüten von Edelläden wie Neiman Marcus, Saks und Sharper Image vorbeilaufen.

Direkt gegenüber ist der Gastronomiebereich, eine Ansammlung von Fastfood-Verkaufsständen des gehobeneren Niveaus – von Gourmetkaffee und Muffins bis hin zu Backofenkartoffeln mit Nachosauce gibt es alles. Die Geschäftsführung des Konsumtempels hat beschlossen, dass Klaviermusik im Hintergrund beruhigend auf die Einkäufer wirkt, zum Verweilen einlädt und der Mall eine besondere Note verleiht. Sie ist außerdem Sponsor der Fachrichtung Musik an der UNLV und bezieht ihre meisten Pianisten von dort. Außer mir gibt es nur einen anderen, der kein Musikstudent ist. Ich habe meinen Job also Aces Connections an der Uni zu verdanken.

»Haben Sie Ihre eigenen Noten mitgebracht?«, fragt Brent Tyler. Er ist an die Studis gewöhnt, die mit einer ganzen Aktentasche voller Partituren hier erscheinen – Musical-Songs, Klassik, hin und wieder ein ganzes Konzert, wenn sie für einen Auftritt üben. Die meisten sehen das Engagement hier vermutlich als bezahltes Üben. Für mich wird es Fingergymnastik sein.

»Ich werd mir was ausdenken«, sage ich und lasse die Finger über die Tasten gleiten. Keine verklemmten Tasten, aber es würde mich wundern, wenn das Ding gestimmt ist. Ich hoffe, Brent bietet nicht an, es anzumalen. Als ich einmal einen Clubbesitzer auf mehrere Tasten hinwies, die verklemmt waren und keinerlei Töne von sich gaben, sagte der allen Ernstes: »Können Sie nicht was spielen, bei dem diese Noten nicht vorkommen?«

»Na schön«, sagt Tyler. Er wirft einen Blick auf meinen dunklen Anzug, mein weißes Hemd und die Krawatte mit dem Miles-Davis-Muster. »Haben Sie einen Frack?«

Ich nicke. Tyler und ich hatten uns in seinem Büro getroffen, wo ich den Vertrag unterschrieben habe, jetzt sind wir am Ende der Tour angelangt, auf der er bestanden hatte, damit ich einen Eindruck von den Örtlichkeiten bekomme, wie er es ausdrückte. Ich hatte ihm verraten, dass ich schon mal in einer Shopping-Mall gewesen war, aber Brent hatte darauf bestanden.

»Dann sind wir uns also einig. Die Musik beginnt um zwölf. Eine Schicht dauert zwei Stunden. Heute fangen Sie um vierzehn Uhr an und lösen Roger Baldwin ab«, sagt Tyler nach einem Blick auf sein Brett. »Es soll so klingen wie der Flügel, verstanden?«

»Süß also.«

»Mary Lou löst Sie ab.«

Erstaunlicherweise schaffe ich es, nicht mit den Augen zu rollen, während Tyler fortfährt. »Wenn sie zu spät oder gar nicht kommt, dann spielen Sie weiter, verstanden?« Ich nicke zustimmend.

»Na dann viel Glück«, sagt er und schenkt mir sein schönstes Lächeln. »Sie machen das erst mal vier Wochen, dann sehen wir weiter. Herzlich willkommen bei der Fashion Show.« Er gibt mir kurz die Hand, dann klingelt sein Telefon. Er holt es aus der Tasche, winkt mir zum Abschied zu und läuft durch das Einkaufszentrum, Handy am Ohr, ein Lächeln auf den Lippen, und winkt den Kunden freundlich zu. Was für ein Typ.

Ich setze mich an den Flügel und spiele versuchsweise ein paar Akkorde. Der Anschlag ist okay, das Ding ist erstaunlicherweise sogar gestimmt. Wegen der vielen Menschen ist der Klang gedämpft. Von der Imbissecke bin ich weit genug entfernt, sodass mich vermutlich niemand besonders gut hören wird. Das ist mir nur recht.

An den Tischen sitzen Verkäuferinnen, die Namensschildchen ihrer Läden angesteckt haben, bei der Mittagspause. Dazu erschöpfte Kundinnen und gelangweilte Ehemänner, die auf die Uhr sehen und sich fragen, wo ihre Frauen so lange bleiben.

Wenn sie in meine Richtung blicken, sehen sie eine Gestalt im dunklen Anzug, die an einem weißen Flügel sitzt, nichts weiter. Hin und wieder wird einmal eine Note den allgemeinen Geräuschpegel durchdringen. Es ist nichts als Hintergrundberieselung, musikalische Dekoration. Ich werfe einen Blick über die Schulter und lächle den Leuten auf der Rolltreppe zu, die aus dem Obergeschoss nach unten fahren.

Ich balle einige Male die Fäuste, atme tief durch und versuche es mit einigen Takten einer Ballade, von der ich nicht einmal mehr den Namen weiß. Ich muss mich konzentrieren und die Finger meiner rechten Hand dazu zwingen, die richtige Stellung einzunehmen. Der Gummiball, den ich lange zur Muskelkräftigung gedrückt habe, ist passé, aber die Beweglichkeit ist immer noch nicht wieder so, wie sie eigentlich sein müsste.

Vor dem Unfall konnte ich mühelos gleichzeitig dieses Lied spielen, eine Zigarette rauchen, einen trinken und mich unterhalten. Die Hand fühlt sich ganz gut an, aber es ist ja auch erst das erste Stück. Noch zwei Stunden, und ich weiß nicht, wie schnell meine Finger ermüden werden.

Ich gehe zum zweiten Chorus über und fange ein bisschen an zu improvisieren. Nichts Raffiniertes, nur ein paar einfache Läufe. Mein Kopf ist viel schneller als die Finger. Als ich zur Überleitung komme, stocke ich kurz. Ich habe die Akkorde nicht vergessen, aber die Finger spielen einfach eine Idee zu langsam. Ich blicke auf und sehe eine grauhaarige Frau im Jogginganzug, die mich ansieht und mit verträumtem Gesichtsausdruck im Takt nickt.

»Das ist schön«, sagt sie, die Einkaufstüte in der Hand. Ich lächle zurück, nicke zum Dank und vergesse beinah, wo ich im Song gerade bin.

Von Jazzclubs und Konzertbühnen bin ich sehr weit entfernt.

Als ich im College war, hatte ich mal einen VW-Käfer, aber es ist Jahre her, seit ich das letzte Mal einen gefahren habe. Der Wagen befindet sich in einwandfreiem Zustand. Janey Buffington ist garantiert nur zum Einkaufen oder kürzere Strecken in der Stadt damit gefahren. Sie und Ace haben eine Klimaanlage einbauen lassen, die aber kaum mehr tut, als die Haarföhnhitze eine Stufe runterzudämpfen. Ich lasse eins der Klappfenster offen, damit ein bisschen frische Luft hereinkommt.

Das Jackett habe ich ausgezogen und die Krawatte gelockert, als ich vom Parkplatz der Fashion Show ab und auf der Spring Mountain Road nach Westen fahre, über die Eisenbahngleise hinweg – nachdem ein langsamer Güterzug zehn Minuten lang den Verkehr aufgehalten hat – und weiter bis zum Decatur Boulevard, wo ich rechts abbiege. Ich habe den restlichen Nachmittag frei und kann es nicht lassen, einen Blick auf das Moulin Rouge zu werfen, den Schauplatz von Wardells letztem Auftritt.

Ich mache einen Bogen um Downtown und den Highway herum und fahre auf der Bonanza Road Richtung Osten. Auf dem Parkplatz eines Fabrikgebäudes gegenüber vom Spielkasino halte ich an und sehe zum ersten Mal das Moulin Rouge. Das große, rotweiße Gebäude sieht wie eine heruntergekommene, verlassene Ausgabe der Kasinohotels am Strip aus. Ace zufolge ist der Zustand innen noch schlimmer.

Das 1955 eröffnete Moulin Rouge wurde schnell zum allabendlich gut besuchten Treffpunkt der Stars. Ich versuche, mir die Eröffnungsgala vorzustellen. Ein gerammelt voller Parkplatz, Luxuslimousinen fahren vor und lassen Leute wie Frank Sinatra, Dean Martin und Sammy Davis jr. aussteigen. Auf der Bühne Benny

Carters Band, Revuetänzerinnen, Stars und der magere Wardell, der schmächtige Kerl am Tenorsax, der aufsteht, um sein Solo zu spielen. Der letzte Auftritt für Wardell. Der Traum von einem für alle Hautfarben zugänglichen Kasinohotel, der nach sechs Monaten ausgeträumt war. Von Ace habe ich gehört, dass derzeit Bemühungen im Gange sind, Geld aufzutreiben, um den Laden zu renovieren und es noch mal zu versuchen.

Und mir geht ständig nur die Frage durch den Kopf, was wohl mit Wardell Gray passiert sein mag.

Recherchen sind angesagt. Ich fahre zum Campus der Uni. Jetzt, während des Sommersemesters, ist viel los, aber dank Aces Parkerlaubnis als »Lehrkraft«, die von meinem Rückspiegel baumelt, finde ich trotzdem einen Parkplatz in der Nähe der Bibliothek.

Ich habe Ace schon ein paar Mal auf dem Campus besucht, kenne mich also ein wenig aus. Bis zur Bibliothek ist es nicht weit, aber sehr heiß. Studenten und Studentinnen laufen fast alle in Shorts und T-Shirts herum und haben Wasserflaschen oder riesige Getränkebecher vom 7-Eleven in der Hand. Da muss ich mir noch was abgucken.

Im Gebäude der Universitätsbibliothek gehe ich zum Aufzug und fahre in den dritten Stock. Handschriften- und Zeitungsarchiv, wie Ace es mir beschrieben hat. Ein blonder junger Mann, vermutlich ein älterer Student, wendet den Blick von seinem Computer ab, als ich hereinkomme. Ansonsten ist kein Mensch hier.

»Tag«, sagt er, als freue er sich über etwas Abwechslung. »Kann ich Ihnen behilflich sein?«

»Ich heiße Evan Horne«, sage ich. »Professor Buffington aus der Anglistik hat vielleicht bei Ihnen angerufen.«

»Ja, richtig«, sagt er und sieht auf einem Schreibblock nach. »Sie suchen nach Material über das Moulin Rouge.« Er schüttelt mir die Hand und überreicht mir einen Aktenordner. »Ted Rollings«, sagt er. »Ich habe alles zusammengesucht, was wir haben. Sie können es sich da drüben ansehen«, sagt er und zeigt auf eine Tischreihe.

»Wenn Sie etwas kopiert haben möchten, kann ich das für Sie erledigen.«

Während Rollings sich wieder dem Computer zuwendet, nehme ich Platz und blättere in den Zeitungsausschnitten, Reportagen und Fotos, die während seiner kurzen Geschichte über das Moulin Rouge erschienen sind.

Als ich mich durch den halben Stapel – eine Reihe von Artikeln über den Bau des Kasinohotels und seine Eröffnung – durchgearbeitet habe, stoße ich auf die erste Schlagzeile über den Tod des Saxofonisten.

> BEKANNTER JAZZSAXOFONIST WARDELL GRAY
> ERMORDET AUFGEFUNDEN
>
> Der Leichnam von Wardell Carl Gray, einem der führenden farbigen Jazzmusiker Amerikas, wurde gestern auf einem verlassenen Grundstück in Vegas Heights am Straßenrand gefunden. Nach Aussage des Hilfssheriffs sei der gut gekleidete Mann offensichtlich ermordet worden.

In dem Artikel wird weiterhin berichtet, dass ein Raubüberfall ausgeschlossen worden war, weil Gray Uhr, Brieftasche und Ring noch am Leibe trug. Nach Aussage eines anderen Musikers schuldete Gray jemandem in Los Angeles neunhundert Dollar. Untersuchungsbeamte mutmaßten, dass diese Person Gray nach Las Vegas gefolgt sein könnte, um das Geld einzutreiben.

Hätte jemand Gray für neunhundert Dollar ermordet? Heute passiert so was ständig wegen viel kleinerer Beträge. Wenn Gray mit Drogendealern zu tun hatte, dann war es auf jeden Fall möglich.

In einem anderen Artikel wird der Tänzer Theodore Haley, Künstlername Teddy Hale, Mitwirkender in der Moulin-Rouge-Show, als Verdächtiger genannt. Hales Aussagen zufolge hatte er sich nach der zweiten Vorstellung mit Gray getroffen, und beide hatten sich »zur Feier des Tages« zu einem Schuss Heroin in Hales

Wohnung begeben. Beide verloren das Bewusstsein. Als Hale wieder zu sich gekommen war, hatte er versucht, Gray wachzurütteln, doch der Saxofonist war aus dem Bett gefallen und mit dem Kopf auf dem Boden gelandet. Hale war in Panik geraten, weil er fürchtete, wegen Rauschgiftbesitzes angezeigt zu werden, und hatte Gray im Auto in die Wüste transportiert, wo er den Leichnam des Saxofonisten liegen ließ. Bei dieser Version blieb Hale sogar bei einem Lügendetektortest, den er offensichtlich bestand. Eine andere Schlagzeile lautet:

> TÄNZER IN TODESFALL DES SAXOFONISTEN ENTLASTET

Die Polizei kaufte Hale seine Version der Ereignisse anscheinend ab. Er beschrieb die Ereignisse, die zur Entdeckung von Grays Leichnam führten, in allen Einzelheiten. Die Polizei meldete, dass sie Spritzen und Löffel in Hales Wohnung gefunden habe, aber kein Heroin.

In einem weiteren Artikel vertritt der Deputy Coroner eine abweichende Theorie. Als ich die Schlagzeile sehe, durchfährt es mich eiskalt.

> JAZZMUSIKER MÖGLICHERWEISE NOCH LEBENDIG, ALS ER VON TÄNZER FÜR TOT ZURÜCKGELASSEN WURDE
> Die hiesige Polizei beschäftigt sich mit der Frage, ob der Jazzmusiker Wardell Gray möglicherweise noch am Leben war, als er am vergangenen Donnerstag auf ein verlassenes Grundstück in der Nähe einer abgelegenen Ranch gebracht wurde.

Der Untersuchungsbeamte erläuterte, dass eine hohe Dosis Heroin bisweilen einen komaartigen Zustand verursacht, der dem Tod stark ähnelt, weil Atem und Herzschlag kaum feststellbar sind.

Hale behauptete jedoch, dass er nach Herztönen gesucht und Gray sogar einen Spiegel vor Mund und Nase gehalten habe, um zu sehen, ob er noch atmete. Falls es keine neue Entwicklung in dem Fall gebe, werde keine Anklage wegen Mord oder Totschlag gegen Hale erhoben werden. Eine Anklage erfolgte ganz offensichtlich nicht. Hale wurde entlassen und musste sich später vermutlich nur wegen illegalen Rauschgiftbesitzes und rechtswidrigen Wegschaffens eines Toten verantworten.

Es gab noch einige Hintergrundartikel über Gray, in denen seine Freunde und Musikerkollegen zu Wort kamen. Damit verlief die Sache im Sand.

Wie die meisten anderen Musiker auch hatte ich die Geschichten über Grays Tod gehört, die mit jeder neuen Fassung weiter ausgeschmückt wurden, bis sie mythische Dimensionen annahmen. Gedruckt war mir allerdings noch nie etwas darüber zu Gesicht gekommen. Auch die Vermutung, dass Gray noch am Leben gewesen sein mochte, als Hale ihn in der Wüste ablud, war mir neu. Der Bericht des Coroners, in dem von Kopfwunden gesprochen wird, die von einem stumpfen Gegenstand stammen könnten, gibt mir ebenfalls zu denken. Stumpfer Gegenstand? Kopfwunden? Nur durch Grays Sturz aus dem Bett?

Alle anderen Artikel gebe ich Ted Rollings mit der Bitte, sie zu kopieren. »Ich bin sofort wieder da.«

Ich gehe ins Treppenhaus und zünde mir eine Zigarette an, während ich nachdenke. Haben Gray und Hale sich zerstritten? Hatte Hale Gray versehentlich umgebracht? Wenn man aus dem Bett fällt, hat man doch keine Kopfwunden von einem stumpfen Gegenstand, oder? Das klingt so unwahrscheinlich wie Chet Bakers angeblicher Selbstmord, bei dem er vom Balkon eines Hotels in Amsterdam sprang. Aus dem ersten Stock.

Vielleicht hatte es ja etwas mit dem Moulin Rouge zu tun. Las Vegas war damals ein anderes Pflaster als heute.

Als ich wieder hineingehe, wird Ted gerade mit den Kopien fertig und steckt sie in einen braunen Umschlag. »Sie können jederzeit wiederkommen«, sagt er.

»Vielen Dank für Ihre Bemühungen«, sage ich.

Mit dem nervenaufreibend langsamen Aufzug fahre ich wieder nach unten ins Erdgeschoss und gehe über den Campus zur Cafeteria, wo ich vor seinem Spätnachmittagsseminar mit Ace verabredet bin. Die Hitze ist gnadenlos, und ich beneide die Studenten um die Shorts.

Nach einigen Minuten erscheint auch Ace. Heute keine Tenniskleidung. Er trägt Sandalen, Khakihosen und ein Polohemd, und unter dem Arm hat er einen Stapel Bücher. Er begutachtet meine Krawatte und lächelt. »Pass nur auf, sonst wirst du noch für einen Prof gehalten«, sagt er und setzt sich, »oder, noch schlimmer, für einen Bürohengst aus der Verwaltung.«

»Wenn die alle so angezogen sind wie du, sicher nicht. Und wie läuft die Arbeit am jungen Menschen?«

Ace schüttelt angewidert den Kopf. »Die Studenten sind nicht das Problem. Der Idiot von neuem Dekan unseres Fachbereichs regt mich auf. Der Mann ist wild entschlossen, sich für alle Demütigungen zu rächen, die er meint, im Laufe der Jahre eingesteckt zu haben. Und zwar auf Kosten von einigen verdammt guten Programmen und Leuten.« Ace schüttelt mit einem bitteren Lächeln den Kopf. »Und wir lehren angeblich Geisteswissenschaften. Was für ein Witz.« Er trinkt einen langen Schluck und wirft einen Blick auf die Uhr. »Und wie ist es dir ergangen?«

»Mein Handgelenk tut weh, Brent Tyler ist ein Typ für sich, aber den Set habe ich gut durchgehalten.«

Ace nickt. »Warst du in der Bibliothek?«

Ich klopfe auf den Umschlag mit Kopien auf dem Tisch. »Ja, Rollings war sehr hilfsbereit.«

»Und?«

Es ist etwas schwierig, das Getöse der Studenten zu übertönen. »Ich glaube, du hast das richtige Gespür. Einigen Zeitungsartikeln zufolge sieht es so aus, als wäre Wardell nicht bloß aus dem Bett gefallen.«

»Ich habe einiges von dem Material gelesen«, sagt Ace mit aufleuchtenden Augen, »aber es interessiert mich mehr, was du aus den alten Musikern hier in der Stadt herausholen kannst. Ich habe ein paar Bücher über Jazzgeschichte, die du dir ansehen kannst. Viel geben sie allerdings nicht her. Ein paar Mal wird auch Wardells Zeit im Moulin Rouge erwähnt.«

Ich sehe Ace einen Augenblick lang an, bis er meinen Gesichtsausdruck bemerkt. »Ich weiß, ich weiß, das war vor fast vierzig Jahren, aber du musst zugeben, dass es verdammt spannend ist.«

Etwas Ungefährlicheres als die Vergangenheit kann man nicht untersuchen. Die Stimme in meinem Kopf meldet sich wieder. Nach der Lonnie-Cole-Sache ist mir die Vergangenheit gerade recht.

»Wie wärs, wenn wir heute Abend zusammen etwas essen gehen, das Wochenende über kannst du dich dann ausruhen. Das Four Queens könntest du dir am Montag ansehen. Alan Grant kann dir sicher ein paar Tipps geben.«

»Klingt gut«, antworte ich. »Ich will nach Hause, aus diesem Anzug raus und rein in deinen Pool.«

Ace steht auf. »Mal dir bloß aus, wie es hier vor der Erfindung der Klimaanlage war. Bis später.« Ich sehe ihm hinterher, wie er sich den Weg durch die Studentenmenge bahnt, und frage mich, wie man sich bei vierundvierzig Grad Hitze bloß auf die Literatur des neunzehnten Jahrhunderts konzentrieren kann.

Ich trinke aus und sehe mir noch einmal die Artikel an. Das meiste ist Hintergrundmaterial über den Bau und den Niedergang des Spielkasinos, als die Besitzer des drei Millionen Dollar teuren Etablissements Bankrott gingen. Schlechte Geschäftsführung, Geldprobleme, vielleicht sogar Druck von anderen Hotels werden als mögliche Gründe für die Schließung genannt.

Die Aussage von Bandleader Benny Carter, dass Gray einer der zuverlässigsten Musiker gewesen sei, die je für ihn gespielt hatten, ist bestenfalls mehrdeutig. Benny lebt noch und bläst mit vierundachtzig immer noch in seine Tröte. Ich frage mich, an wie viel er sich noch erinnert. Gray wurde laut Artikel durch einen anderen Musiker ersetzt. Wer war das? Lebt derjenige vielleicht noch? Eine weitere Fährte, die der Meisterdetektiv nicht unbeachtet lassen darf.

Widerstrebend verlasse ich die kühle Cafeteria und gehe zum Auto. Ich muss mich schwer zusammennehmen, nicht durch den Rasensprenger zu laufen, aber so was gehört sich für einen angeblichen Lehrkörper nicht.

3

Nachdem ich mich die ganze Nacht hin- und hergewälzt und über den Auftritt und darüber, ob ich mir einen neuen Gummiball anschaffen soll, nachgegrübelt und Musik gehört habe, schlafe ich am Samstagmorgen aus. Ich halte es für besser, Aces Angebot, auf seinem Klavier zu üben, auszuschlagen und mir meine Kräfte für die Fashion Show Mall und Brent Tyler aufzusparen. Wenn ich Tyler recht verstanden habe, wird er ein Auge auf mich haben.

Auch Cindy Fuller geht mir ständig durch den Kopf. Wir haben zwar nicht Schluss gemacht, aber irgendwie den Draht zueinander verloren, als die Lonnie-Cole-Sache vorbei war. Wir haben uns seltener gesehen, obwohl wir in Los Angeles im selben Mietshaus wohnen. Eine Zeit lang war es ganz schön intensiv gewesen, aber einer von uns – oder wir beide – kriegten es mit der Angst zu tun. Zumindest vorübergehend.

Wir sahen uns zwar noch hin und wieder zum Abendessen, aber es herrschte eine angespannte Atmosphäre, die nicht zu ignorieren war. Vielleicht wussten wir beide, dass wir eine gewisse Grenze überschritten hatten. Cindy wollte etwas Festes. Ich wusste nicht, was ich wollte. Aber jetzt, wo ich so viel Zeit habe, wäre es natürlich schön, sie hier zu haben.

Ich wähle ihre Nummer. Sie hat immer noch Sinatras *Come Fly With Me* auf dem Anrufbeantworter, aber sie geht nicht dran. Ich hinterlasse ihr eine kurze Nachricht mit meiner Nummer. Sie ist wahrscheinlich gerade in irgendeinem Flieger unterwegs. Ich hoffe, dass sie vielleicht wieder auf der Strecke nach Las Vegas eingesetzt wird.

Als ich in der Einfahrt nachsehe, ist Aces Jeep nicht da, also entscheide ich mich für ein Frühstück in einem Café in der Nähe. Es ist nicht weit, aber die Hitze ist jetzt schon wieder atemberaubend, und die Sonne knallt gnadenlos auf mich herunter. Vic's Coffee Shop sieht aus, als wäre er an Werktagen Treffpunkt von Bauarbeitern in der Frühstückspause. Heute sind nur wenige Tische besetzt. Ich nehme mir eine Zeitung aus dem Ständer, mache es mir in einer Sitzecke gemütlich und bestelle Rührei mit Schinken.

Das *Las Vegas Review-Journal* ist nicht gerade die *Los Angeles Times*. Dem ersten Eindruck nach besteht die Zeitung größtenteils aus Agenturmeldungen, rechtsgerichteten Kommentaren, aus anderen Zeitungen übernommenen Kolumnen und einem äußerst dünnen Feuilleton, das hauptsächlich Anzeigen für Kasinohotels und größere Artikel über Wayne Newton und Tom Jones enthält.

Das Essen ist gut und die Bedienung freundlich. Ich halte mich noch fast bis zwölf bei zwei Tassen Kaffee zu viel auf und mache mich dann auf den Heimweg. Immer noch kein Zeichen von Ace. Ich wähle die Nummer der Frau, die Tänzerin im Moulin Rouge gewesen sein soll, aber niemand geht dran. Noch nicht einmal ein Anrufbeantworter. Wie erfrischend.

Der Pool sieht unwiderstehlich aus. Ich brate ein wenig in der Sonne, schwimme und blättere dann in den Jazz-Nachschlagewerken, die Ace mir hingelegt hat. Die meisten handeln die Höhepunkte von Wardell Grays Karriere ab, verzeichnen Jahreszahlen und mit wem er zusammengespielt hat. Alles Dinge, die ich bereits weiß. Alle biografischen Abrisse enden jedoch schlicht und ergreifend mit: »Starb im Mai 1955 in Las Vegas.« Zwei Monate nach Charlie Parker. Beide waren gleich alt.

Ich bin überrascht, wie sehr mich das alles beschäftigt. Unbeantwortete Fragen mag ich nicht, und zu Wardell Grays Tod gibt es viele unbeantwortete Fragen. Wenn ich die richtigen Verbindungen hätte, könnte ich vielleicht einen Blick in die Polizeiakten werfen. Das lässt mich an Danny Cooper denken. Vielleicht kann er ja seinen Einfluss bei der Polizei von Las Vegas spielen lassen. Einen Versuch ist es wert.

Noch einmal ins Wasser springen und abkühlen. Als ich die Bücher zusammengesucht habe und hineingegangen bin, um Coop anzurufen, bin ich schon wieder trocken.

»Polizei Santa Monica. Sie wünschen?«, fragt eine freundliche Stimme.

»Morddezernat, bitte.«

»Einen Moment, bitte.«

Eine sehr viel weniger freundliche Stimme meldet sich.

»Hat Detective Cooper heute Dienst?«

»Ja. Name?«

»Evan Horne.«

»Augenblick.« Es klickt, dann geht Coop dran.

»Ich hoffe nur, du willst nichts von mir«, begrüßt mich Coop. »Ich habe schlechte Laune.«

»Welche Laus ist dir denn über die Leber gelaufen? Seit wann arbeitest du samstags?«

»Leck mich, Horne. Die Polizei, dein Freund und Helfer, sogar am Wochenende. Wo bist du, und was willst du?«

»Las Vegas, und nur ein paar Auskünfte.«

»Las Vegas?« Ich höre ein Geräusch, das nur von Coops Füßen stammen kann, die auf dem Boden landen. Er hatte wahrscheinlich in seiner Telefonhaltung dagesessen – Füße auf dem Tisch übereinander geschlagen, mit dem Stuhl nach hinten gekippt. »Was treibst du da?«

»Ein Auftritt. Nichts Aufregendes, nur Soloklavier in einem Nobelkaufhaus.« Ausnahmsweise reißt Coop keinen Witz. Dafür kennen wir uns schon zu lange. Er ist einer der Menschen, die wissen, was es für mich heißt, nicht mehr zu spielen.

»Und ich dachte, ich könnte dir für eine Weile aus dem Weg gehen«, sagt Coop. »Wie der Zufall es will, komme ich nächsten Donnerstag für ein Wochenende voller Dekadenz und Ausschweifungen nach Vegas.«

»Das ist alleine eher schwierig.«

»Danke, Horne, das brauchte ich jetzt. Ich tus aber nicht allein. Zu deiner Information ist meine Begleitung bei dieser Vergnügungsreise eine höchst attraktive junge Dame.«

»Wer ist die Glückliche?«

»Eine Blondine von der Verkehrspolizei. Ich versuche gerade, meinen enormen Einfluss geltend zu machen, damit sie befördert wird und keine Knöllchen mehr zu verteilen braucht.«

»Erspar mir die Einzelheiten.«

»Vom Wochenende völlig abgesehen hat sie die Beförderung verdient. Vielleicht kannst du als ehemaliger Dirigent großer Stars uns ja ein paar Eintrittskarten für Konzerte besorgen.«

»Klar. Wayne Newton arbeitet im Hilton. Dir gefällt so was doch, oder?«

»Wayne Newton ist richtig gut«, wehrt sich Coop. »Der Mann ist äußerst talentiert, eine echte Legende. Um was für Auskünfte gehts? Du spielst ja wohl nicht wieder Detektiv, hoffe ich.«

»Nur auf dem Papier. Ich mache für einen Freund ein paar Nachforschungen über den Tod eines Musikers.«

»Verdammt noch mal, Horne, du –«

»Immer mit der Ruhe. Die Sache ist 1955 passiert. Ich will nur die Polizeiakte sehen. Es ist für einen Artikel in einer akademischen Fachzeitschrift.«

»Wers glaubt, wird selig. Lass mich nachdenken.« Eine lange Pause entsteht, in der Coop sich entscheidet, ob er sich in die Sache hineinziehen lassen soll oder nicht. »Ich kenne einen Typ vom Morddezernat in Vegas. Vor ein paar Jahren habe ich mit ihm zusammengearbeitet. Vielleicht kann er behilflich sein, aber ich hab mit Vegas nichts zu tun, und nur für den Fall, dass dir das bisher entgangen sein sollte: Die Polizei hält nicht viel davon, sich von Zivilisten in die Karten gucken zu lassen. Von Musikern schon gar nicht.«

»Sag ihm, dass er dann vielleicht eine eigene Fußnote in dem Artikel bekommt.«

»Da wird er sicher ganz begeistert sein. Wenn der Fall nicht abgeschlossen ist, kannst dus vergessen. Weißt du genau, dass es Mord war?«

»Nein, das ist nur so ein Gerücht in Jazzkreisen. Es gab allerdings einige merkwürdige Umstände bei der Sache.«

»Zum Beispiel?«

»Es geht um Wardell Gray. Er war heroinsüchtig und starb angeblich, als er bei einer Drogenparty aus dem Bett fiel. Aber in der Zeitung stand, dass er Kopfwunden von einem stumpfen Gegenstand hatte, wie ihr von der Polizei das so schön nennt.«

Coop schnaubt. »Wenn der Typ Musiker war, dann glaub ich dir sofort, dass es merkwürdige Umstände gab. Wann soll das gewesen sein?«

»Mai 1955.«

»Das hört sich an, als wäre es sogar für dich sicher genug. Na gut, ich ruf den Typ an, aber mach dir nicht zu viele Hoffnungen. In der Zwischenzeit bringst du uns bei Wayne Newton rein.«

»Ich werds versuchen. Soll ich euch abholen?«

»Auf gar keinen Fall. Die blonde Politesse und ich werden mit der Hotel-Limousine fahren, wie es sich für einen Mann meines Standes gehört.«

»Mach, was du willst. Ruf mich an, wenn ihr da seid.« Ich gebe ihm meine Nummer und verspreche noch einmal, mich um Wayne Newton zu bemühen. »Danke, Coop.«

»Noch hab ich nichts getan.«

Als ich anfange, mich am Pool und in der Wohnung zu langweilen, beschließe ich, mich trotz der Hitze in der Stadt umzusehen. Als ich am Freitag im Auto Radio hörte, hatte ich einen Jazzsender gefunden. Ich fahre mit dem VW in Richtung UNLV und kurble am Knopf, bis Coltrane zu hören ist, gefolgt von DJ-Ansagen, Jingle und Sendernamen. Die lässige, schläfrige Stimme nennt sich »The Breeze«.

»Ihr hört KUNV Las Vegas, eure Jazz-Connection in Südnevada, wo meine Wenigkeit über den Äther herrscht. The Breeze, der euch frischen Sound um die Ohren bläst. Ruft mich an, die

Nummer ist 895-5555. Weiter mit den coolen Klängen von Miles Davis.«

Als Miles' gedämpfte Trompete aus dem Autoradio ertönt, fange ich an, mich nach einer Telefonzelle umzusehen. Direkt hinter dem Strip fahre ich bei einer Tankstelle vor und rufe beim Sender an.

»KUNV, Jazzline. Du sprichst mit The Breeze.«

»Ja, ich bin gerade mit dem Auto unterwegs und habe durch Zufall Ihre Sendung erwischt. Wie wärs mit was von Wardell Gray?«

»Mein Jazzfreund, spitze, ein Anrufer mit echten Kenntnissen. Wir haben jede Menge Wardell. Irgendwas Besonderes?«

»Wie wärs mit *Twisted*?« Es ist das erstbeste Stück, das mir einfällt, und ich erinnere mich an Annie Ross' Text, den sie für Wardells Solo geschrieben hat.

»Ultracool, Mann. Das haben wir auf jeden Fall. Hör in zehn Minuten ungefähr wieder hin.«

»Danke. Wissen Sie was, ich bin ganz in der Nähe. Könnte ich vielleicht mal kurz bei Ihrem Sender vorbeischauen? Ich bin Musiker.«

»Kannst du kurz dranbleiben?«

»Klar.« Ich sehe dem Verkehr zu, der sich vom Strip her staut, und bin dankbar, dass ich drinnen bin und nicht in einer Telefonzelle zu schwitzen brauche. Nach einigen Minuten geht The Breeze wieder dran.

»Tschuldigung, Mann. Ein Typ wollte wissen, warum ich keine Bigbands spiele. Ich hab ihm gesagt, dass Glen Miller bei einem Flugzeugabsturz umgekommen ist. Wie heißt du? Kenne ich dich?«

»Evan Horne, Klavier. Ehemals bei Lonnie Cole.«

»Lonnie Cole? Von dem haben wir, glaub ich, auch was. Na gut, komm vorbei. Bis um drei bin ich hier. UNLV, Studentenschaftsgebäude, zweiter Stock.«

»Danke. Bis bald.«

»Ciao.«

The Breeze hängt auf. Ein Pseudo-Hipster? Kein Mensch redet so. Auch nicht, wenn er Jazzradio macht. Als ich den Maryland Parkway erreicht habe, höre ich mich selbst einen Blues hinter Lonnie Cole herunternudeln. Eins der ersten Stücke, nachdem ich bei ihm eingestiegen war. Kein schlechtes Gefühl, sich selbst bei zwei durchaus respektablen Chorussen zuzuhören, bevor Lonnie wieder mit dem Gesang einsetzt. Der Nachteil an der Sache ist, dass ich weiß, dass ich früher wirklich so gespielt habe. The Breeze hält Wort und lässt Wardell Gray mit *Twisted* folgen.

Weil Samstag ist, ist der Campus nicht sehr belebt, also finde ich problemlos einen Parkplatz am Studentenschaftsgebäude. Ich bleibe im Auto sitzen und höre zu, bis Wardell zu Ende gespielt hat. In der Cafeteria sind nur wenige Tische besetzt.

Ich fahre mit dem Aufzug in den zweiten Stock. Als die Türen aufgehen, schlägt mir Musik entgegen – Stan Getz in voller Fahrt. Ich folge dem Sound um die Ecke, wo jemand am Türrahmen des Studios lehnt, der nur The Breeze sein kann. Weder die im Mundwinkel hängende Zigarette noch die Basecap der Las Vegas Jazz Society, die er auf den Hinterkopf geschoben hat, wollen so recht zu Anzughosen, Slippern, Oberhemd und Krawatte passen. Er wirkt außerdem älter, als seine Stimme vermuten ließ.

»Horne?«

»Ja, danke fürs Spielen.«

Er streckt mir die Hand entgegen und drückt seine Zigarette in einem überfließenden Aschenbecher aus. »Kein Problem, alter Jazzfreund. Komm rein. Wird Zeit, dass ich was Neues auflege.« Ich folge ihm in das winzige Aufnahmestudio. Überall liegen CDs und Schallplatten herum. The Breeze zeigt auf einen Stuhl und setzt sich vor dem Mikrofon ans Mischpult. Links zwei Plattenteller, auf denen sich die Platten bereits drehen; rechts sind zwei CD-Spieler übereinander gestapelt. Als Getz und seine Band zum Ende kommen, hält er die Sekundenanzeige auf dem oberen CD-Spieler im Auge. Er drückt einen Knopf am Regiepult, und aus den Studiolautsprechern dringt Bill Evans. »Cool«, sagt The Breeze nur.

Es gibt kaum einen Jazzpianisten, der Bill Evans nicht als Einfluss nennt, und ich bin da keine Ausnahme. Chick Corea, Keith Jarrett und Herbie Hancock auch nicht. Es waren Evans' Anschlag, sein Sound, sein Ausdruck gewesen, die mich fürs Klavierspielen begeistert hatten.

The Breeze wirbelt auf dem Drehstuhl herum und dreht den Regler auf Konversationslautstärke herunter. »Einer der ganz Großen«, sagt er, »aber das war Wardell auch.« Er nimmt eine Schallplattenhülle in die Hand. »Vielleicht schaffen sie es ja, das auf CD neu rauszubringen.« Er reicht mir die Hülle herüber. Ich werfe einen Blick auf die Begleitmusiker: Al Haig, Klavier; Tommy Potter, Bass; Roy Haynes am Schlagzeug.

»Ja, gute Besetzung. Haben Sie sonst noch was von Wardell da?«

»Hinten haben wir noch 'n paar LPs.« Ich bin immer noch nicht über den Widerspruch zwischen dem Aussehen von The Breeze und seiner DJ-Persönlichkeit hinweg.

»Wie kommts, dass du dich so für Wardell Gray interessierst?«

Ich erzähle ihm von den Nachforschungen, die ich für Ace betreibe. Er lächelt und schnipst mit den Fingern. »Jetzt erinnere ich mich. Du bist der Mensch, der Lonnie Cole zu Fall gebracht hat. Irgendwelche Plattenbetrügereien, Erpressung oder so was. Ja, ich hab davon gelesen. Und, wirst du den Mord an Wardell aufklären?«

Angesichts Lonnie Coles Bekanntheitsgrad hatte die Jazzpresse viel über die Sache gebracht und auch meinen Namen häufig erwähnt. Ich zucke die Achseln. »Wir wissen ja noch nicht einmal, ob es Mord war.«

The Breeze schüttelt nur den Kopf. »Glaubs mir, Mann, den hat die Mafia kaltgemacht. Die war hier in den Fünfzigern überall. War nicht wie heute, wo alles von Großunternehmen betrieben wird. Bei den Konzerten haben sie heutzutage nicht mal mehr Livemusiker, Mann. Alles Konserve.«

»Warum glauben Sie, dass es die Mafia war?«

The Breeze wirft einen Blick auf den CD-Spieler. »Kannst du 'ne Minute warten? Ich muss mal wieder auf Sendung gehen.« Er wirbelt herum, setzt Kopfhörer auf und zieht das Mikrofon zu sich heran. Als die Musik aufhört, drückt er einen anderen Knopf auf dem Pult.

»Das war Bill Evans mit Scott LaFaro am Bass und Paul Motian am Schlagzeug auf 91 FM, mit dem Miles-Davis-Stück *Israel*. Gleich gehts weiter mit swingenden Sounds; erst mal ein paar kurze Infos.« The Breeze betätigt einen Knopf, mit dem das Band mit Durchsagen in Gang gesetzt wird, dann spricht er wieder ins Mikro.

»Und jetzt gehts weiter mit echter Musik, einer hübschen Ballade von meinem Freund Dexter Gordon.« Er schaltet das Mikrofon aus, als Dexter den Auftakt zu *Darn That Dream* spielt. The Breeze wechselt die CD im Player gegen eine andere aus, überprüft alles und wendet sich dann wieder mir zu.

»Wie ich schon sagte, Mann, Wardell haben sie kaltgemacht. Zähl doch eins und eins zusammen. Ein junger, gut aussehender Kerl wie Wardell, der zusammen mit Benny Carter herkommt, um sein Tenorsax bei der Eröffnung eines neuen Kasinos zu blasen. Es wimmelt nur so von berühmten Leuten, jede Menge Mädels. Eins davon steht auf Wardell, nur leider das falsche. Wie sich rausstellt, wars die Tussi von einem der schweren Jungs. Ein Schwarzer, der eine von ihren Weibern anmacht, das geht natürlich nicht. Sie wissen, dass er ein Junkie ist, also nichts leichter, als ihm dreckigen Stoff unterzujubeln, und schon geht er hops. Ab in die Wüste mit Wardell. Die Mafia hat die Polente in der Tasche, und Wardell ist nichts weiter als ein farbiger Musiker. Das hier ist Redneck-Country, Mann. Wars damals, und heute ist es nicht viel anders. Zum Kotzen, Mann, echt zum Kotzen.«

Abgesehen von The Breezes Ausschmückungen habe ich diese Geschichte schon x-mal gehört. Nicht uninteressant, vielleicht sogar möglich, aber reine Spekulation. The Breeze lächelt, als hätte er meine Gedanken gelesen. »Was solls, so könnte es auf jeden Fall passiert sein, stimmts?«

»Schon möglich«, sage ich. »Kann ich mal die anderen Sachen von Gray sehen?«

»Na klar. Komm mit.« Er führt mich um die Ecke zu einem kleinen Raum, in dem die Jazz-Sammlung untergebracht ist, Schallplatten und CDs vom Boden bis zur Decke, alphabetisch geordnet. »Sieh dich um, Mann. Ich bin im Studio.«

Ich sehe auf den ersten Blick, dass der Sender wohl bestückt ist. Ich finde eine ganze Reihe von Wardells frühen Scheiben, die aus den Zeiten stammen, als die Plattenhüllen noch ausführliche Biografien der Musiker brachten und die Texte darauf von Leuten wie Nat Hentoff und Leonard Feather und Ira Gitler geschrieben wurden. Doch auch hier finde ich nicht mehr als das, was ich bereits weiß. Ich stelle die Platten zurück und gehe wieder ins Studio.

The Breeze hängt wieder vor der Studiotür herum. Wir rauchen eine zusammen, reden über Musik und verstehen uns prächtig. Er wirft einen Blick auf die Uhr. »Wird Zeit, dass ich mich fertig mache, Mann. Meine Ablösung ist bald da.«

»War nett, sich mit Ihnen zu unterhalten«, sage ich.

»Ganz meinerseits, Mann.« Er zieht seine Brieftasche hervor und holt eine Visitenkarte heraus. »Ruf mich doch mal an.«

Ich lese die Karte und muss zwei Mal hingucken. Jetzt erklärt sich zumindest der Aufzug. Auf der Karte steht:

JONATHAN COUNTS, RECHTSANWALT
FACHANWALT FÜR URHEBERRECHT

Ich hebe den Blick und merke, wie The Breeze mich angrinst. »Ertappt, Mann.« The Breeze zeigt mit dem Finger auf mich. »Ja, das hier ist mein Wochenendauftritt, so halte ich mich fit fürs Justizsystem. In dem ich mich übrigens auch sehr gut auskenne.«

»Das glaub ich Ihnen sofort, Jon.«

»Übrigens – eine Sache noch«, sagt The Breeze und lässt seine Hipster-Masche völlig fallen. »Haben Sie dran gedacht, einen Blick in die Polizeiakte zu Wardells Tod zu werfen?«

»Ja, das habe ich.«

»Strengen Sie sich nicht zu sehr an. Ich habs versucht.«

»Und?«

»Es gibt keine Akte über Wardell Gray.«

4

Für eine Stadt, die für ihre Livekonzerte berühmt ist und behauptet, die Welthauptstadt der Unterhaltung zu sein, hat Las Vegas erstaunlich wenig zu bieten. Die Musik für die Shows in den großen Hotels am Strip kommt vom Band. Die Liveorchester wurden durch Musik ersetzt, die von heute arbeitslosen Musikern aufgenommen wurde.

Die große Mehrheit der anderen Hotels, die Starauftritte bringen – bekannte Sänger und Komiker –, haben ihre Hausbands auf eine Rumpfbesetzung reduziert oder vollständig abgeschafft. In den Empfangshallen der Hotels spielen Bands ohne längere Verträge mit immer weniger Musikern. In der Jazzszene sieht es ebenfalls nicht rosig aus. Ein paar Kneipen versuchen es ein paar Wochen oder Monate lang mit Jazz, wollen aber nichts in Werbung oder anständige Bezahlung investieren und geben dann den Musikern die Schuld, wenn der Zuspruch nicht groß genug ist. Und sehr bald wird in den Kneipen wieder etwas anderes gespielt.

Trotz der relativ vielen Bigband-Musiker, die sich hier niedergelassen haben, als sie der Musikerbusse und des harten Lebens auf Tournee überdrüssig wurden, gibt es in der Jazzszene nur eine einzige Institution – Alan Grants *Monday Night Jazz* im Four Queens in Downtown.

Grant war DJ bei WABC in New York gewesen, bis es ihn Anfang der Achtziger hierher verschlug. Eigentlich wollte er nur eine Eisdiele aufmachen. Dann aber bot sich ihm die Gelegenheit, Jazz im Four Queens zu präsentieren. Er willigte ein, es vier Wochen lang zu versuchen, aber nur am Montagabend. Das war vor über zehn Jahren. Grant wusste, dass Montag der Reisetag von Musikern ist, und rechnete sich aus, dass er genügend von ihnen auf dem Weg von und nach Los Angeles abfangen konnte, um einmal in der Woche ganz große Namen zu bieten.

Grant, der Größen wie George Benson, die Thad Jones/Mel

Lewis Bigband und Grammy-Preisträger Joe Henderson entdeckt hat, hat im Four Queens nur einen einzigen Montag ausfallen lassen, und das auch nur, weil er in Sydney war, um einen Preis des australischen Radios in Empfang zu nehmen. Die Four-Queens-Konzerte werden alle aufgezeichnet und von einhundertvierzig öffentlichen Radiosendern in den USA und im Ausland übertragen. Wenn irgendjemand über Wardell Gray Bescheid weiß, dann Alan Grant.

Ich komme gegen Ende des ersten Sets im Four Queens an. Heute Abend spielt der Trompeter Art Farmer mit einer Rhythmusgruppe. Im Kasino wimmelt es von Spielern, die vermutlich keine Ahnung haben, wer Art Farmer ist, und denen es auch schnurz ist, dass gerade einer der besten Jazzmusiker der Welt spielt.

Die Luft rund um die Lounge ist erfüllt vom Klingeln der einarmigen Banditen und der Münzen, die in Fächer prasseln. Im French Quarter selbst haben sich die Getreuen versammelt. An der Theke stehen im dicht gedrängten Pulk Musiker, eingefleischte Fans und überraschte Touristen, die ihre Gutscheinheftchen und Becher mit Vierteldollarmünzen umklammert halten und nicht glauben können, in Las Vegas Jazz zu hören. Andere sind einfach dageblieben, um herauszufinden, was sich da abspielt.

Ich weiß, dass in dem Gedränge an der Theke auch Musiker sind, sehe aber keine bekannten Gesichter. Ich suche im Publikum nach Grant und erblicke ihn hinten in einer Sitzecke, wo er im Rhythmus zu Art Farmers eleganten Melodielinien mit dem Kopf nickt. Ich beneide den Pianisten, der ihm Akkorde vorlegt. Bassist und Schlagzeuger kommen mir beide bekannt vor, aber ich weiß nicht, woher.

Alan Grant hat sich im Laufe der Jahre zu einer echten Legende entwickelt. Als er noch in New York beim WABC war, öffnete er einer Reihe von Musikern ganz wortwörtlich die Tür zu Plattenfirmen wie Blue Note oder Impulse, stellte sie wichtigen Leuten bei den Labels vor und besorgte ihnen Plattenverträge. Eine ganze Reihe von Musikern schuldet Grant den Einstieg in ihre Karriere.

Ich bin ihm zwar schon einige Mal vorgestellt worden, weiß aber nicht, ob er sich noch an mich erinnert. Als ich ihn ansehe, erwidert er meinen Blick mit einem Woher-kenn-ich-den-bloß-Gesichtsausdruck. Er hat graue Haare und eine dicke Brille, wirkt aber nicht annähernd wie die siebzig Jahre oder mehr, die er mittlerweile alt sein muss.

Ich winke ihm zu, hole mir an der Theke etwas zu trinken und warte, bis Farmer seinen Set beendet. Als der letzte Ton erklungen ist, steigt Grant auf die Bühne, um den Trompeter und die Band noch einmal vorzustellen, auf kommende Konzerte hinzuweisen und allen fürs Kommen zu danken. Der Applaus für Farmer und Grant ist echt.

Grant fühlt sich ganz offensichtlich im Rampenlicht äußerst wohl und grinst ins Publikum. »In der Welt, in der wir heute leben, ist Jazz wahrscheinlich das Einzige, was noch Sinn ergibt, also kommen Sie wieder, unterstützen Sie die Livemusik. Danke fürs Kommen. In ungefähr einer Stunde fängt der nächste Set an.« Das Licht geht an, und die voll gestopfte Lounge beginnt sich zu leeren, während Grant noch ein paar Minuten auf der Bühne stehen bleibt und mit den Musikern plaudert.

Ich gehe nach hinten zu seiner Sitzecke und will mich gerade vorstellen, als er mir zuvorkommt.

»Evan Horne«, sagt Grant, während er auf mich zugeht. »Klavier bei Lonnie Cole, ein Soloalbum, aber dann kam etwas dazwischen.« Er schüttelt mir die Hand und sieht sie dann an. »Richtig. Autounfall.« Er lässt sich auf die Sitzbank fallen und sieht zu mir hoch, als hätte er mich schon aufgefordert, ebenfalls Platz zu nehmen. »Und, was sagen Sie jetzt?«

Ich bin sprachlos. Lang genug, um ihn zum Lachen zu bringen. »Nein, so gut ist mein Gedächtnis doch nicht mehr. Ihr Freund von der UNLV hat mich angerufen. Ace Buffington? Und so soll ein Englischprofessor heißen? Setzen Sie sich, und ich erzähl Ihnen alles, was ich über den Tod von Wardell Gray weiß.«

Ich rutsche in die Sitzecke und warte einige Minuten, während Grant mit einigen der vorbeikommenden Zuschauer scherzt. Er gibt einer Kellnerin ein Zeichen und bestellt uns etwas zu trinken. Schließlich wendet er sich wieder mir zu. »Gar nichts«, sagt er. »Das ist alles, was ich über Wardells Tod weiß.«

Er zuckt die Achseln. »Dass er ein Junkie war, ist ja nun hinlänglich bekannt. Vermutlich ist es genau so passiert, wie es in der Zeitung stand. Überdosis. Eine Schande, er war ein großes Talent. Ich war damals noch nicht hier. Ich habe zu der Zeit bei einem Sender in Florida gearbeitet, als einziger weißer Plattenaufleger eines schwarzen Senders.«

Als eine gepflegte, sehr attraktive Frau, vermutlich Ende fünfzig, auf uns zukommt, blicken wir beide auf. Sie zögert, wirft mir einen kurzen Blick zu, spricht dann aber Grant an. »Art hat wunderbar gespielt.«

»Danke«, sagt Grant, »kommen Sie nächste Woche wieder. Wir haben Miles zu bieten.«

Die Augen der Frau weiten sich. »Aber Miles Davis ist doch …«

»Miles Schwartz, ein großer Klarinettist.« Grant boxt mir in die Schulter. »Auf die Nummer fällt jeder rein.« Er sieht wieder die Frau an. »Hab sie immer noch nicht gesehen.«

Die Frau schüttelt langsam den Kopf, macht ein resigniertes Gesicht und verlässt dann die Lounge.

»Um was ging es da gerade?«

Grant holt eine riesige Zigarre heraus, die er erst mit dem dritten Streichholz anbekommt. »Sie ist jeden Montagabend hier. Ihre Tochter ist angeblich Sängerin. Himmel, Sängerin sind sie doch alle, und alle wollen sie hier auftreten. Sie ist verschwunden, und ihre Mutter hofft, dass sie hier auftaucht.«

»Und ist sie?«

»Woher zum Teufel soll ich das wissen? Jetzt weiß ich auch wieder, woher wir uns kennen. Das Benefizkonzert für Woody Herman in der Hollywood Bowl.«

»Stimmt genau. Ihr Gedächtnis ist besser, als Sie meinen.« Es ist schwierig, ihn zurück zum Thema zu bringen. Seine Gedanken scheinen ständig abzuschweifen. Ich versuchs nochmal. «Lebt irgendjemand noch, der etwas über Wardell wissen könnte? Vielleicht ein Musiker? «

Grant pafft seine Import und hüllt uns in eine Rauchwolke ein. »Da muss ich nachdenken.« Er trommelt mit den Fingern auf die Tischplatte, dann durchbohrt er die Luft mit seiner Zigarre. »Einen Bassisten gibts, Elgin ›Pappy‹ Dean. Jeder nennt ihn Pappy. Spielt nicht mehr oft. Der ist fast so alt wie ich und war damals schon hier. Meine Güte, das war anno 1955.«

»Ich weiß, ich weiß. Und wo kann man diesen Dean ausfindig machen?«

Grant sieht sich in der Lounge um. »Da, das ist er, der da an der Theke steht. Der mit dem Panamahut.«

Ich folge Grants Blick. Elgin Dean ist ein sehr massiger, sehr dunkler Schwarzer mit weißem Bart, der sich angeregt mit Art Farmers Bassisten unterhält. Mit seinem beigen Anzug, weißem Hemd und Schlips ist er der am besten angezogene Mann in der Lounge. Außer Art Farmer.

»Na schön«, sage ich zu Grant. »Ich werds bei ihm versuchen. Danke für den Drink.«

»Gern geschehen. Sehen Sie sich den nächsten Set an.«

Ich gehe zur Theke. Dort ist es wesentlich ruhiger geworden, auch wenn sich schon wieder eine Schlange für den nächsten Auftritt bildet. Ich warte ein paar Minuten, bis sich der Bassist verabschiedet, und stelle mich dann Dean vor.

»Elgin Dean? Ich heiße Evan Horne.« Ich strecke ihm die Hand hin, die Dean mehr instinktiv als aus Höflichkeit schüttelt. »Alan meinte, Sie könnten mir vielleicht behilflich sein.«

Dean wirft schnell einen Blick in Richtung von Grants Sitzecke, dann sieht er mit leicht misstrauischem Blick wieder mich an. »Ach ja?«

Ich lasse mein Recherche-Sprüchlein so schnell wie möglich vom Stapel. »Sind Sie etwa 'n Reporter?«, will Dean wissen.

Den Ton kenne ich. Musiker, ich selbst eingeschlossen, haben eine natürliche Abneigung gegen Journalisten. Die Medienfritzen wissen oft nicht, mit wem sie es zu tun haben, haben meist keine Ahnung von Musik und stellen blöde Fragen. »Nein, Pianist. Ich helfe nur einem Freund von der UNLV.«

Dean hält mir sein leeres Glas entgegen. »Mit wem haben Sie gespielt?«

»Ein paar Jahre lang mit Lonnie Cole.« Ich gebe dem Barmann ein Zeichen für ein Bier und sehe Dean fragend an. »Scotch?«

»Kognak. Sind Sie auf dem Livealbum drauf?«

»Das bin ich.« Der Barmann bringt unsere Getränke. Ich biete Dean eine Zigarette an. Er nimmt eine, steckt sie an und mustert mich eingehend mit Augen, die schon alles im Leben gesehen haben. »Und, was wollen Sie wissen, was ein alter Bassklampfer wie ich zu sagen hätte? Nennen Sie mich Pappy.«

»Gut, Pappy. Wardell Gray. Mein Freund schreibt einen Artikel über ihn. Alan meinte, Sie waren hier, als er starb.«

»Meine Herrn, Wardell.« Pappy wirft den Kopf in den Nacken und lacht. »Ich hab seit Jahren nicht mehr an ihn gedacht.« Er schüttelt den Kopf. »Dieser rappeldürre, kleine Fixer, der konnte spielen.« Er macht eine Pause, sieht in sein Glas und kippt sich dann die Hälfte des Kognaks hinter die Binde. »Stimmt, ich war damals hier. War mit einer Truppe aus Oklahoma hergekommen. Dann bin ich geblieben, hatte hier und da 'n paar Gigs. Wenn sie in den Hotels am Strip mal das ein oder andere schwarze Gesicht brauchten, wenn Lena Horne oder Sammy Davis da waren, dann hab ich sogar dort mal gespielt. Sie wissen ja, wie das läuft.« Er wartet meine Antwort nicht ab. »Na ja, das ist ja heute alles nicht mehr wahr, und Wardell auch nicht mehr. Kommen Sie, wir gehn ’n bisschen nach draußen.«

Ich bestelle Dean noch einen Kognak, und wir schlendern hinüber in einen weniger belebten Teil des Kasinos, wo wir uns vor einer langen Reihe von Spielautomaten auf Barhocker setzen. Er sucht in seiner Tasche nach einem Quarter, wirft ihn in den Automaten und zieht an einem Griff. Nicht mal eine Kirsche. Er zuckt die Achseln. »Ich spiel am liebsten Keno.«

»Sind Sie je im Moulin Rouge aufgetreten, nachdem Benny Carter nicht mehr da war?«

Dean lächelt mich zum ersten Mal an. »Sie haben Ihre Hausaufgaben gemacht, was? Ja, ein paar Mal. Die West Side war damals schwer in Ordnung, nicht diese Gangs und die ganzen Probleme heute. Die jungen Kerls sind doch total durchgedreht heutzutage. Ich hab in ’nem Sextett gespielt, paar Auftritte, nicht Großes.«

»Und Wardell?«

»An dem Abend hab ich gearbeitet, allerdings nicht im Rouge. In ’ner kleinen Bar, die Jazz brachte. Habs erst am nächsten Tag erfahren. Wir waren alle geschockt, Mann. Nicht wegen der Drogen, sondern weil der Junge tot war. Tot in der Wüste.« Dean schüttelt traurig den Kopf. »Wardell hatte es in sich, Mann, und wie. Kennen Sie die Sachen, die er mit Dexter eingespielt hat? Wardell hätte noch ganz groß rauskommen können.«

»Was glauben Sie, was passiert ist? Die Zeitungen meinten, dass er bei dem Tänzer Teddy Hale zu Hause aus dem Bett gefallen ist und sich dabei das Genick gebrochen hat.«

Darüber kann Dean nur lachen. »Gut möglich, dass er bei Teddy war, aber diesen Scheiß von wegen aus dem Bett gefallen, das hab ich noch nie geglaubt. Was behaupten die Zeitungen sonst noch?«

»Kopfwunden, möglicherweise von einem stumpfen Gegenstand«, antworte ich.

Dean nickt zustimmend. »Ja, das hört sich an, als obs stimmen könnte. Ein Rohr oder eine Knarre zum Beispiel. Vielleicht haben sie Teddy ja was gezahlt. Nichts leichter, als es so aussehen zu lassen, als hätte Wardell sich den goldenen Schuss gesetzt.«

»Aber wer?«

»Was glauben Sie wohl, wer, Mann? Noch nie *Der Pate* gesehn? Die hattn hier alle Fäden in der Hand, Mann.« Dean sieht um sich, als ob uns jemand belauschen könnte. Ich rufe mir mal wieder ins Gedächtnis, dass wir über einen siebenunddreißig Jahre alten Fall reden, der offensichtlich noch nicht mal ein Fall ist.

»Ich kannte ein paar von den Jungs aus der Band«, fährt Pappy fort. »Die meinten, Wardell hätte einer Frau schöne Augen gemacht, die mit dem Rouge zu tun hatte oder da getanzt hat. Und wenn die zu einem von den Paten gehört hat, dann ...« Dean verstummt, spreizt die Hände und lächelt.

Vielleicht war ja mehr dran als nur ein Gerücht. »Aber was ist mit der Polizei? Es muss doch eine Untersuchung gegeben haben.«

Dean sieht mich verständnislos an. »Wissen Sie, wie es damals hier war? Rednecks, Baby, nichts als Rednecks. Sammy, Lena, die durften noch nicht mal in den Hotels wohnen, in denen sie aufgetreten sind. Sammy ist im Sands in den Pool gesprungen, am nächsten Tag haben sie das Wasser abgelassen. Da musste erst ein Calypso-Heini wie Harry Belafonte kommen, bis sie uns an die Blackjacktische rangelassen haben.«

Dean atmet tief durch und seufzt trotz Geklingel der einarmigen Banditen um uns herum hörbar. »Für die Polizei war Wardell ein toter Nigger in der Wüste, nichts weiter. Gar nichts hat die untersucht.«

»Das wars dann also, was. Man kann nichts beweisen.«

Er zeigt mit dem Finger auf mich. »Eine Chance gibts. Finden Sie die Frau, dann kriegen Sie vielleicht was raus. An Ihrer Stelle wär ich allerdings vorsichtig.«

»Warum?«

»Von den Paten gibts hier immer noch 'ne Menge.«

5

Die »Paten«, von denen Pappy Dean gesprochen hat, gehen mir immer noch durch den Kopf, als ich den Auftakt zum letzten Stück meines ersten Sets für heute in der Fashion Show Mall spiele. Brent Tyler ebenfalls. Ich sehe ihn auf mich zukommen, Telefon am Ohr, mit der anderen Hand gestikulierend. Muss sich um eine Kaufhauskatastrophe größeren Ausmaßes handeln. Es wird kaum Zufall sein, dass ihn sein Gang durch das Einkaufszentrum genau um vierzehn Uhr fünfundvierzig hier vorbeiführt. Er will sehen, ob ich meine Pausen auch nicht zu früh nehme. Tyler hat die Zügel fest in der Hand.

Ein Pianist, den ich aus Los Angeles kannte, sah sich einmal mit einer ähnlichen Situation konfrontiert, als der Clubbesitzer auf einem pünktlichen Zeitplan bestand – vierzig Minuten auf der Bühne, zwanzig Minuten Pause. Bei einem Liveauftritt zieht sich die Musik manchmal hin, die Solos dauern länger, oder jemand hat gegen Ende eines Sets einen Wunsch. Und die Pausen ziehen sich manchmal genauso hin. Die Zuhörer wollen mit einem reden, jemand will einem was zu trinken spendieren. Dem Clubbesitzer war das egal. Halt dich an den Plan, sagte er.

Am nächsten Abend brachte der Pianist einen Wecker mit, stellte ihn oben auf das Klavier, und nach vierzig Minuten schrillte der Wecker laut. Er hörte auf zu spielen, obwohl er mitten in einem Song war. Der Besitzer war fuchsteufelswild. Der Klavierspieler hatte ihm eine Lektion erteilt. Dafür wurde er dann auch fristlos entlassen. Brent Tyler würde sich als Clubbesitzer gut machen, denke ich.

Meine Hand tut weh und ist müde, aber ich habe ganz gut durchgehalten, weil ich mich größtenteils an Balladen gehalten habe. Bisher noch keine Beschwerden oder sonstige Reaktionen vom einkaufenden Publikum der Stadt Las Vegas. Ich ende mit einem schwungvollen Finale und merke, wie meine rechte Hand sich verkrampft, als ich versuche, weiter als eine Oktave zu greifen.

Tyler steigt über die Samtkordel und lehnt sich auf den Flügel. »Wie läufts? Was war das, was Sie da gerade gespielt haben?«

»Altes Stück von Tadd Dameron. Kein Hit oder so.«

Tyler nickt. »Versuchen Sies doch mal mit einem Song von den Carpenters. Die sind wieder ganz groß angesagt. Hab ich gerade in der Fernsehwerbung gesehen.«

Dazu sage ich lieber nichts, während Tyler auf die Uhr sieht. »Sieht so aus, als wäre es Zeit für Ihre Fünfzehn-Minuten-Pause.«

Ich stehe auf und strecke mich. »So was! Wie die Zeit verfliegt, wenn man sich gut amüsiert. Dann werd ich mir mal einen Kaffee holen gehen.« Ich klappe die Tastatur zu und bewege mich zum Kaffeestand, wo sie angeblich ihre Bohnen selbst rösten. Tyler schließt sich mir unaufgefordert an. Wir bestellen, er bezahlt für uns beide, sieht auf die Uhr und eilt davon, um sich der nächsten Kaufhauskatastrophe anzunehmen.

»Sie machen das ganz wunderbar, Evan«, ruft er über die Schulter zurück. Auftrag erfüllt.

Ich finde einen freien Tisch in der Raucherzone, wo ich mir in meinem Frack ein klein wenig albern vorkomme, während um mich herum alle Welt Freizeitkleidung anhat. Ich trinke langsam den Kaffee und beobachte die ständige Parade von Einkäufern, als eine Stimme hinter mir sagt: »Ich habe Sie doch gestern Abend zusammen mit Alan Grant gesehen, stimmts?«

Ich drehe mich um und sehe dieselbe Frau, die gestern an Grants Tisch vorbeigekommen ist. Heute trägt sie ein elegantes Kostüm und hält eine Einkaufstüte von Saks in der Hand. Gestern Abend war es schwer gewesen, ihr Alter zu schätzen, aber in dem grellen Licht der Mall sehe ich, dass sie älter ist, als ich dachte. Sie hat immer noch ein bemerkenswertes Gesicht mit Zügen und einer Hautfarbe wie Lena Horne. »Da haben Sie Recht.«

»Darf ich mich einen Moment zu Ihnen setzen?«

»Bitte, gern. In ein paar Minuten muss ich allerdings wieder los.«

Sie wirft einen Blick auf meinen Frack, den Flügel und dann wieder auf mich. »Jetzt weiß ichs wieder«, sagt sie. »Vor ungefähr zwei Jahren waren Sie mit Lonnie Cole hier im Caesar's Palace?«

»Downtown, im Golden Nugget.«

»Natürlich. Meine Tochter und ich waren zusammen da. Sie bewundert Lonnie sehr. Sie ist selbst Sängerin, vielleicht haben Sie ja schon mal von ihr gehört. Rachel Cody?« Sie lächelt, dann schüttelt sie den Kopf. »Ich bin übrigens Louise Cody.« Sie reicht mir die Hand, die kühl und fest ist. Als sie sich vorbeugt, nehme ich die Andeutung eines sehr eleganten Parfüms wahr.

»Evan Horne.«

»Und Sie sind mit Alan Grant befreundet?«

»Eigentlich nicht. Ich habe ihn nur um Hilfe bei einem ungelösten Todesfall gebeten.«

»Das klingt ja spannend.«

»Na ja, es ist schon sehr lange her. Ich stelle für einen Freund an der Uni Recherchen über das Moulin Rouge an. Einer der Musiker ist am zweiten Abend umgekommen. Wardell Gray. Er war Saxofonist.«

Louise Cody lächelt wieder kurz und schlägt die Augen nieder. »Ihr Freund heißt nicht zufällig Professor Buffington? Irgendwoher hat er meine Telefonnummer bekommen und mich über das Moulin Rouge ausgefragt, aber ich habe ihm gesagt, dass ich mich nicht mehr an viel erinnere.«

»Sie waren damals dabei?«

»Ja, aber nur für ein paar Wochen. Nach den Vorfällen, da fand meine Mutter, dass es zu gefährlich für mich sei – ich war damals noch ein ganz junges Mädchen. Und damit war dann meine Karriere als Tänzerin auch schon zu Ende. Ich habe studiert und jetzt bin ich eine langweilige, alte Immobilienmaklerin.«

»Und Ihre Tochter?«

Sie sieht weg und starrt ins Leere. »Ich habe schon seit längerem nichts mehr von ihr gehört. Deswegen gehe ich immer ins Four Queens.«

»Das tut mir Leid.« Dieses Gespräch ist zu schnell zu ernst geworden. Ich sehe auf die Uhr. »Ich muss leider wieder an die Arbeit. Ich würde mich gerne einmal näher mit Ihnen über das Moulin Rouge unterhalten.«

»Na ja, warum nicht… Wann sind Sie hier fertig?« Sie sieht in Richtung Flügel. »Das ist ein ziemlich ungewöhnliches Engagement für Sie, was?«

»Um sechzehn Uhr. Ja, das kann man wohl sagen.« Ich habe gerade keine Lust, wieder das Sprüchlein von meinem Unfall und meinem großen Comeback aufzusagen.

»Um vier muss ich ein Haus vorführen. Danach habe ich Zeit. Vielleicht können wir uns ja irgendwo treffen.«

»Gern, wenn Sie etwas vorschlagen.«

»Draußen in Desert Shores ist ein Café, es heißt Carpio's. Kennen Sie sich in der Stadt aus?«

»Ich finde es schon. Bis später.«

Sie steht mit mir zusammen auf und geht zur Rolltreppe. Ich spüre ihren Blick auf mir, als ich mich an den Flügel setze, die Finger strecke und mir überlege, was ich spielen soll. Als ich mich umdrehe, ist sie verschwunden.

Als die Stunde um ist, halte ich verzweifelt nach meiner Ablösung Mary Lou Ausschau. Ich habe schlimme Krämpfe in der rechten Hand und bin dankbar, dass ich nicht noch einen Set zu spielen brauche. Zwei Stunden, und ich bin erledigt. Ich würde am liebsten mit der Faust auf die Tasten schlagen. Zwischen den Stücken habe ich schon Pausen eingelegt, um meine Hand zu schonen. Vielleicht war das Ganze doch keine so gute Idee.

Ich bin erleichtert, als ich Mary Lou mit ihrer Aktentasche voller Noten die Rolltreppe herunterkommen sehe. Sie winkt und kommt zu mir an den Flügel. Mary Lou wirkt trotz der Hitze draußen erstaunlich kühl in dem langen schwarzen Rock, der weißen Bluse und der Fliege. Sie ist vermutlich Mitte zwanzig. Die Haare hat sie mit einem schwarzen Haargummi streng hinten zusammengenommen.

»Gott, der Verkehr war wirklich zum Kotzen«, sagt sie und lässt die Aktentasche auf den Boden plumpsen. Mary Lou studiert an der UNLV im Hauptfach Klavier, wie ich am ersten Tag erfahren habe. Sie möchte gern in einem Sinfonieorchester Karriere machen, wird aber vermutlich als Musiklehrerin enden.

»Und womit gedenkst du die Kauflustigen heute zu beglücken?«, frage ich.

»Mozart«, sagt sie und zieht einen Stapel Noten aus der Tasche. »Ich gebe demnächst ein Konzert.« Sie sieht, dass ich meine rechte Hand massiere. »Tut immer noch weh, was? Schon mal an eine Kortisonspritze gedacht?«

»Nein danke. Ich halte nichts von Drogen. Ich werd später ein bisschen Eis draufpacken.« Ich überlasse Mary Lou die Klavierbank und fahre mit der Rolltreppe nach oben. Als ich ins Obergeschoss gleite, blicke ich hinunter auf sie. Sie arrangiert die Noten auf dem Flügel und stürzt sich in das Konzert, als säße sie in der Carnegie Hall.

Das Carpio's ist leicht zu finden. Überall an der U.S. 95 stehen die Werbetafeln für den Stadtteil Desert Shores. Ich fahre an der Abfahrt Cheyenne vom Highway und kurve um das Einkaufszentrum herum, bis ich Tische auf einer Terrasse und das Schild des Carpio's entdecke. Louise Cody sitzt bereits da und wartet auf mich. Ich lasse Frack und Schlips im VW und leide trotzdem auf den fünfzig Metern Fußweg. Ob man sich wirklich an diese Hitze gewöhnen kann? Im Wetterbericht hat es geheißen, dass es kühler werden und die Temperatur auf neununddreißig Grad sinken soll.

Louise Cody scheint die Hitze nichts auszumachen. Sie hat die Kostümjacke über die Stuhllehne gehängt. Ihr halbes Gesicht wird von einer sehr großen, modischen Sonnenbrille verdeckt.

»Es ist gar nicht so schlimm, wie Sie meinen«, sagt sie, als sie meinen Blick in Carpio's kühlen Innenraum bemerkt. »Diese Düsen funktionieren sehr gut.« Über unseren Köpfen ist ein Gitter aus dünnen Rohren angebracht, aus denen ein kühlender Wassernebel versprüht wird. Die Wolke ist so fein, dass sie verdunstet, bevor man nass wird. Sieht gut aus, was Louise trinkt, also gehe ich rein, hole mir auch einen eisgekühlten Cappuccino und setze mich zu ihr.

»Wenigstens darf man hier draußen rauchen«, sagt sie.

Ich trinke einen kräftigen Schluck Kaffee, stecke mir eine Zigarette an und frage mich, warum sie wohl so aufgeschlossen mir gegenüber ist. Von der Vorsicht oder Zurückhaltung, von der Ace berichtet hat, habe ich noch nichts bemerkt. Ich schreibe es dem Umstand zu, dass sie sich mir als Musiker in gewisser Weise verbunden fühlt beziehungsweise auf eine Verbindung zu ihrer Tochter hofft. Vielleicht sind ihr Musiker auch einfach nur sympathisch. »Und, erzählen Sie mir, wie es war, als das Moulin Rouge eröffnet hat.«

Sie nimmt die Sonnenbrille ab und schüttelt den Kopf. »Ich habe viel darüber nachgedacht, seit Ihr Freund mich angerufen hat. Heute Nachmittag auch wieder. Ich befürchte, dass ich nicht besonders nett zu ihm war, aber ich war zu dem Zeitpunkt gerade mit anderen Dingen beschäftigt.«

»Mit Ihrer Tochter? Alan Grant sagte mir, dass sie nicht wissen, wo sie ist.«

»Ja, ich habe sie seit Wochen nicht mehr gesehen und mache mir langsam schreckliche Sorgen. Na ja, sie ist ja jetzt ein großes Mädchen. Wahrscheinlich sollte ich mir nicht so viel den Kopf zerbrechen.« Sie zwingt sich zu einem Lächeln. »Aber Sie wollen ja etwas über das Moulin Rouge erfahren.«

»Und über Wardell Gray«, erinnere ich sie. »Wenn Sie sich noch an irgendetwas erinnern.«

»In dem Laden war rund um die Uhr immer etwas los, aber spät nachts am meisten. Wenn die Shows in den anderen Kasinos vorbei waren, kamen sie alle ins Moulin Rouge. Man wusste nie, was für berühmte Leute man dort treffen würde. Für schwarze und weiße Showstars, die sich seit Jahren kannten und auf denselben Bühnen standen, war es der einzige Ort, an dem sie auch zusammen feiern konnten. Viele Hotels waren nach zwei Uhr morgens wie ausgestorben, weil jeder im Rouge war.«

»Und die Musiker?«

»Da ging es ganz genauso zu. Sie können sich nicht vorstellen, wie viel nach den Auftritten noch gejammt wurde, auch wenn sich, glaube ich, niemand bewusst war, dass mit diesem ersten Kasinohotel für Schwarze und Weiße Geschichte geschrieben wurde. Und nach sechs Monaten war alles vorbei.« Louise schüttelt den Kopf und blickt über endlose Reihen von Autos auf dem Parkplatz hinweg ins Weite.

»Wie ist es dazu gekommen?«

»Am Abend bevor dichtgemacht wurde, war der Laden so voll wie eh und je. Wir waren am Boden zerstört. Wir hatten unsere Revue aufzuführen, und aus heiterem Himmel hören wir plötzlich, dass das Hotel geschlossen worden sei.«

»Ich dachte, Sie wären nur ein paar Wochen dabei gewesen?«

Louise lächelt, sieht mir aber nicht in die Augen. »Sie haben mich ertappt. Im letzten Monat war ich wieder dort, gegen den ausdrücklichen Wunsch meiner Mutter. Ich war achtzehn und konnte mich von dem aufregenden Leben, den Stars, dem Glanz nicht losreißen. Ich konnte nicht anders, ich musste wieder dahin zurück. Können Sie das verstehen?«

»In gewisser Weise schon, glaube ich.« Was ich mir vielleicht selbst nicht eingestehen mag: Es ist dasselbe Gefühl, das mich dazu getrieben hat, einen Soloauftritt in einer Einkaufspassage anzunehmen.

»Tja«, erwidert Louise, »aber wenigstens tun Sies immer noch. Ich verkaufe Häuser an Geschäftsführer von Spielkasinos und kalifornische Rentner.«

»Und das vermutlich sehr erfolgreich.«

»Ich habe Glück gehabt. In dieser Stadt läuft nichts ohne Vitamin B, wie man hier sagt – Beziehungen, Einfluss.«

»Hatte das Moulin Rouge irgendetwas damit zu tun?«

»Nein«, sagt sie, aber ihre Antwort kommt zu schnell. »Warum fragen Sie?«

»Reine Neugierde. Und Wardell Gray?«

Louise zuckt die Achseln. »Ich erinnere mich nur an eine swingende Band. Wardell war ein netter, gut aussehender Mann, der hervorragend Saxofon spielte. Für mich war er zu cool und zu alt, außerdem hieß es, dass er drogensüchtig sei.«

»Was war das für ein Gefühl in der Nacht, als er starb?«

»Natürlich waren alle schockiert und traurig, aber die Show musste weitergehen, und es wurde nicht viel Aufhebens darum gemacht.«

Das konnte ich mir vorstellen. Tag zwei nach Eröffnung eines Hotels, und einer der Musiker wird tot in der Wüste aufgefunden. Nicht gerade die Schlagzeilen, die sich ein junges Unternehmen wünscht. Ich trinke meinen Eiskaffee aus, kaue auf einem Eiswürfel herum, lasse das Schweigen zwischen uns länger werden. Ich merke, dass Louise mir nichts weiter verraten wird und jetzt zum wahren Grund des Stelldicheins mit mir kommen wird.

Ich werfe einen Blick auf die Uhr. Trotz der Wasserdüsen muss ich an Aces Pool denken, aber daraus wird erst einmal nichts.

»Vielleicht«, sagt Louise, »kann ich Ihnen ja doch helfen. Ich habe während der Zeit damals im Moulin Rouge Tagebuch geführt. Davon habe ich Ihrem Bekannten nichts gesagt. Ich werde mal hineinschauen, vielleicht findet sich ja noch etwas, das Ihnen weiterhilft.« Sie setzt sich aufrechter hin und nimmt das ein, was vermutlich ihre Vertragsabschluss-Haltung ist. »Ich habe von der Sache mit Lonnie Cole gelesen. Ich weiß, dass Sie viel mit der Untersuchung zu tun hatten, und da dachte ich …«

»Das war eine einmalige Angelegenheit«, schneide ich ihr das Wort ab. »Wenn Sie die Artikel gelesen haben, dann wissen Sie auch, dass ich in dem Erpresserbrief als Überbringer genannt wurde. Mir blieb keine Wahl, als mich hineinziehen zu lassen.«

»Das weiß ich natürlich. Ich hatte an nichts dergleichen gedacht.«

»Sondern?«

»An meine Tochter. Ich mache mir Sorgen, und ich weiß nicht, wo ich nach ihr suchen soll. Meine einzige Hoffnung ist, dass sie eines Tages im Four Queens auftaucht. Sie sind doch Musiker – Sie müssen viele Musiker hier in der Stadt kennen, wo man sich trifft und so. Sie könnten vielleicht ein wenig herumfragen. Für Ihre Bemühungen würde ich Sie natürlich entschädigen.«

Bevor ich antworte, drücke ich meine Zigarette aus. Sie ist mir sympathisch. Deswegen wäge ich meine Worte sorgfältig ab. »Louise, dies ist das erste Mal, dass ich seit über einem Jahr zumindest ein bisschen Klavier spielen kann. Ich will mich momentan auf nichts anderes konzentrieren. Wardell Gray – die Sache mit dem Moulin Rouge – mache ich nur, um einem Freund zu helfen. Ich bin kein Detektiv oder Ermittler oder wie man das in Nevada nennen mag, und bitte glauben Sie mir, ich wüsste noch nicht einmal, wo ich mit der Suche nach Ihrer Tochter anfangen sollte. Unabhängig von jeder Bezahlung.« Ich unterbreche mich und versuche, meine Stimme weniger scharf klingen zu lassen. »Es tut mir Leid.«

»Ich verstehe«, sagt Louise. »Ich hätte Sie nicht um so etwas bitten sollen. Ich habe nur Angst, dass ihr etwas zugestoßen ist.«

»Verständigen Sie die Polizei. Geben Sie eine Vermisstenanzeige auf. Sie wissen ja noch nicht einmal, ob sie noch in Las Vegas ist.«

»Nein, das will ich – das kann ich nicht. Ich will es nicht näher erläutern, aber das kann ich einfach nicht.«

»Tja, dann weiß ich auch nicht, wie ich Ihnen helfen soll.« Ich versuche, hart zu bleiben, aber ich kann sie auch nicht einfach so sitzen lassen. »Warum machen wirs nicht so. Sie haben Recht. Ich kenne ein paar Musiker und einige der Clubs hier. Ich werde mich ein bisschen umhören, rausfinden, ob irgendjemand sie kennt. Aber Ihr Geld will ich nicht, und versprechen kann ich auch nichts.«

»Danke schön, ich würde mich über jedes Lebenszeichen von ihr freuen.« Sie wühlt in ihrer Handtasche und zieht ein Foto heraus. »Nur für den Fall.« Sie gibt es mir, und ich sehe im Geiste Fotos von Lonnie Cole und Charlie Crisp vor mir. So hatte die Geschichte damals auch angefangen.

Rachel Cody, blond, Haare kurz geschnitten, lächelt in die Kamera, als könne sie kein Wässerchen trüben. »Wie alt ist das Bild?«

Louise sieht meinen erstaunten Blick. »Ich weiß, selbst hellhäutige Schwarze sind meistens nicht blond. Sie wollte einen neuen Look. Das war vor ungefähr einem Jahr bei mir zu Hause. Falls Sie übrigens mal zum Abendessen Zeit haben, würde ich Sie sehr gern einmal zu mir einladen.« Sie kramt wieder in der Handtasche und hält eine Visitenkarte in der Hand.

Ich nicke und erhebe mich. »Evan? Eine Sache noch.«

»Ja.«

»Rachel ist eine hervorragende Sängerin.« Ihr Lächeln wirkt beschwörend.

Ich sitze einen Augenblick im Auto, Rachel Codys Foto in der einen, die Visitenkarte ihrer Mutter in der anderen Hand.

Ein möglicher Mordfall aus der Vergangenheit, eine Vermisste in der Gegenwart. Wie mache ich jetzt weiter? Ich lasse den Wagen an, fahre los und überlege, was Danny Cooper wohl von all dem halten wird.

6

Als ich zu Hause ankomme, finde ich einen Zettel von Ace. Er möchte, dass ich zu einem Tennisverein in Green Valley nachkomme. Ich werfe sehnsüchtige Blicke auf den Pool. Eine Fahrt quer durch die Stadt in dieser sengenden Hitze ist nicht sehr verlockend. Aber die Notiz klingt irgendwie dringend. »Bitte versuche, um fünf dort zu sein«, hat Ace geschrieben. Wenn ich mich beeile, bleibt noch Zeit für eine schnelle Abkühlung.

Vor zehn Jahren war Green Valley nichts als Wüste. Heute ist es ein weit gestreckter Vorort mit komfortablen Häusern, Einkaufszentren, Restaurants und Apartment-Wohnanlagen.

Der Tennisclub an der Sunset Road ist ganz schön exklusiv. Eine hübsche Blondine in Tennisröckchen und -oberteil am Empfang weist mir den Weg zu den Plätzen im Untergeschoss.

»Bin gleich so weit«, schreit Ace mir zu, als ich mich auf die Bank neben seinem Platz setze. Für seine Größe ist Ace erstaunlich beweglich, und am Netz kommt sie ihm sehr zugute. Doch sein Gegner, ein vierschrötiger Mann mit grauem Bart, ist schneller und zu stark für ihn. Er feuert einen Passierball an Ace vorbei, macht den Matchpunkt und wirft den Schläger in die Luft.

Ace lässt seinen Schläger fallen und applaudiert dem Schlag. »Nächstes Mal krieg ich dich, Jim«, sagt Ace. Der andere winkt, und Ace lässt sich neben mir auf die Bank fallen und trocknet sich mit dem Handtuch ab. »Ich bin völlig fertig«, sagt Ace.

»Jetzt bin ich endlich hinter dein Geheimnis gekommen: Du spielst in einer klimatisierten Halle.«

»Nur manchmal«, erwidert Ace. »Ich bin als Gast hier. Dieser Club ist zu teuer für Uniprofessoren.«

Ich kenne Ace gut genug, um zu merken, dass er mit irgendetwas hinter dem Berg hält. »Und, was gibts Neues?«

Ace sucht seine Sachen zusammen und stopft sie in eine Tennistasche. »Ich spring kurz unter die Dusche und treff dich dann oben an der Saftbar, okay?«

»Na klar.« Ich gehe wieder nach oben. Die Theke ist gegenüber der Rezeption. Zwei Kerle in Sportkleidung versuchen ihr Möglichstes, die Bedienung für sich zu interessieren, aber sie sieht aus, als wäre sie besser in Form als die beiden zusammen. Ich bestelle irgendeinen frisch gemixten Fruchtsaft, der heute als Spezialität angeboten wird, und sehe einem Aerobic-Kurs hinter einer Glasscheibe gegenüber der Theke zu. Als ich die Frauen so sehe, wie sie sich von einer gestrengen Lehrerin herumkommandieren lassen, muss ich an Cindy denken.

»Sie hat heute angerufen«, sagt Ace und lässt seine Tasche auf den Boden fallen. »Eine Flasche stilles Wasser, bitte«, ruft er dem Mädchen hinter der Theke zu.

»Wer?«

»Cindy.« Ace nickt in Richtung Aerobic-Kurs. »Du hast mir erzählt, wie sportlich sie immer war.«

»Stimmt. Was wollte sie?«

»Na ja, nur wissen, wie es uns geht.« Ace trinkt einen großen Schluck Wasser. »Das Mädel ist verrückt nach dir, mein Lieber. Das weißt du ja wohl, oder? Die Liebe: eine Pumpe zum Aufblasen der Seele.«

»Wirst du jetzt poetisch, Ace?«

»Das stammt beinahe von Milan Kundera. Womit er übrigens Recht hat.«

Seelenstriptease vor Freunden liegt mir nicht, aber Ace meint es gut. »Ja, ich weiß. Aber du hast mich ja nicht ganz bis nach hier draußen fahren lassen, um mir Tipps für unglücklich Verliebte zukommen zu lassen.«

Ace lacht. »Nein, ich bestimmt nicht. Aber das war schon ein ganz schönes Gespräch, das Cindy und ich da miteinander hatten. Sie will einfach nur wissen, warum du sie nicht angerufen hast. Sie macht sich Sorgen. Wie es mit dem Gig läuft und so.«

»Es läuft nicht, Ace.« Ich will nach einer Zigarette greifen, erinnere mich aber daran, dass wir in einem Fitnessclub sind. Wenn ich mir hier eine anstecke, wird die Raucherpolizei den Club garantiert umstellen. »Die zwei Stunden halte ich nur mit Müh und Not durch. Zwei Stunden, Ace. Ich habe bei Auftritten gespielt, wo ich zwei oder drei Bläser sechs Stunden lang begleitet habe und danach immer noch weiter spielen wollte. Jetzt halte ich nicht mal ein Drittel der Zeit als Solist durch.« Ich starre meine Hand an, als hätte sie mich betrogen.

»Komm, lass dir Zeit«, sagt Ace. »Du hast gerade erst angefangen. Es dauert einfach ein bisschen, bis du wieder richtig drin bist.«

»Das würde ich nur zu gerne glauben, aber ich denke mal, dass ich es besser weiß.«

Dazu schweigt Ace.

»Und wie geht es dir?«

»Du meinst, so ohne Janey? Es geht.« Er zuckt die Achseln. »Die Tage werden lang. Du weißt, dass wir nicht eine einzige Nacht voneinander getrennt waren, seit ich Student war. Manchmal scheint es einfach unmöglich, dass sie nicht mehr da sein soll.« Er schluckt ein paar Tränen herunter und trinkt etwas Wasser. Gedankenverloren starrt er einige Augenblicke lang ins Weite. »Wenigstens habe ich sehr viel zu tun, mit Seminaren und Artikeln und so. Ich weiß nicht, warum, aber diese Veröffentlichung wird mir immer wichtiger, Evan.«

Ace wollte also einfach nur Gesellschaft. Ich bin froh über den Themenwechsel und berichte ihm von meinen Gesprächen mit Pappy Dean und Louise Cody. Ace wischt Pappys Warnung sofort beiseite und ist begeistert von Louise Codys Eröffnungen.

»Jetzt hör auf, Evan. Wardells Tod ist doch lang vergessen. Wer soll sich dafür schon heute noch interessieren? Bloß ein Professor, der unbedingt veröffentlichen muss. Die Mafia ist auch schon lang vergessen. Heutzutage regieren in dieser Stadt die Konzerne.«

»Das habe ich auch gehört.« Was die Musikszene anbelangt, stimmt das auf jeden Fall. Die Erbsenzähler in Anzügen schließen die Clubs, kürzen die Ausgaben für Unterhaltung und lassen stattdessen lieber noch mehr Spielautomaten aufstellen.

»Hier und da mag es noch Reste der Mafia geben, aber wer soll aus den Fünfzigern noch übrig geblieben sein?«

»Vielleicht werde ichs ja rausfinden.«

Ace ignoriert den Einwurf. »Ein Blick in Louise Codys Tagebuch wäre auf jeden Fall eine schöne Sache. Vielleicht könnte man aus dem Ganzen ja sogar ein Buch machen. Vielleicht hast du Glück und findest ihre Tochter und …«

»Immer mit der Ruhe, Ace. Recherchen kann ich für dich anstellen, aber mit Vermissten will ich nichts zu tun haben.«

Ace nimmt die Hände hoch und ergibt sich. »Schon gut, schon gut«, sagt er. »Tu mir einfach nur einen Gefallen: Ruf Cindy an.«

»Habe ich bereits getan und ihr eine Nachricht hinterlassen.«

»Na, dann sprich das nächste Mal mit ihr persönlich.«

In einer Hinsicht zumindest hat Ace Recht. Las Vegas wird heute von Konzernen regiert, und diese Mentalität schlägt sich auch in Freikarten für Konzerte nieder. Vor meiner Schicht in der Fashion Show Mall rufe ich ein paar Musiker an, um zu sondieren, ob ich nicht etwas für Coop und seine Politesse arrangieren kann, aber ich habe kein Glück. Bis ich endlich bei Wayne Newtons Dirigent lande.

»Ja, das ist gar nicht einfach heutzutage«, sagt Tommy Redman. »Tony Orlando konnte nicht mal 'ne Freikarte für seine Mutter kriegen, und jede Pulle Schampus, die er beim Auftritt verschenkt hat, wurde ihm vom Hotel berechnet.«

»Und wie gehts unserem Midnight-Idol?«

»Wayne? Dem haben meine Kinder ihr Studium zu verdanken, auf den lasse ich nichts kommen. Mit seinem *Danke Schön* bezahlt er denen die College-Ausbildung.«

Ich habe Tommy schon oft auf der Bühne gesehen. Er ist kein Bill Evans oder Oscar Peterson, aber er weiß, wie man Sänger begleitet und ein Orchester dirigiert. »Tu bitte dein Möglichstes, Tommy.«

»Wird gemacht, Alter. Ich erzähle Wayne, dass Lonnie Coles Dirigent die Show sehen will. Das dürfte reichen. Ich versuchs für Freitagabend.«

»Danke, Tommy. Sag mir Bescheid.«

Dank Tommy kann ich Coop berichten, dass wir beste Plätze für Wayne Newtons Show haben, als er am Freitag aus dem Rio-Hotel anruft. »Dafür schuldest du mir ganz gewaltig was, Coop.«

»Warum? Ich dachte, die Karten wären kostenlos.«

»Das sind sie auch, aber wenn ich mir das ganze Konzert anhören muss, dann hast du eine Menge gutzumachen.«

»Ihr Jazztypen seid doch alle gleich. Wie wärs, wenn ich dich nach dem Konzert mit meinem Freund von der Polizei bekannt mache?«

»Das würde schon reichen.«

»Na gut, ich frag bei ihm an. Versprochen wird nichts.«

»Naja, du arbeitest ja auch an deinen Beziehungen zur Verkehrspolizei.«

»Leck mich doch, Horne.«

Als ich zum Sands komme, sieht Coop auf die Uhr und läuft aufgeregt vor der Tür zum Konzertsaal auf und ab. Als er mich erblickt, stürmt er mit missbilligendem Gesichtsausdruck auf mich zu.

»Wir kommen noch zu spät! So kriegen wir nie einen Sitzplatz.«

»Beruhig dich. Wo ist deine Begleitung?«

»Was?« Eine eher große Blondine im schwarzen Cocktailkleid winkt ihm von einem Videopokerautomaten her zu. Sie fischt einige Münzen aus dem Schacht und gesellt sich zu uns.

»Schon beim Gewinnen? Ich bin Evan Horne.«

»Natalie Beamer.« Sie streckt mir die Hand entgegen. Ich versuche, sie mir in Uniform vorzustellen. Selbst auf den ersten Blick sehe ich, dass ich mir von ihr gern einen Strafzettel geben lassen würde. Coop hat sich selbst übertroffen. Er blickt stolz drein, behält aber die Schlange am Eingang im Auge.

»Sollen wir nicht lieber gehen?«

»Na gut, dann wollen wir mal«, sage ich. Ich führe sie zur Tür für geladene Gäste. Wunderbarerweise klappt alles wie erhofft. Wir werden schnell in den Konzertsaal eingelassen und zu einer Sitzgruppe vorn an der Bühne geführt. Coop steckt dem Oberkellner einen zusammengefalteten Schein zu, und wir rutschen in die Sitzbänke. Wir sitzen genau in der Mitte direkt vor der Bühne. Coop strahlt.

Der Saal füllt sich schnell. Überall summen Gespräche, und die Bedienungen eilen umher und versuchen, vor Beginn der Vorstellung jeden mit Getränken zu versorgen. Coop bestellt Sekt für sich und Natalie. Mir reichen ein paar Biere.

»So lässt sichs leben«, sagt Coop. Er tätschelt Natalie die Schulter. »Ich hab dir gesagt, dass mein Kumpel das Kind schaukeln wird.«

Ich strecke ihnen das Glas entgegen. »Auf ein schönes Wochenende.«

»Das ist unheimlich nett von dir, Evan«, sagt Natalie.

»Gern geschehen. War ja nicht so schwierig.«

»Nein, ich meine, dass du das Konzert über dich ergehen lässt.« Sie grinst mich an und stupst Coop in die Seite.

Er rollt mit den Augen. «Ach ja, davon habe ich dir noch nichts erzählt. Natalie hier behauptet, gern Jazz zu hören. Mach dir nur keine falschen Hoffnungen, Freundchen.«

Sie ist mir sofort sympathisch. »Irgendwelche Favoriten?« Ich meine, die Antwort schon zu kennen, irre mich aber. Natalie kennt sich wirklich aus.

»Ich finde Chick Corea sehr gut«, sagt sie, »und ich habe gerade alle frühen Sachen von Stan Getz gekauft, die auf CD neu rausgekommen sind.«

»Ich bin beeindruckt.«

»'ne Menge Geld für einen Saxofonisten«, meint Coop dazu. »Kenny G, das ist ein Saxofonist.«

Natalie und ich runzeln beide die Stirn. »Von Kenny G gibt es keine frühen Sachen, Coop«, sage ich. »Dafür spielt der Mann noch gar nicht lange genug.« Natalie und ich werden uns hervorragend verstehen.

Die Lichter im Saal gehen aus, ein Paukenwirbel bildet den Auftakt für eine donnernde Stimme aus dem Off, die dramatisch verkündet: »Das Sands-Hotel präsentiert Ihnen Mr. Las Vegas: Midnight-Idol Wayne Newton.«

Beifall brandet im Zuschauerraum auf, während der Vorhang hochgeht, die Band loslegt und Wayne im weißen Anzug lächelnd und winkend auf die Bühne kommt und den Fans in der ersten Reihe die Hand schüttelt. In der Mitte der Bühne greift er sich das Mikrofon und beginnt mit einer schnellen Version von *Country Roads*.

Coop ist völlig weggetreten. Natalie nippt an ihrem Sekt und beäugt misstrauisch die Bühne. Ich erkenne etliche von den Musikern und natürlich Tommy, der mit dem Rücken zum Publikum steht, Newton aus dem Augenwinkel heraus beobachtet und das Orchester die Stücke herunterspielen lässt.

Aus dem einen oder anderen Grund haben viele Jazzmusiker die hauseigenen Hotelorchester durchlaufen. James Moody, der langjährige Partner Dizzys, und Red Rodney, der mit Charlie Parker getourt ist, sind zwei Musiker, die sich hinter den Stars von Las Vegas abgerackert haben, ohne dass ihnen das Publikum einen zweiten Blick schenken würde oder gar wüsste, wer sie sind.

Nach fast zwei Stunden Nonstop-Newtonizing, in denen natürlich das obligatorische *Danke Schön* und Stücke mit Wayne am Banjo, der Gitarre, dem Schlagzeug und auch sonst so ziemlich allem geboten wurden, bereitet sich das Publikum aufs Finale vor. Mit gelockerter Krawatte wendet Wayne sich zum ersten Mal an die Zuschauer und stellt Tommy und das Orchester vor.

Ich beuge mich zu Coop. «Jetzt sagt er gleich: ›Normalerweise kommen wir an dieser Stelle zum Schluss, aber weil Sie so ein besonders gutes Publikum sind, spielen wir heute noch ein bisschen weiter. Hab ich Recht, Jungs?‹«

Newton sagt es wortwörtlich, und wie auf Befehl erhebt sich die Bläsergruppe, die auf einmal McDonald's-Hüte aufhat. »Wir verdienen heute eine Pause!«, rufen sie.

»Was sagen Sie nun zu diesen Jungs?«, fragt Newton das Publikum, welches das Ganze natürlich ungemein witzig findet. »Haut rein«, brüllt Wayne. Die Band macht weiter mit *Mack The Knife*, Waynes Tribut an Bobby Darin. Gefolgt wird es von *America The Beautiful*, während sich eine riesige Leinwand hinter der Band entrollt und eine amerikanische Flagge im Wind zu flattern beginnt. Wayne trifft die letzten Noten sicher und salutiert vor dem Publikum, das noch vor dem Schlussakkord auf die Füße gesprungen ist und wie jeden Abend zwei Mal in Standing Ovations ausbricht.

Coop springt ebenfalls auf und klatscht so laut, dass es mir in den Ohren gellt. Wie ich bemerke, ist Natalie genau so unwillig wie ich aufzustehen. Die Saallichter gehen an, Coop lässt sich zurück auf seinen Platz fallen und sieht fast so abgekämpft aus wie Wayne.

»Eins muss man ihm lassen«, sagt Natalie, »er bietet den Leuten was fürs Geld.«

»Das war absolute Spitze«, sagt Coop. Er schlägt mir auf den Rücken. »Danke, Kumpel.«

»Das Beste an Wayne Newton ist, dass er dem UNLV-Jazz-Studiengang eine Menge Geld stiftet.«

»Ist nicht wahr«, sagt Coop.

Wir warten ein paar Minuten, bis der Saal sich ein wenig geleert hat, und bewegen uns dann ebenfalls auf den Ausgang zu, umringt von Gruppen glücklicher Touristen, die nach Hause in Iowa oder

Indiana zurückkehren und da von dem unvergesslichen Erlebnis schwärmen werden. Ich bringe es nicht übers Herz, Coop zu erzählen, dass sich bei der Mitternachtsvorstellung und die gesamten nächsten zwei Wochen lang Wort für Wort das Gleiche abspielen wird.

Endlich stehen wir wieder im Spielsalon. Coop sieht auf die Uhr. »Wir sollen da einen Typen an der Kasinobar treffen. Natalie, willst du nicht…?«, aber sie kommt ihm schon zuvor.

»Ich habe eine Verabredung mit einem Pokerautomaten«, sagt sie. »Ich stoße dann später wieder zu euch.« Sie verschwindet in der Menge, und Coop und ich gehen zur Biertheke.

»Hübsch, Coop, sehr hübsch«, sage ich. »Ich glaube nicht, dass du so was wie sie verdient hast.«

»Das werden wir ja sehen«, sagt Coop.

An der Theke sieht Coop sich suchend um und geht auf einen kleinen, untersetzten Mann mit Bürstenschnitt und dunklem Anzug zu. »Das ist er«, sagt Coop. An der Theke sind keine Plätze mehr frei, also nimmt der Mann sein Glas mit und folgt uns zu einem Tisch.

»Tag, John, wie geht es Ihnen? Evan, das ist John Trask, Morddezernat Metropolitan Police.« Wir geben uns kurz die Hand, während Trask mich mustert.

Eine umwerfende Brünette mit auffallend langen Beinen nimmt unsere Bestellung entgegen. Als sie weggeht, schüttelt Trask den Kopf. »Das ist der Grund, warum ich nicht ins Kasino gehe«, meint er. Abgesehen von seinen Augen, denen nichts zu entgehen scheint, wirkt Trask kaum wie ein Polizist. Er wirft Coop einen kurzen Blick zu und wendet sich dann an mich. Ich habe das Gefühl, die zwei haben sich bereits über die Sache verständigt.

»Wie ich höre«, fängt Trask an, »untersuchen Sie einen alten Mordfall.«

»›Untersuchen‹ ist wohl kaum das richtige Wort. Es handelt sich eher um Recherchen für einen Freund an der Universität. Ich weiß außerdem nicht, ob es wirklich Mord war.«

»War es nicht«, sagt Trask. Sein Ton ist jetzt voll und ganz geschäftsmäßig. »Ich habe in unseren Akten nachgesehen. 1955 wurde natürlich noch nichts mit Computern erfasst, aber der Fall wird nicht als ungelöst geführt. Wenn dem so wäre, würden wir jetzt nicht miteinander reden. Der Fall wird überhaupt nicht geführt. Ich habe auch beim Coroner nachgefragt, wo es aber ebenfalls nur einen Polizeibericht gibt. Wardell Gray wird dort als Überdosis geführt.«

Coop sitzt passiv dabei. Er weiß das alles vermutlich schon, will aber, dass ich es selbst aus Trasks Mund höre.

»Hätte es dann nicht eine Untersuchung geben müssen?«

»Wahrscheinlich nicht«, antwortet Trask.

Ich wusste zwar schon, dass Trask mir etwas in der Art eröffnen würde, bin aber trotzdem enttäuscht. Dann fallen mir wieder die Worte von Pappy Dean ein. »Nur aus reiner Neugierde: Ist das organisierte Verbrechen noch aktiv in Las Vegas?«

Coop und Trask werfen sich einen, wie ich sagen würde, bedeutungsvollen Blick zu.

»Natürlich«, sagt Trask. »Aus dem Grund gibt es hier auch ein Einsatzkommando des FBI.«

»Wäre es möglich, dass noch Familienmitglieder aus der Ära übrig geblieben sind?« Ich weiß nicht, wohin mich diese Frage bringen wird. Trask und Coop entlockt sie jedenfalls ein Lächeln.

»Tony Spilatro war der Letzte der großen Bosse aus Chicago. Er und sein Bruder wurden in Indiana in einem Maisfeld gefunden. Sie haben doch wohl hoffentlich nicht vor, alte Mafiatypen aufzuscheuchen und zu fragen, ob sie irgendwas über Wardell Gray wissen?«

»Nein, eigentlich nicht.«

»Gut«, sagt Trask. Er stellt sein leeres Glas auf den Tisch. »Es tut mir Leid, dass ich Ihnen nicht weiterhelfen kann.« Er fasst in die Jackentasche und zieht eine Visitenkarte heraus. »Rufen Sie mich ruhig an, wenn Sie noch weitere Fragen haben.«

»Danke.« Als ich einen Blick auf die Karte werfe, fällt mir noch etwas ein. »Gibt es noch irgendjemanden bei der Polizei, der sich vielleicht an den Fall erinnert?«

»Wie ich bereits sagte: Es gab keinen Fall.« Trask macht eine Pause und wirft Coop wieder einen Blick zu. »Einen Mann gibt es da, der ist jetzt im Ruhestand, war aber damals Sergeant. Vielleicht erzählt der Ihnen was.« Trask greift wieder nach seiner Karte und schreibt eine Nummer und einen Namen auf die Rückseite. »Buddy Herman. Ein höchst unterhaltsamer Mensch. Er hat eine Menge Geschichten von früher auf Lager.«

»Danke«, sage ich und stecke die Karte ein.

Trask erhebt sich. »Tja, meine Herrn, es war mir eine Freude. Schön, Sie kennen zu lernen, Horne. Danke für den Drink. Machen Sies gut, Coop. Schauen Sie mal rein.« Trask verlässt die Bar und ist schnell zwischen den vielen Spielern verschwunden.

»Und, sind wir jetzt quitt?« Coop zündet sich einen von seinen Zigarillos an.

»Voll und ganz. Danke, Coop.«

»Hör auf ihn«, sagt Coop.

»Inwiefern?«

»Lass die Finger von der Vergangenheit.«

7

Schlagzeuger geben den Vierviertaltakt an, Bassisten den Takt überhaupt. Als ich ins Hob Nob komme, bereitet sich Pappy Dean genau darauf vor – auf seinen Einsatz als Rhythmusgeber auf zweihundert Jahre altem deutschem Holz, das er keiner Gepäckaufgabe anvertrauen würde, das aber in einer Zelttuchhülle überlebt und auf einem Rad umhergefahren wird. An der Hand von Pappy, der den Bass umarmt wie einen alten Freund.

B. B. King nennt seine Gitarre Lucille, Pappy nennt seinen Bass »Trouble«. »Immer hab ich Ärger mit dem Stück«, sagt er, als er den Reißverschluss der Hülle aufzieht und den Bass daraus befreit. Er faltet die Hülle sorgfältig zusammen und legt sie neben den Verstärker. »Immer muss er gestimmt werden, im Auge behalten und auf Vordermann gebracht werden. Nichts als Ärger.«

Er umarmt den Kontrabass und streckt den Finger nach einer Taste des heruntergekommenen Klaviers aus, das mit Brandstellen von Zigaretten und von den Rändern Hunderter vergessener Gläser bedeckt ist.

»Keine Ahnung, warum ich mir überhaupt die Mühe mache«, sagt Pappy und hämmert auf die Taste. »Das Dreckstück stimmt schon seit Jahren nicht mehr.« Er legt den Bass vorsichtig auf die Seite und funkelt den Schlagzeuger an, einen großen, dünnen Schwarzen, der gerade erst aufbaut.

»In einer Viertelstunde legen wir los«, sagt er zu ihm. Er dreht sich zu mir um und schüttelt den Kopf. »Meine Gigs fangen pünktlich an. Kommen Sie, ich geb einen aus.«

Ich hatte eigentlich nicht vorgehabt, ins Hob Nob zu kommen, aber Pappy hatte mich angerufen, als ich gerade aus dem Sands zurückgekommen war. Sein Anruf war mehr als eine Einladung. Das Hob Nob ist Lichtjahre vom Strip entfernt, wortwörtlich auf der anderen Seite der Eisenbahngleise in einem Industriegebiet an der Highland Road, neben einem Sexclub, der – diese Woche zumindest – Runway 69 heißt. Ich bezweifle stark, dass je ein Tourist einen Fuß ins Hob Nob gesetzt hat.

Die Bühne ist nichts weiter als eine frei geräumte Ecke in einer tief nach hinten gehenden Kneipe, die früher mal ein Country-&-Western-Lokal war. An einer Wand hängen noch riesige Gemälde von Kenny Rogers, Elvis und Willie Nelson. Ein halbes Dutzend Billardtische nimmt das hintere Ende des Raums ein.

Am Wochenende spielen hier Heavy-Metal-Bands oder gar niemand. Heute ist Jazzabend, für die Geschäftsführung vermutlich gerade eine Nummer besser als gar nichts. Die Bands spielen für einen Prozentsatz vom Ausschank, was für gewöhnlich nicht mehr als ein paar Dollar sind. Musiker, die im Hob Nob auftreten, betrachten es als bezahlte Probenzeit. Ein Jazzmusiker spielt eben, ob er dafür nun bezahlt wird oder nicht. Kneipenbesitzer wissen das und nutzen es oft aus. Ich weiß nicht, wer dabei besser wegkommt: die Kneipenbesitzer, die billig Unterhaltung bekommen, oder die Musiker, die einen Raum zum Spielen haben.

Pappy und ich sitzen an der langen Theke – wir sind momentan die einzigen Gäste – und trinken das Bier, das uns der Barmann unaufgefordert hingestellt hat. »Es gibt da 'nen Typ«, sagt Pappy, »den Sie kennen lernen müssen.« Er schiebt den Panamahut auf den Hinterkopf. »Einen Tenorspieler, Sonny Wells heißt er. Heutzutage quatscht er nicht mehr viel, aber früher –« Pappy schüttelt den Kopf, als er an vergangene Zeiten denkt. »Ist seit Jahren ein Tippelbruder. Wenn er nicht gerade bei jemandem pennen kann – manchmal bei mir –, dann schläft er in Downtown auf der Straße und spielt für Kleingeld vor einem Ladeneingang.«

Mit dem Namen kann ich nichts anfangen, aber es gibt eine Menge untergegangene Gestalten aus der Jazzszene. »Der kannte Wardell?«

Pappy nickt. »Der war damals dabei. Ich glaube, er kannte Wardell aus L.A. Vielleicht kann er Ihnen helfen. Das Hirn hat er sich natürlich mittlerweile weggesoffen.«

Ich frage mich, warum Pappy so viel Interesse an der Sache hat. Grund, mir zu helfen, hat er jedenfalls nicht. Eigentlich will ich nicht fragen, tus aber trotzdem.

»Ich weiß nicht, Mann«, antwortet er. »Die Menschheit macht 'n Haufen krumme Dinger. Die ganze Sache mit Wardell, die hat mir und einer Menge anderer Leute nie gefallen. Was aus dem noch hätte werden können, wenn er am Leben geblieben wäre! Sehen Sie sich doch Dexter Gordon an. Wenn da mehr als nur Drogen hinter der Sache gesteckt haben, dann möchte ich das bitte schön wissen.« Pappy sieht auf die Uhr, dann in Richtung Eingang. »Sieht nicht so aus, als ob Sonny noch kommt.«

»Und wenn nicht?«

Pappy lächelt und setzt den Hut in einem gewagten Winkel auf. »Dann spielen wir als Trio.« Er dreht sich auf dem Barhocker herum und beobachtet den Drummer, der gerade mit Aufbauen fertig wird. Der Pianist ist ebenfalls eingetroffen, und die beiden lachen und reißen Witze, blicken aber hin und wieder zu Pappy rüber.

Ich beschließe, mein Glück auch noch in einer anderen Sache bei Pappy zu versuchen. Ich ziehe Rachel Codys Bild heraus und zeige es ihm. »Kennen Sie dieses Mädchen?«

Pappy nimmt das Bild in die Hand und sieht es kurz mit gerunzelter Stirn an. »Ist das 'ne Sängerin?«

»Ja, und ihre Mutter war Tänzerin im Moulin Rouge, als es eröffnet worden ist.«

Pappy sieht ein paar Mal zwischen mir und dem Foto hin und her. Sein Gesicht faltet sich zu einem ganz breiten Grinsen zusammen. »Verdammt, da sind Sie wohl auch noch Detektiv, was?« Er gibt mir das Foto zurück und betrachtet mich mit einem neuen Gesichtsausdruck.

»Nein, nein, überhaupt nicht. Ihre Mutter will nur, dass ich mich für sie umhöre.«

»So ist das also«, antwortet Pappy. Er glaubt mir nicht. »Ich glaube, ich kenne die Kleine. Ich hab sie öfters mal auf der Bühne gesehen, als sie für jemanden eingesprungen ist.«

»Wissen Sie noch, wo?«

»Nee, irgendwelche Läden in der West Side, vielleicht draußen im Pogo's. Ich glaube, die Gute ist ne starke Kokserin, und so was bringt nichts als Ärger.«

»Und ich dachte, Ihr Bass ist es, der Ihnen Ärger bringt.«

Pappy grient und schlägt in meine ausgestreckte Hand ein. »Wollen Sie spielen?«, fragt er. Er erhebt sich vom Barhocker und bürstet ein paar Fussel vom Jackett.

Ich wusste, dass es dazu kommen würde. Ich wusste auch, dass es schwierig sein würde zu widerstehen. Aber ich weiß, was ich darauf antworten werde. Ich habe das Gefühl, uneingeladen auf einer Party erschienen zu sein, und der Gastgeber ist peinlich berührt, aber dennoch freundlich bemüht. Pappy ist hier der Gastgeber, aber peinlich ist ihm gar nichts.

»Ich glaube, lieber nicht«, sage ich. Pappy nickt wieder.

»Sagen Sie einfach Bescheid, wenn lieber doch.« Er geht rüber zum Podium, nimmt Trouble in die Hand und beginnt, einen Blues zu zupfen, den Schlagzeuger und Pianist schnell aufnehmen. Der Schlagzeuger wird ein bisschen zu schnell, aber Pappy ruft ihn zur Ordnung. Nach dem Auftakt gibt der Pianist ein paar mittelmäßige Chorusse zum Besten, aber er ist nicht richtig bei der Sache. Er kennt die Titel zwar, tut aber nichts weiter, als die Akkorde herunterzunudeln. Vielleicht ist es noch zu früh am Abend.

Nach ein paar Standards werden sie langsam besser. Pappy ist standhaft wie ein Fels in der Brandung und spielt anständig Läufe gegen die Akkorde des Pianisten an. Ich höre zu, spiele im Geiste die Alternativakkorde mit und merke, dass es kein bisschen besser klingen würde, wenn ich da sitzen würde.

Vierzig Minuten später sind weder Sonny Wells noch weitere Zuhörer eingetroffen, abgesehen von zwei Kerlen in Jeans und T-Shirt, die Billard spielen. Die Kugeln knallen im Wettstreit mit der Musik gegen die Bande, und die Typen starren Pappys Trio an, als stünden Aliens auf der Bühne. Nicht jeder mag Jazz.

Kurz nach Mitternacht geht die Tür auf, und zwei Typen Mitte dreißig kommen herein, die angezogen sind, als kämen sie geradewegs von Armani. Sie lassen den Blick durch den Raum schweifen und setzen sich dann auf die Barhocker links und rechts von mir. Als der Barmann kommt, winken sie ihn weg. Der Größere starrt die Band gleichgültig an. Der Anzug mag zwar teuer gewesen sein, ist aber zu eng. Unter den Ärmeln zeichnen sich Muskeln ab, die aussehen, als würde er viel Zeit beim Gewichtheben verbringen.

»Heißen Sie Evan Horne?«, sagt der andere. Er hat ungefähr meine Größe und mein Gewicht, hat einen Pferdeschwanz und kaut ausdrucksstark auf einem Kaugummi herum.

»Ja. Kennen wir uns?« Ich werfe einen Blick aufs Podium. Pappy zupft mit geschlossenen Augen seinen Bass und nickt im Rhythmus mit dem Kopf.

»Vermutlich nicht. Ich bin Tony, man will ja nicht unhöflich sein.« Die Hand gibt er mir nicht. Er verlagert sein Gewicht auf dem Barhocker und knöpft das Jackett auf. »Was für ein mieser Schuppen, Horne«, sagt Tony und lässt den Blick durch die Kneipe schweifen. »Schlechte Gegend. In so einem Laden wie dem hier passieren die schlimmsten Sachen. Ich meine, letzte Woche hätte hier erst 'ne Messerstecherei stattgefunden. Stimmt doch, Karl, oder?«

Karl sieht nicht in unsere Richtung. »Das stimmt, Tony.«

»Du verstehst, was ich meine«, sagt Tony. »Karl ist auf dem Laufenden in solchen Dingen.«

Karl sieht aus, als könnte er einige dieser Dinge passieren lassen. Pappy und das Trio haben aufgehört zu spielen. Sie stehen um das Klavier herum, reden, zünden sich Zigaretten an und werfen uns verstohlene Blicke zu. Es fängt mir an, Leid zu tun, dass ich nicht auf Pappys Angebot eingegangen bin.

Tony schiebt sich einen weiteren Kaugummi in den Mund und lächelt mich an. Seine Augen sind kalt. »Horne, du siehst doch wie ein schlaues Bürschchen aus. Ich hab einen heißen Tipp für dich.« Er macht eine Pause und sieht mir dann direkt in die Augen. »Mach deine Nachforschungen in der Bibliothek, falls du verstehst, was ich meine?«

»Ich denke schon.«

»Na schön. Dann verstehen wir uns ja. Ich kann meinem Chef mitteilen, dass unser Gespräch sehr positiv verlaufen ist. Darüber wird er sich sehr freuen.«

»Und wer ist Ihr Chef?«

Tony lächelt wieder. »Das spielt keine Rolle, Horne. Das Einzige, was zählt, ist, dass ich ihm einen positiven Bericht erstatten kann.« Er steht auf. »War mir eine Freude, Horne.« Er geht auf die Tür zu, Karl dicht hinter ihm.

Pappy kommt herüber, wischt sich die Stirn mit einem Handtuch ab und steht einen Augenblick lang nur da und beobachtet die Tür.

»Die Paten«, sagt er.

Ich warte, bis Pappy und sein Trio mit dem nächsten Set anfangen. Sonny Wells taucht nicht auf. Pappy verspricht, dass er versuchen wird, den Saxofonisten ausfindig zu machen, und wir verabschieden uns.

»Seien Sie vorsichtig, Mann«, sagt Pappy.

Tue ich. Als ich nach draußen zum Auto gehe, sehe ich mich besonders gründlich auf dem Parkplatz um, aber von Tony und Karl keine Spur.

In meiner Wohnung angekommen, lege ich Miles' *Kind of Blue* auf und bin noch lange wach, während ich mir den Kopf darüber zerbreche, ob ich Ace oder Coop oder sogar John Trask von Tonys und Karls Besuch im Hob Nob erzählen soll. Ace würde in Panik ausbrechen; Coops und Trasks Reaktion wäre: Hab ichs nicht gesagt.

Ich überlege auch, ob ich nicht Cindy anrufen soll. Eine freundliche Stimme würde mir jetzt gut tun, aber ich verschiebe den Anruf noch einmal und verlasse mich lieber auf Miles, Cannonball und Coltrane, die zusammen den *All Blues* vor mir ausbreiten. Als ob drei Männer an der Ecke stehen und sich miteinander unterhalten.

Beim Klavier von Bill Evans bereue ich, dass ich nicht doch bei Pappys Gruppe eingestiegen bin. Unbedenklicher hätte es gar nicht sein können. Eine menschenleere Kneipe und außer Pappy nur Musiker, die ich vermutlich nie wieder sehen würde. Ich war nahe dran gewesen, aber ich hatte den Sprung ins kalte Wasser einfach nicht geschafft. Noch nicht. Vielleicht mache ich mir ja auch nur selbst etwas vor.

Als ich nach dem Unfall bei der Krankengymnastik war und auf meinem Gummiball herumdrückte, gab es eine Zeit, in der ich Livemusik nicht mal hören wollte. Nie hatte ich über eine Karriere außerhalb des Jazz nachgedacht. Urplötzlich und möglicherweise auf Dauer nicht mehr zu dem fähig zu sein, was ich mein Leben lang gemacht hatte, laugte mich seelisch und körperlich aus. Ich versuchte, mich als Sportler zu sehen – als vielversprechenden Quarterback, der sich das Knie verletzt hat, eine Saison lang auf der Bank sitzt, dann aber auf einmal wieder da ist und seine Mannschaft zur Superbowl führt.

Ich stellte mir vor, dass ich in einem Aufnahmestudio säße und ein Album produzierte, oder in einem Jazzclub in New York, auf Tournee mit meinem eigenen Trio. Das half, aber als mein Können nicht zurückkehrte, als mir die Kontrolle über die Zukunft entrissen schien, da hätte ich beinah aufgegeben. Der mitfühlenden Blicke, gut gemeinten Ratschläge und aufmunternden Worte leid, mied ich die Jazzclubs und verlor den Kontakt zu vielen Musikerkollegen. Lange dauerte es nicht, bis ich aus den Jazzkreisen draußen war.

Als ich dann eines Morgens so ziemlich auf dem Tiefpunkt aufwachte und die Finger streckte, stellte ich einen Unterschied fest.

Er war schwach, fast unmerklich, aber ich spürte ihn, und er reichte, mich zum ersten Mal seit Wochen nach dem Klavier zu sehnen. Ich setzte mich daran und mühte mich, mit Besorgnis als Begleitung, durch eine Ballade.

Ein Solochorus sagte es mir. Ich wusste, dass ich auf dem Weg der Genesung war. Es würde vermutlich eine lange, qualvolle Reise werden, aber ich war überzeugt, dass ich es schaffen würde. Überzeugt genug, dass ich den Gig in Las Vegas annahm. Aber jetzt wuchs sich die Sache zu mehr aus, als ich mir gewünscht hatte.

Das einzig Vernünftige wäre es, meine Sachen zu packen, mich bei Ace zu entschuldigen, bei Brent Tyler in der Fashion Show Mall Krankheit vorzuschützen und zurück nach L. A. zu gehen. Las Vegas war einfach ein Fehler gewesen. Aber ich weiß, dass ich das nicht tun werde. Ich hasse unbeantwortete Fragen, weswegen ich immer Probleme mit meinem Vater hatte und meine Mutter ständig Streitigkeiten zwischen uns schlichten musste.

Was als Gefallen für Ace und als Neugierde angefangen hat, interessiert mich nun wirklich. Wer schickte mir zwei Mafiadarsteller auf den Hals, um mich davor zu warnen, den Tod eines Jazzmusikers vor mehr als fünfunddreißig Jahren zu untersuchen? Und noch wichtiger: Warum? Ob es etwas mit Louise Cody und ihrer Tochter zu tun hat? Was glaubte derjenige, der Tony und Karl geschickt hat, wohl, was ich entdecken könnte?

Ich zerbreche mir noch eine weitere Stunde oder so den Kopf darüber und komme zu keinem Ergebnis. Endlich schlafe ich ein, während mir Coops Abschiedsworte im Kopf herumspuken.

Lass die Finger von der Vergangenheit.

8

Das Klingeln des Telefons schafft es schließlich doch, mich aus dem Schlaf zu reißen. Ich taste nach dem Hörer und stelle fest, dass es nur Ace ist. »Wie wärs mit Frühstück? Kaffee hab ich schon aufgesetzt.«

»Klar, klingt gut, glaube ich. Ich brauche ein paar Minuten.«

»Kein Problem«, sagt Ace. Er hört sich schrecklich gut gelaunt an. Ich versuche, meine Benommenheit abzuschütteln. Als ich etliche Minuten lang unter der Dusche stehe, wird mein Kopf langsam klarer. Ich springe in Shorts und T-Shirt und fühle mich halbwegs menschlich, als ich zu Ace in die Küche der großen Wohnung komme.

Ich habe die Jazz-Nachschlagewerke mitgebracht, und während Ace mit einer Rührei-Paprikaschoten-Kreation beschäftigt ist, flöße ich mir eine Tasse Kaffee ein und kämpfe gegen das Verlangen nach der ersten Zigarette an. Ich schlage Sonny Wells und Pappy Dean nach. Beide haben nur einige kurze Absätze, Pappy ein paar mehr.

Pappy stammt aus Detroit. Er hat etliche Jahre mit einer Reihe von Tourneebands »on the road« verbracht, eine kurze Zeit bei Count Basie und mit einigen Sängerinnen gespielt und sich dann in Las Vegas niedergelassen. Sonny Wells – jetzt weiß ich auch wieder, warum mir der Name bekannt vorkam – war Teil der West-Coast-Szene, die sich auf der Central Avenue in Los Angeles abspielte. In dem Eintrag wird er als »hartkantiger Tenorsaxofonist, beeinflusst von Don Byas« beschrieben. Zwei Schallplattenaufnahmen hat er zu verbuchen, aber zum letzten Mal erwähnt wird er Anfang der Achtziger in Las Vegas. Alle Wege scheinen nach Las Vegas zu führen.

Ace stellt sein Feiertagsfrühstück, zu dem auch ein Stapel Sauerteigtoasts gehören, auf den Tisch. »Und wie wars gestern Abend?« Er setzt sich zu mir an den Tisch und schaufelt die Eier in sich hinein. »Hat Wayne Newton deinem Freund gefallen? Er ist Polizist, oder?«

Ich berichte Ace von Coops großem Abend, lasse aber das Hob Nob und Tony und Karl aus. Ich will Ace keine Angst einjagen und weiß auch noch nicht, wie ich verfahren will.

Ace wirft einen Blick auf die Nachschlagewerke. »Irgendwas Neues?«

»Habe nur ein paar Musiker nachgeguckt. Einer könnte uns vielleicht weiterbringen.«

»Wirklich?«, sagt Ace. Er schenkt mir Kaffee nach und will mehr hören.

»Da gibts nicht viel zu erzählen. Ein Typ, der vielleicht zur gleichen Zeit hier war wie Wardell. Ich werde heute mein Glück bei ihm versuchen.«

»Wie wärs, wenn ich mitkomme? Vielleicht könnten wir ihn ja interviewen, weißt du, auf Band oder so.«

»Lieber nicht, Ace. Der Typ ist ziemlich heruntergekommen. Ich vermute, dass er nicht scharf drauf sein wird, sich von einem Professor ausfragen zu lassen. Lass mich erst mal vorfühlen, was er zu sagen hat.«

»Na gut, du hast wahrscheinlich Recht«, sagt Ace, aber ich merke genau, dass er enttäuscht ist.

»Kann ich dir beim Abwaschen helfen?«

»Nein, geh du ruhig los. Du kannst übrigens den Jeep nehmen, wenn du möchtest. Ich werde heute zu Hause rumhängen. Ich muss eine Menge Arbeiten korrigieren und noch einen Test für Montag schreiben.«

Der voll klimatisierte Cherokee klingt verlockend. Ich gehe zurück in die Einliegerwohnung und ziehe den Frack an. Ich stehe vor dem Spiegel, spreize die Finger und starre mein Spiegelbild an. Ein gar nicht so übel aussehender, fünfunddreißigjähriger Klavierspieler, der nicht weiß, wann er einer Sache besser den Rücken kehrt. Im Licht des hellen Morgens scheinen Tony und Karl gar nicht mehr so bedrohlich. Tony schien sehr von sich eingenommen. Er hat seinem Boss vermutlich berichtet, dass seine angedeutete Drohung mehr als genug war, um mich zum Rückzug zu bewegen. Es interessiert mich wirklich, wer der Boss ist.

Der eine Aspekt ihres Besuchs, der mir gar nicht gefallen will, ist, dass sie offensichtlich wissen, wo ich wohne. Sie konnten nur wissen, dass ich im Hob Nob war, wenn sie mir vom Sands hierher gefolgt sind, was heißt, dass sie mich mit Coop und John Trask gesehen haben müssen. Coop kennen sie natürlich nicht, aber Trask hätten sie identifizieren können. Niemand – weder Trask, Coop noch Natalie – wusste, dass ich ins Hob Nob wollte. Ich wusste es ja selbst nicht, bis Pappy Dean mich anrief.

Die Fahrt zur Fashion Show Mall ist kurz. Der Jeep fährt wie Butter, und die wunderbare Klimaanlage hält mir die Hitze vom Leibe, die laut Radio heute zweiundvierzig Grad beträgt. Ich parke hinter dem Kaufhaus und fahre zirka eine oder zwei Minuten vor Brent Tyler mit der Rolltreppe nach unten zum Flügel.

Heute ist viel los. Es wimmelt nur so von Kauflustigen, und der Imbissbereich ist voll. Vor jedem Stand haben sich lange Schlangen gebildet. Ein paar Neugierige beobachten mich, wie ich mich an den weißen Flügel setze und den Nachmittag mit einem Duke-Ellington-Medley einleite. Tyler steht praktisch im selben Augenblick neben meiner Schulter.

»Schön machen Sie das, Horne, richtig schön.«

»Danke, Brent.« Ich schenke ihm mein fröhlichstes Einkaufszentrum-Lächeln, glaube ihm aber kein Wort. Tyler ist genau wie die Leute, die nach dem Konzert zur Band sagen, wie gut sie doch waren, während die Musiker genau wissen, dass es heute einfach nicht gefunkt hat. Vielleicht hat Ignoranz ja doch ihr Gutes.

Ich leite über zu *Sophisticated Lady*. Meine Hand fühlt sich heute wirklich besser an. Noch verkrampft sich nichts, aber die zwei Stunden liegen ja auch noch vor mir. Tyler ist beruhigt, dass ich an meinem Platz bin, winkt und geht wieder seinen ungemein wichtigen Pflichten nach.

Während einer außerplanmäßigen Pause suche ich ein öffentliches Telefon und rufe Louise Cody an. Beim dritten Klingeln geht sie dran.

»Hallo, hier ist Evan Horne.«

»Ach, hallo. Ich wollte Sie auch gerade anrufen. Haben Sie heute Abend Zeit?«

»Genau daran hatte ich auch gedacht. Ich wollte mich zum Abendessen einladen, falls Ihre Einladung noch steht.«

»Natürlich, das wäre schön.«

»Über Ihre Tochter habe ich noch nichts herausbekommen, falls Sie das wissen wollten.«

»Ich weiß, es ist noch zu früh«, sagt Louise. Eine lange Pause entsteht, in der ich ebenfalls nichts sage. »Ich habe übrigens in das Tagebuch gesehen, von dem ich Ihnen erzählt hatte. Ich glaube, dass einige interessante Sachen dabei sind, die ich selbst vergessen hatte.«

»Klingt gut. Um wie viel Uhr soll ich da sein?«

»Wie wärs mit sieben?«

»Hervorragend. Ich habe nach meiner Schicht hier noch ein paar Sachen zu erledigen.« Sie gibt mir ihre Adresse in Desert Shores und sagt mir, wie ich dahin finde.

Ich hole mir einen Kaffee an einem der Stände, und als ich zurück zum Flügel komme, stehen Coop und Natalie direkt hinter der Samtkordel. Coop blickt ein wenig betreten drein.

»Meine Idee war das nicht, Kumpel«, sagt Coop. »Natalie wollte dich spielen hören.«

Leicht gereizt von ihrer Anwesenheit nicke ich. Das hier ist kein Gig, den ich an die große Glocke gehängt haben möchte. Nicht mal unter Freunden. »Glück gehabt an den Automaten?«

»Ich hab fünfzig Dollar gewonnen«, antwortet Natalie. »Die habe ich allerdings schon wieder verjubelt.« Sie hält eine Neiman-Marcus-Tüte hoch.

»Tja, dann werde ich wohl mal zurück an die Arbeit gehen müssen. Irgendwelche besonderen Wünsche? Dich meine ich«, sage ich zu Natalie. »Coop würde sich wahrscheinlich was von Willie Nelson wünschen.«

Natalie hat eine Eigenschaft, die mir sehr gut gefällt. Bevor sie etwas sagt, schließt sie die Augen, die dann ganz plötzlich aufgehen und einen fast überrascht ansehen. Sie lächelt, denkt kurz nach und wünscht sich ein Charlie-Parker-Stück. »Ich werde mein Bestes versuchen.« Ich spreize die Finger und fange mit der komplizierten Melodielinie an, während Coop und Natalie sich einen Tisch suchen. Aus irgendeinem Grund ist mir sehr bewusst, dass sie mich beobachtet. Als ich den Blick hebe, ist Coop aufgestanden, um für beide etwas zu trinken zu besorgen. Ich halte ganz passabel durch und komme gerade zum Ende, als Coop sich wieder hinsetzt.

Ich spiele noch vier weitere Lieder. Als ich aufblicke, ist Natalie verschwunden, vermutlich wieder beim Bummeln. Als ich den Set beende und mich zu Coop an den Tisch setze, ist sie immer noch nicht wieder da.

»Meiner Meinung nach klingt das gar nicht übel«, sagt Coop, »falls du ein Kompliment von einem uneingeweihten Hörer annimmst.«

»Danke, Coop.« Er beobachtet mich, wie ich mir eine Zigarette anstecke und das Handgelenk reibe. Mir wird klar, dass dies erst das zweite Mal war, dass Coop mich je hat spielen hören.

»Immer noch steif, was?«

Ich nicke und lasse den Blick durch den Gastronomiebereich gleiten. Die Gerüche von Hamburgern, Pizza, Kaffee und gebratenen Zwiebeln erfüllen die Luft. Unbewusst halte ich nach Tony und Karl Ausschau.

»Gestern Abend hatte ich noch ziemlich merkwürdige Gesellschaft.« Als ich den Besuch des dynamischen Duos im Hob Nob beschreibe, heben und senken sich Coops Augenbrauen mehrere Male, doch seine Reaktion ist untypischerweise gelassen.

»Hört sich so an, als will jemand, dass du Wardell Gray in Frieden ruhen lässt«, sagt er.

»Was soll ich deiner Meinung nach tun?«

»Wie wichtig sind diese Nachforschungen?«, will Coop wissen. »Tust dus wirklich nur deinem Bekannten zuliebe?«

»Wie meinst du das?«

Coop seufzt und drückt seinen Zigarillo in einem schwarzen Plastikaschenbecher aus. »Was ich damit sagen will, ist, dass dir ein paar üble Gestalten Dampf gemacht haben – spielt ja keine Rolle, was für Typen das sind –, aber ich höre kein Wort davon, dass du die Finger von der Sache lassen oder zurück nach L. A. gehen willst, womit du besser beraten wärst. Wir wissen doch beide, dass man genauso gut einem Stier mit dem roten Tuch kommen kann, wie dir zu sagen, dass du die Finger von etwas lassen sollst. Du musst immer den Grund von allem rausfinden, und meistens gibst du auch nicht auf, bis dus weißt, stimmts?«

»Ja, schon, aber…«

»Hör mir zu«, Coop legt mir fest die Hand auf den Arm. »Weißt du noch, in der Schule, die Hetze gegen Mr. Ortega, den Spanischlehrer, als sie versuchten, ihn loszuwerden, und behaupteten, er wäre schwul? Du hast eine Petition verfasst und alle Schüler unterschreiben lassen, was für ein hervorragender Lehrer er sei, und die hast du dann an die Schulaufsicht geschickt. Himmel, ich hab das Ding auch unterschrieben. Und was hatte dir jeder vorher gesagt?«

Ich muss lächeln. Daran hatte ich seit Jahren nicht mehr gedacht. Ortega behielt seinen Posten, und ich wurde für etliche Zeit nach dem Vorfall »Schwuli« genannt.

»Genau», sagt Coop, der mir ansieht, dass ich mich wieder erinnere. »Du warst der Einzige, der etwas unternommen hat. Herrgott, du bist ungefähr so schwul wie Mel Gibson. Was mich daran erinnert, dass es mir gar nicht gefällt, wie Natalie dich anguckt.«

»Jetzt hör auf, Coop.«

»War ja nur 'n Witz. Jedenfalls ist diese Wardell-Gray-Kiste wieder eine von den Sachen, bei denen du nicht mehr locker lässt. Aber denk dran: Die Vergangenheit mag ungefährlich scheinen, aber manchmal liegen da Dinge begraben, die bestimmte Leute nicht wieder ans Tageslicht gezerrt haben wollen. Je tiefer du gräbst, desto mehr wirst du rausfinden, besonders, wenn es irgendwelche Verbindungen zur Gegenwart gibt.« Er macht wieder eine Pause. »Das könnte jemand übel nehmen.« Er holt einen Zigarillo heraus und klopft suchend auf seine Taschen. »Hast du Feuer?«

Ich gebe Coop mein Feuerzeug. »Na gut, es ist wahrscheinlich mehr als nur ein Artikel. Ace hat sich ganz schön in die Sache reingesteigert. Ich glaube, es geht nicht nur darum, dass er etwas veröffentlichen will oder muss. Es geht um seine Beförderung, und der Artikel könnte den Ausschlag geben.«

»Und du?«

»Ich gebs zu, für mich ist es auch mehr.«

»Na schön«, sagt Coop, »jetzt liegen die Karten auf dem Tisch. Soll ich mir die Knaben mal ansehen? Ich kann Trask anrufen. Vielleicht kennt er sie.«

»Meinst du, dass ich mir wegen dieser Kerle Sorgen zu machen brauche?«

»Du solltest dir ganz gewaltig Sorgen wegen denen machen. Nein, ich meine, dass dich das hier aus deiner Lethargie gerissen hat, egal, wies mit dem Klavierspielen läuft. Du machst etwas, das du sehr gut kannst und das dir viel bedeutet, und das ist die beste Therapie. Ist doch so, Mann: Vielleicht ist Klavierspielen im Kaufhaus das Beste, was du dir von der Zukunft erhoffen kannst.«

Ich weiß, dass Coop es gut meint, aber die Wut kocht trotzdem in mir hoch. »Das brauchst weder du noch sonst jemand mir auf die Nase zu binden, Coop.«

»Na, vielleicht doch.«

Einige Minuten lang herrscht Schweigen zwischen uns, in denen wir uns beide fragen, ob wir weiter gegangen sind, als unsere Freundschaft erlaubt. Coop pafft wütend an seinem Zigarillo. Ich starre den Flügel an, als wolle er mich verspotten. Coop bricht schließlich das Schweigen.

»Machen wirs so«, sagt er. »Benachrichtige mich, wenn du diese Gestalten wieder siehst. Besorg uns eine Beschreibung, Nummernschild, Nachnamen, wenn möglich, dann lässt sich vielleicht rausfinden, für wen die beiden arbeiten. Berufsschläger gehören eigentlich in Vegas nicht mehr zum guten Ton. Aber so, wie du sie beschreibst, haben die zwei bestimmt ein Strafregister. Irgendwas ist doch da los, dass du derart viel Aufmerksamkeit auf dich ziehst.«

»Danke, Coop, wirklich nett von dir.«

»Für Wayne Newton mach ich so was jederzeit.«

»Na, Jungs, was heckt ihr zwei gerade aus?«, fragt Natalie uns, als sie mit einer weiteren Einkaufstüte zurückkommt. Ich frage mich, ob sie unser Gespräch beobachtet und den passenden Moment abgewartet hat. Sie lässt sich auf einen Stuhl fallen. »Jetzt reichts mir, genug eingekauft«, sagt sie. »Ich will an den Pool.«

Ich erhebe mich für den letzten Set. »Was habt ihr für heute Abend vor?«

»Wir werden uns ein köstliches Essen in einem der edleren Restaurants genehmigen«, antwortet Coop.

»Ooh, das ist ja eine tolle Überraschung.« Natalie grinst übers ganze Gesicht und zieht Coop ein wenig auf.

»Willst du mitkommen, Kumpel?«

»Nein, danke, ich bin schon verabredet. Geht ihr euch schön amüsieren.«

»Ruf mich morgen an«, sagt Coop. »Wir fliegen erst morgen Abend. Vielleicht nehm ich mir noch ein paar Tage frei und lass die Schönheit hier allein nach Hause fahren. Dann könnten wir zwei noch ein bisschen das Strohwitwerdasein genießen, bevor ich mich wieder als Freund und Helfer der Einwohner Santa Monicas betätige.«

»Das werden wir ja sehen«, sagt Natalie.

Sie winken mir zu, als sie die Rolltreppe hochfahren, und ich arbeite mich langsam in Fahrt an meinem blitzeblanken Flügel in der Fashion Show Mall.

Spät nachmittags ist kaum etwas los in Downtown. Für die ernsthaften Glücksspieler ist es noch zu früh, nur die Wohnwagenmeute ist mit ihren Gutscheinen und Bechern voller Münzen unterwegs und trägt ihre Drinks von einem Kasino ins nächste. Ich fahre ein paar Minuten lang auf und ab und finde schließlich einen freien Parkplatz mit Parkuhr. Ich lasse den Jeep kurz hinter der Fremont Street stehen und gehe Sonny Wells suchen.

Pappy hatte gesagt, dass er manchmal in einem Ladeneingang spielt. Deswegen fange ich an der Union Plaza an und laufe runter bis zum Four Queens und noch weiter. Dabei schaue ich in alle Eingänge und halte die Ohren nach Saxofonklängen offen. Nirgendwo habe ich Glück. Ein paar Straßen hinter dem Queens überquere ich die Straße und gehe auf der anderen Seite wieder zurück. Auf halbem Weg bemerke ich einen dünnen Schwarzen, der einen Teppichrest vor dem Eingang eines Möbelgeschäfts entrollt. Er hat einen schwarzweiß gesprenkelten Stoppelbart, eine Dodgers-Kappe auf und Jeans und ein weißes T-Shirt am Leib. Dazu abgetragene Turnschuhe, die eindeutig keine Air Jordans sind.

Ich beobachte ihn eine Zeit lang, während er einen ramponierten Saxofonkoffer auspackt und ein Sax rausholt, das in einem Trödelladen besser aufgehoben wäre. Er stellt den offenen Koffer auf den Teppich, bläst einige Töne, stellt das Blatt richtig ein und atmet tief durch. Sonny Wells bereitet sich auf den Arbeitsbeginn vor.

Vom Ton ist noch einiges übrig, aber seine Finger treffen die Tasten nicht mehr richtig. Er versucht, *Darn That Dream* hinzubekommen, hat aber Mühe mit der Melodie. Wie ist Sonny Wells nur so weit heruntergekommen, frage ich mich. Drogen, Knast, einfach Pech? Das hier ist derselbe Tenorsaxofonist, der Schulter an Schulter mit Dexter Gordon und Art Pepper in den Jazz-Clubs auf der Central Avenue in Los Angeles gestanden hat.

Ein paar Jugendliche im Studentenalter kommen vorbei, bleiben kurz stehen und hören zu. »Blas, Dad, echt cool«, sagt einer von ihnen. Sie lassen einen Silberdollar in den Saxofonkoffer fallen und gehen weiter. Sonny hebt zum Dank einen Finger, aber seine Augen bleiben geschlossen.

Warum haben bloß so viele Jazzmusiker Pech im Leben? Wenn Wardell Gray überlebt hätte, würde er dann auch hier stehen? Oder Charlie Parker?

Ich gehe zu Sonny und hocke mich vor ihm hin. Er spielt *Dream* fast zu Ende, dann hört er einfach auf und zieht eine zerknautschte Packung Zigaretten heraus und fühlt in seinen Taschen nach einem Streichholz. Erst dann bemerkt er mich. Ich halte ihm mein Feuerzeug hin und stecke mir ebenfalls eine an.

»Kennen Sie *The Chase*?«, frage ich.

Sonny nimmt einen tiefen Zug an der Zigarette, atmet eine Rauchwolke aus, lacht und schüttelt den Kopf. »Kennen tu ichs schon«, sagt er. »Heißt nicht, dass ichs auch spielen kann.«

»Das Gefühl kenn ich.« Er wirft einen Blick auf meine Smokinghose, das weiße Oberhemd und die Fliege, die mir lose um den Hals hängt.

»Haben Sie 'n Gig hier?«, fragt er.

»Nein, guck mich nur um. Pappy Dean meinte, ich sollte nach Ihnen Ausschau halten. Evan Horne. Freut mich.«

Jetzt mustert er mich mit einem misstrauischen Blick. Vorsichtig nimmt er meine ausgestreckte Hand. Seine Finger sind lang und dünn, und die Nägel sind ordentlich geschnitten. »Sind Sie der Kerl, der was über Wardell wissen will?« Seine Augen, die trübe vor Müdigkeit sind, blicken irgendwo hinter mir ins Weite. »Ich glaub, ich sollte gestern Abend mit Pappy spielen. Warn Sie da?«

»Ja, ich hab auf Sie gewartet. Was war los?«

»Wissen Sie, Mann, wissen Sie, ich –« Hilflos streckt er die Arme aus. »Ich versuch einfach nur, wieder auf die Beine zu kommen, wissen Sie, was ich mein?«

Ich setze mich zu ihm auf den Teppichrest. »Können wir uns ein bisschen unterhalten?« Ich hole einen Zwanzig-Dollar-Schein heraus. Sonny lässt den Schein keine Sekunde aus den Augen, als ich ihn in den Saxkoffer werfe. Er sieht mich an, als könnte ich es mir noch anders überlegen und ihn wieder wegnehmen. Als ich das nicht tue, lässt er ihn mit einer schnellen Handbewegung in der Jeanstasche verschwinden.

»Reden Sie, so viel Sie wollen, Kleiner. Zeit hab ich jede Menge, und mein Publikum ist noch nicht da.« Er lacht wieder, rasselnd und voller Hoffnungslosigkeit.

»Pappy sagt, Sie hätten Wardell gekannt und wären hier gewesen, als er gestorben ist.«

»Das Moulin Rouge, der Gig von Benny Carter«, sagt Sonny. »In die Band wär ich beinah reingekommen.«

»Und was ist dann passiert?« Die Autos fahren die Fremont Street rauf und runter, und die Neonlichter der Kasinos werfen ihre Schatten auf uns.

»Was soll schon passiert sein? Jemand anders kriegt den Gig, oder ich schaffs nicht, rechtzeitig da zu sein. Sie wissen, wie das bei den Junkies so läuft.«

»War das bei Wardell genauso?«

»Ganz genauso, nur schaffte er es, immer noch so beieinander zu sein, dass er blasen konnte. Wardell war ein schlauer Kerl, Mann. Immer war er am Lesen, aber als er herkam, da wollte er, dass ich ihm Stoff besorge. Ich kannte Wardell schon aus L. A.«

»Weiß ich.«

»Was wissen Sie sonst noch?«

»Ich weiß, dass Wardell in der Wüste gestorben ist, Sonny. Was ich nicht weiß, ist wie oder warum.«

»Ja, die Geschichte kenn ich, aber die echte Geschichte kenn ich auch.« Er lächelt bedeutungsvoll, als kenne er ein großes Geheimnis. »Ja, da war der Stoff, aber da war auch eine Frau. Wardell hatte immer seine Frauen.«

»Was für eine Frau?«

Sonny denkt nach. Er scheint sich unschlüssig zu werden und sieht hinaus auf die Straße. Ich blicke in die gleiche Richtung, auf der Suche nach Tony und Karl, aber ich sehe nur Touristen in Shorts und T-Shirts. »Warum machen wirs nicht so«, sagt Sonny, »ich hab hier meinen Gig zu spielen. Haben Sie ein Telefon?«

»Natürlich.« Ich schreibe meine Nummer auf eine Visitenkarte. Sonny sieht sie sich an und steckt sie in die Tasche. Ich frage mich, ob er auch nicht vergessen wird, mich anzurufen, aber wenigstens weiß ich, wo er zu finden ist.

»Wohnen Sie hier in der Nähe, Sonny?«

»Bis später dann«, sagt er. Er schnippt seine Zigarettenkippe auf die Straße und nimmt das Saxofon in die Hand. Das Gespräch ist beendet.

Ich stehe auf, werfe mein Päckchen Zigaretten in den Saxofonkoffer, überquere die Straße durch den Verkehr hindurch und gehe zurück zum Jeep. Hinter mir höre ich die klagenden Töne aus Sonnys Saxofon, das versucht, zu seinem früheren Ich zurückzufinden, und das um Akzeptanz fleht. Ich drehe mich um und winke Sonny zu, als ich das Stück erkenne.

Es ist ein alter Standard, den Paul Desmond zusammen mit Dave Brubeck eingespielt hat – *Don't Worry About Me.*

9

Ich fahre in Downtown auf der I-95 nach Norden zu Louise Cody. Ich folge ihrer Wegbeschreibung, fahre an der Lake-Mead-Ausfahrt ab und nach Westen nach Desert Shores, einer der vielen neu angelegten Siedlungen, die rund um Las Vegas aus dem Boden geschossen sind, um die fast eine Million Menschen, die heute hier wohnt, aufzunehmen.

Desert Shores, Wüstenufer, klingt irgendwie etwas widersprüchlich, denke ich, aber als ich den künstlichen See, den Strandclub und die vor den direkt am Wasser gelegenen Häusern vertäuten Segelboote sehe, fällt mir gar nichts mehr ein. Ein See mitten in der Wüste? Und ich dachte, in Las Vegas herrsche Wassermangel.

Ich kurve durch ein Labyrinth von Sträßchen mit so fantasievollen Namen wie Haifischbeckenweg, Segelgipfel und Rostige-Molen-Promenade zu einem zweistöckigen, verputzten Haus am Ende einer Sackgasse, das in einer Art Sandstein-Altrosa angestrichen ist. In der Einfahrt steht Louises Mercedes. Der Rasen ist ordentlich gemäht.

An der Tür werde ich herzlich von Louise begrüßt. Im Hintergrund läuft Musik, und aus der Küche dringen köstliche Gerüche. Seit ihrer Zeit als Tänzerin hat sie vielleicht ein paar Pfund zugelegt, aber in dem fließenden Hosenanzug, kombiniert mit großen goldenen Ohrreifen und dezentem Make-up, sieht sie einfach hinreißend aus. Sie gibt mir ein Showgeschäft-Küsschen auf die Wange. Ich rieche einen Hauch teures Parfüm und fühle mich, als sei ich zum Abendessen bei Lena Horne eingeladen.

»Wie wärs mit einem Glas Wein?«, fragt Louise. Sie schenkt uns beiden einen Merlot ein. »Auf das Moulin Rouge«, sagt sie und stößt mit mir an, dass das teure Kristallglas klingelt. »Fühlen Sie sich ganz wie zu Hause. Ich sehe nur mal kurz nach dem Essen. Ich hoffe, Sie mögen Lamm.«

»Klingt fantastisch.« Louise verschwindet in der Küche, während ich mich im Wohnzimmer umsehe. Wie nicht anders zu erwarten, ist das Haus luxuriös eingerichtet. Mittelpunkt des Wohnzimmers bildet ein großes, weißes Sofa, dem zwei bequeme Sessel und in der Mitte ein Chrom-und-Glas-Couchtisch gegenüberstehen. Aus den Lautsprechern einer guten HiFi-Anlage neben einem Großbildfernseher dringen die Klänge von Gene Harris und seinem Trio.

Durch die gläserne Schiebetür hinaus auf die Veranda sind ein kleines Schwimmbecken und ein Whirlpool zu sehen, in denen unter Wasser die Lichter schimmern. Über das Mäuerchen des Grundstücks hinweg bietet sich ein Blick auf die Meilen entfernten Lichter von Las Vegas. Das Immobiliengeschäft muss gut laufen.

»Ich habe dieses Haus günstig gekauft«, sagt Louise, als sie aus der Küche zurückkehrt. »Es war ursprünglich eins der Musterhäuser.«

Ich kann mir gut vorstellen, wie sie Kaufinteressenten Häuser zeigt und mit so viel Charme und Takt dazu bringt, auf der gepunkteten Linie zu unterschreiben, dass sie vermutlich denken, sie tun Louise einen Gefallen damit. »Sehr, sehr schön hier.«

»Ich hoffe, Sie haben Hunger.« Sie führt mich zu einem eichenen Esstisch mit Blick auf den Pool, der elegant gedeckt ist. Sie serviert Salat auf gekühlten Tellern und Lamm-Curry mit Reis-Pilaw aus dampfenden Terrinen. Dazu gibt es indisches Nan und wieder Wein. Als wir zu Ende gegessen haben, fühle ich mich von innen heraus wunderbar warm, spiele mit dem Gedanken, Cindy später anzurufen, und frage mich, warum Rachel Cody wohl all das verlassen hat.

Während des Essens bleiben wir bei leichter Unterhaltung, lernen uns kennen und vermeiden es beide, über das Moulin Rouge oder Rachel zu sprechen. Louise erzählt mir von ihrer Karriere als Immobilienmaklerin. Ich berichte ihr von meinen Bemühungen in der Musikbranche und gebe ihr einen Abriss der Lonnie-Cole-Affäre.

Musikalisch sind wir auf einer Wellenlänge. Sie steht mehrmals auf, um mir Stücke von verschiedenen CDs vorzuspielen, von Gene Harris über Carmen McRae und Miles Davis zu Ahmad Jamal.

»Kaffee?«, fragt Louise. Der befriedigte Ausdruck einer Gastgeberin, die weiß, dass sie ihren Gast beeindruckt hat, steht ihr ins Gesicht geschrieben.

»Gerne«, sage ich. Bisher habe ich nirgendwo einen Aschenbecher gesehen, aber ich würde zu gern eine Zigarette rauchen. Und wieder liest sie meine Gedanken.

»Lassen Sie uns nach draußen gehen. Jetzt ist es kühl genug, und da können Sie auch rauchen.« Sie trägt zwei große Kaffeebecher hinaus zum Gartentisch. Ihr gutes Porzellan vertraut Louise offensichtlich nicht der Terrasse oder den Händen eines Musikers an.

»Was ist das?«, frage ich nach dem ersten Schluck.

»Bourbon-Vanille-Geschmack. Kauf ich da, wo wir uns neulich getroffen haben.«

Ich stecke mir eine Zigarette an, freue mich über das laue Lüftchen und denke mir, dass ich mich an so ein Leben gewöhnen könnte. Wir blicken beide einige Augenblicke lang hinaus zu den Lichtern von Las Vegas und genießen die Zufriedenheit nach einem guten Mahl.

»Ich wohne gerne hier draußen«, sagt Louise. »Ich bin nur zwanzig Minuten vom Strip entfernt, aber es kommt einem viel weiter vor. Einen gewissen Abstand braucht man.«

»Und Rachel hat es hier nicht gefallen?«

»Anfangs schon. Als sie nach ihrer Scheidung aus Kalifornien hierher zurückgezogen ist, da erschien ihr das Leben bei Mom gar nicht so übel. Eine Zeit lang lief alles gut. Wir haben uns wieder kennen gelernt, und ich habe erlebt, wie es ist, mit seiner sechsunddreißigjährigen Tochter auszugehen. Aber vor ein paar Wochen wurde sie immer zurückgezogener. Wir haben uns immer gut verstanden, aber plötzlich redeten wir nicht mehr miteinander. Sie blieb immer länger weg, und eines Tages kam ich von der Arbeit nach Hause, und sie war verschwunden. Hatte ihre Tasche gepackt und war weg. Ohne mir einen Zettel oder irgendwas hinzulegen.«

»Haben Sie irgendeine Ahnung, wie es dazu gekommen ist?« Selbst bei dem wenigen Licht hier sehe ich, dass Louise meinem Blick ausweicht.

»Keine Ahnung. Sie hatte beschlossen, es wieder mit dem Singen zu versuchen, aber sie hatte nicht viel Glück damit.«

»Haben Sie sie dazu ermutigt?«

»Sie meinen, ob ich dafür war? Ja, das kann man vielleicht so sagen, aber wahrscheinlich nicht genug. Das hier ist kein gutes Pflaster für junge Künstler. Aber wem sage ich das.« Louise erhebt sich. »Ich hole mir noch einen Kaffee. Möchten Sie auch noch einen?«

»Aber sicher. Zu einem guten Kaffee sage ich nie Nein.«

Louise geht nach drinnen ins Haus, und ich habe ein paar Minuten Zeit, mir zu überlegen, ob ich ihr sagen soll, was ich von Pappy Dean über Rachel erfahren habe. Ich beschließe, die Drogen unerwähnt zu lassen.

Louise kommt mit dem Kaffee wieder. »Und«, sagte sie, als sie sich wieder hinsetzt, »ist Rachel irgendwo gesichtet worden?«

»Leider nicht. Ein paar Musiker haben sie auf dem Foto wiedererkannt, das Sie mir gegeben haben. Ein Bassist namens Elgin Dean und Sonny Wells, ein Saxofonist. Schon mal von den beiden gehört?«

»Nein.« Ihre Antwort kommt fast zu schnell. »Haben die zwei sie wirklich gesehen?«

»Dean schon. Beide waren schon zu Moulin-Rouge-Zeiten hier. Es ist jedenfalls ein Anfang, und jetzt wissen wir zumindest, dass sie immer noch in Las Vegas ist.«

Louise zwingt sich zum Lächeln. »Tja, das sind dann ja wohl gute Neuigkeiten. Hatten dieser Dean oder Wells irgendetwas Genaueres zu berichten?« In ihrer Stimme ist ein scharfer Unterton, den ich nicht recht einordnen kann.

»Eigentlich nicht.« Ich erzähle ihr nicht, dass Sonny das Bild noch nicht mal gesehen hat. Mich interessiert eher ihre Reaktion auf die Namen.

»War Pappy Dean in der Moulin-Rouge-Band?«

»Nein, ich glaube nicht. Zumindest hat er nichts davon gesagt. Warum?«

»Ach, ich weiß nicht, ich dachte nur, ach, spielt ja auch keine Rolle.« Sie langt nach meinen Zigaretten. »Darf ich? Ich rauche nicht mehr, aber manchmal ist mir nach einer zumute.«

»Natürlich.« Ich schiebe das Päckchen Zigaretten und das Feuerzeug über den Tisch. Ihre Hände zittern ein wenig, als sie mehrmals versucht, das Feuerzeug anzumachen; schließlich brennt ihre Zigarette doch. Sie nimmt nur ein paar Züge, bevor sie sie ausdrückt.

»Ganz schlechte Idee«, sagt sie. »Würden Sie mich einen Augenblick entschuldigen?« Sie steht auf und geht nach drinnen.

Ich frage mich, was sie derart aus der Fassung gebracht hat. Was es auch gewesen sein mag, als sie wieder auftaucht, hat sie sich vollständig gesammelt. In der Hand hält sie ein abgeschabtes, in Stoff eingebundenes Buch in Schulheftgröße. »Das ist für Sie«, sagt sie. »Das Tagebuch einer sehr kurzen Karriere im Showgeschäft.«

Ich nehme es entgegen und schlage die erste Seite auf. Sie hat eine schön fließende, geneigte Handschrift. Ich blättere es einmal schnell durch. Es ist ungefähr zu drei Vierteln voll geschrieben, alle Seiten scheinen nummeriert zu sein. Über das Tagebuch verteilt sind verblasste Fotos eingeklebt.

»Erkennen Sie mich wieder?«, fragt sie, als ich mir ein Bild betrachte. Mehr als ein Dutzend hübsche Mädchen in raffinierten Kostümen lächelt in die Kamera. »Das war direkt nach der ersten Vorstellung. Mein Gott, was war das für eine Nacht! Reporter von überall her, jede Menge berühmte Leute und ein bis oben hin voll gestopftes Kasino.«

Ich mache das Feuerzeug an und sehe vom Foto zu Louise und wieder zurück. Sie hat sich nicht sehr stark verändert. »Da, in der ersten Reihe«, sage ich und zeige auf eine der Tänzerinnen.

»Stimmt«, sagt Louise. »Es gab auch eine Titelgeschichte von *Life* über uns. Die habe ich auch irgendwo.«

»Die würde ich auch gern mal sehen.«

»Nehmen Sie das ruhig mit«, sagt Louise. »Ich möchte es natürlich wiederhaben, aber vielleicht nützt es ja was für die Recherche Ihres Bekannten. Ich hatte vergessen, dass ich die Namen der Musiker und berühmten Leute aufgeschrieben habe, die im Club waren.«

»Wunderbar, vielen Dank«, sage ich. »Ich werde gut darauf aufpassen. Mein Bekannter wird es sich auch ansehen wollen.« Ich sehe auf die Uhr. »Ich glaube, ich muss dann mal gehen. Es war ein langer Tag.«

Wir verlassen die Terrasse und gehen durch das Haus hindurch zurück. »Danke für das fabelhafte Essen und das hier«, sage ich und halte das Tagebuch hoch.

»War mir ein Vergnügen«, erwidert Louise. »Wir sollten so was bald wieder mal machen.«

»Gern, aber das nächste Mal lade ich Sie ein.«

Als wir an die Tür kommen, bleibt Louise vor ein paar Fotos stehen, die an der Wand hängen. Auf einigen sind sie und Rachel zu sehen, andere sind offensichtlich Familienfotos, aber in der Mitte hängt eins, das mir sofort ins Auge fällt.

»Das hier dürfte Sie interessieren«, sagt Louise.

Es ist ein Gruppenbild, eine Reihe von kostümierten Tänzerinnen auf der Bühne. Hinter ihren Schultern sind einige der Musiker zu erkennen.

»Das war der Eröffnungsabend im Moulin Rouge, und da bin ich«, sagt Louise und zeigt auf eins der Mädchen fast am Ende der Reihe.

Ich beuge mich vor, um mir das Bild näher zu betrachten. Louise war ein schönes junges Mädchen mit einem strahlenden Lächeln. »Das muss ein aufregender Abend gewesen sein.«

»Und ob er das war«, erwidert Louise.

Eigentlich will ich noch genauer hinschauen, ob ich von den Musikern einige erkenne, aber Louise hat bereits die Tür aufgemacht. Wir wünschen uns eine gute Nacht, und ich gehe zum Wagen. Sie steht im Türrahmen und winkt mir nach.

Als ich an den See komme, fahre ich an den Straßenrand, halte an, stelle den Motor aus und stecke mir eine Zigarette an. Ich kurbele die Scheibe herunter und höre das Wasser, das ans Ufer plätschert, und meinen eigenen Herzschlag. Auf dem Sitz neben mir liegt Louise Codys Tagebuch. Ich bin unheimlich gespannt, was da drin stehen mag, aber ich weiß jetzt schon, was sie auf der Veranda so aus der Fassung gebracht hat, und das stört mich ganz gewaltig.

Als ich ihr von Elgin Dean und Sonny Wells erzählte, erwähnte ich Elgins Spitznamen mit keinem Wort. Und sie sagte, sie hätte nie von den beiden gehört.

Wenn das stimmte, warum nannte sie Elgin Dean dann »Pappy«?

Als ich nach Hause komme und die Tür aufschließe, klingelt das Telefon. »Evan? Hier ist Natalie. Ich störe hoffentlich nicht, oder?«

»Nein, überhaupt nicht, was gibts? Coop will doch nicht noch mal zu Wayne Newton?«

»Nein«, lacht sie, »bestimmt nicht. Er musste zurück nach L.A. fliegen.«

»Was ist passiert?«

»Ich weiß es nicht. Irgendein Fall, mit dem er zu tun hat. Sie haben jemanden festgenommen und brauchen Coop für das Verhör. Wir haben die Zimmer hier bis Montag bezahlt. Deswegen hat er darauf bestanden, dass ich noch bleibe.«

Ich sage einen Moment lang gar nichts und überlege, was das und der Unterton in Natalies Stimme wohl heißen soll. Eine gewisse Zuneigung zu Natalie kann ich nicht bestreiten, aber sie ist Coops Freundin, und Coop und ich sind gute Kumpel.

»Evan, bist du noch da?«

»Ja, tut mir Leid. Tja, das ist wirklich unerfreulich. Und du willst noch bleiben?«

»Ich dachte schon. Ich brauche erst am Mittwoch wieder bei der Arbeit zu sein, aber ich wollte auch nicht ganz allein hier herumhängen. Ich dachte, wir könnten vielleicht zusammen frühstücken oder etwas in der Art. Was hältst du davon?«

Ich seufze im Geiste. Sie weiß genau, was ich davon halte. »Frühstück wäre nett. Wie wärs um zehn?«

»Super. Ich werde mich heute Abend faul in die Wanne legen und früh ins Bett gehen. Bis morgen früh dann.«

»Natalie?«

»Ja.«

»Ich freue mich, dass du noch bleibst.«

»Ich auch, Evan. Gute Nacht.«

Ich lege auf und frage mich, wo das hinführen soll. Vermutlich nirgendwohin, aber das Bedürfnis, Cindy anzurufen, ist verschwunden. Ich ziehe den Frack aus, schnappe mir ein Bier und schlage Louise Codys Tagebuch auf.

Die Pflichtlektüre ruft.

10

Das Rio-Hotel liegt an der Flamingo Road, kurz hinter der Ausfahrt von der I-15. Wenn man sportlich veranlagt ist und die Hitze mag, ist es in Laufnähe zum Caesar's Palace. Die Attraktion am Rio ist, dass alle Zimmer Suiten und die Preise ein wenig niedriger als in den Hotels am Strip sind. Das Rio ist im pseudobrasilianischen Stil ausgestattet, zeigt eine lateinamerikanische Revue und bietet eines der besseren Büfetts in Las Vegas.

Ich parke, gehe nach drinnen und rufe Natalie von einem der Haustelefone aus an.

»Ich komme sofort runter«, sagt sie.

»Gut, ich warte am Eingang des Restaurants.«

Ich stelle mich in die Schlange, und fünf Minuten später ist Natalie da und erwischt mich, wie ich einer Cocktailkellnerin hinterhergucke, die in der freizügigen Bekleidung, für die das Rio berühmt ist, durch das Kasino schwebt.

»Ruhig bleiben, Kleiner«, sagt Natalie. In gut sitzenden Shorts, Sandalen und einem weiten Oberteil sieht sie frisch und proper aus. Ihre langen blonden Haare hat sie zu einem Pferdeschwanz zusammengebunden.

Für einen Sonntag ist die Schlange gar nicht so schlimm. Wir zahlen und bekommen schnell einen Tisch angewiesen – Natalie besteht darauf, dass wir mir zuliebe im Raucherbereich sitzen –, ordern Kaffee und stellen uns am Büfett an. Sie ist vor mir zurück am Tisch und macht sich bereits über ihre Eier mit Speck her.

»So ein deftiges Frühstück ist etwas Wunderbares«, sagt sie. Wir machen ein bisschen Smalltalk und gucken uns ein wenig die Leute an. Bei der zweiten Tasse Kaffee wird das Gespräch ernster.

»Schau her«, sagt Natalie, »ich weiß, dass die Situation für uns beide ein bisschen merkwürdig ist. Ich bin ein paar Mal mit Coop ausgegangen, aber zwischen uns ist nichts Ernstes. Wir sind gute Freunde, aber das ist auch schon alles.«

»Weiß Coop das?«

»Nach diesem Wochenende schon. Er war nicht allzu enttäuscht, dass er früher fahren musste.«

Den Kommentar dazu erspare ich mir, zumindest fürs Erste. »Na, dann ist ja gut.«

Ich stecke mir eine Zigarette an und brüte über mein Glück nach. »Noch einen Kaffee?« Natalie nickt, und ich bedeute der Kellnerin, dass sie unsere Tassen nachfüllen soll. Natalie beobachtet mich leicht amüsiert.

»Du weißt wohl nicht so recht, wie du damit umgehen sollst, was?«

»Irgendwie nicht, in Anbetracht der Umstände.«

»Dann will ich die Sache ein bisschen einfacher für dich machen. Ich bin deutlich über einundzwanzig und mit niemandem zusammen, auch nicht mit Coop, einverstanden?«

»Mehr als einverstanden.«

»Apropos, was hat Coop dir eigentlich über mich erzählt?«

»Er sagte, du bist Politesse«, antworte ich.

Natalie schüttelt den Kopf. »Gott, den bring ich um, diesen Trampel. Ich bin zwar bei der Verkehrspolizei, aber ich fahre nicht mit einem von diesen albernen Elektrokarren herum und verteile Strafzettel.«

»Das Bild wollte mir auch nicht so recht in den Kopf. Warum Polizei?«

Natalie zuckt die Achseln. »Mein Bruder war Polizist, kam aber nicht aus Vietnam zurück, also entschloss ich mich, mir die Sache vor dem Jurastudium selbst einmal anzusehen.«

»Tut mir Leid mit deinem Bruder. Jurastudium. Das könnte ich mir eher vorstellen.«

»Das ist schon lange her, aber es ehrt mich, dass du mich als Juristin sehen kannst. Wie gehen denn übrigens deine Nachforschungen voran? Coop hat mir ein bisschen davon erzählt.«

»Nicht schlecht – gestern Abend war ich bei Lena Horne zum Abendessen geladen.«

Natalie reißt die Augen auf. »Das ist nicht dein Ernst.«

Ich erzähle ihr alles, was sich bisher ergeben hat, und berichte von Louise Codys Tagebuch und ihrer Ähnlichkeit mit der berühmten Sängerin.

»Und du glaubst, sie lügt?«

»Ich weiß es. Entweder gibt es noch ein zweites Tagebuch, oder sie hat in dem, das sie mir gegeben hat, eine Menge ausgelassen.«

»Das wird ja mittlerweile richtig spannend, was?«

Ich erzähle ihr nichts von Tony und Karl. »Ich bin schon lange über den Punkt hinaus, an dem ich der Sache einfach den Rücken kehren kann.« Ich erzähle ihr von Ace, Janey und meinem Comeback.

»Das muss ja schrecklich frustrierend für dich sein«, sagt sie. Sie berührt meine rechte Hand. Ich weiß nicht, warum, aber ich habe das Gefühl, dass sie genau weiß, wie ich mich fühle.

»Ich habe ein paar Dinge zu erledigen, aber falls du Lust hast: Ich habe gehört, dass es im Spago, im Forum von Caesar's Palace, ein sehr anständiges Quartett geben soll. Sollen wir es uns mal anhören?«

»Klingt fantastisch. Ich werde mich derweil am Pool vergnügen.«

»Na schön, dann hol ich dich so gegen drei ab.« Als wir uns verabschieden, nimmt Natalie meine Hand und gibt mir ein Küsschen auf die Wange.

»Ich mag dich, Evan Horne«, sagt sie. Dann ist sie weg und verschwindet in der Menge.

Zwei Dinge gehen mir gegen den Strich. Wie ich Natalie bereits gesagt habe, ist Louise Codys Tagebuch zwar faszinierend, aber mir fehlt einfach zu viel. Es sind die reizenden Aufzeichnungen eines jungen Mädchens, das von seinem ersten Auftritt mitten im Trubel und Glitzer des Showgeschäfts erzählt. Sie beschrieb die Proben, das bunte Treiben des neuen Kasinohotels und die Vorbereitungen auf die neue Revue. Sie führte eine Liste der berühmten Leute auf, die am Eröffnungsabend da waren – ein paar davon hatte sie sogar kennen gelernt –, sowie, wie angekündigt, die Namen der Musiker in Benny Carters Band. Wardell Gray taucht auf, aber weder Sonny Wells noch Pappy Dean.

Doch die Eindrücke sind oberflächlich, als wäre es letzte Woche geschrieben worden und nicht vor fünfunddreißig Jahren. Tagebücher können sehr aufschlussreich sein, wenn man sie sich Jahre später wieder ansieht. Aber nur, wenn man damals auch wahrheitsgemäße Eintragungen gemacht hat. Das hat Louise Cody nicht getan. Ich weiß nicht, warum ich mir so sicher bin.

Die zweite Sache, die mir merkwürdig erscheint, ist das Foto an der Wand, das von den Revuetänzerinnen mit der Band im Hintergrund. Bilde ich es mir nur ein, oder lenkte sie mich absichtlich ab, damit ich es mir nicht eingehender betrachten konnte? Ist auf dem Bild jemand, den ich nicht erkennen soll?

In meiner Wohnung blättere ich noch einmal die Seiten des Tagebuchs durch und suche nach irgendeinem Hinweis, der mir verrät, nach was ich suchen soll. Der letzte Eintrag ist vom November 1955, als sie im letzten Monat des kurzen Lebens des Kasinos wieder dort auftrat. Wardell Gray war bereits seit sechs Monaten tot. Kein Wort darüber, wer ihn ersetzte, oder sonst irgendetwas über die Band.

Ich starre die Seiten an, versuche das Ganze irgendwie zu verstehen, aber in meinem Kopf nimmt einfach nichts Gestalt an. Das Telefon ist eine willkommene Unterbrechung.

»Evan Horne. Hier Pappy Dean.« Die tiefe Stimme dröhnt aus dem Hörer.

»Hey, Pappy, was gibts?«

»Sonny Wells. Der will mit Ihnen reden.«

»Wann?«

»Jetzt«, sagt Pappy. »Sonny muss man nehmen, wenn er nüchtern ist, oder zumindest halbwegs nüchtern, und Sonntagmorgen heißt Kirche.«

»Kirche?«

«Ja, St. James. Da haben wir eine Band und einen irischen Pfarrer, der zwar nicht im Takt klatschen kann, aber gut drauf ist.»

«Wo ist diese Kirche?»

«Ganz in der Nähe vom Moulin Rouge. H-Street, in der Nähe der Washington Avenue.«

Ich schaffe es in zehn Minuten. Die Kirche leert sich gerade nach dem gut besuchten Morgengottesdienst. Pappy steht in Anzug und Sonnenbrille auf der obersten Treppenstufe.

»Gehn Sie ruhig rein«, sagt er. »Sonny wartet.«

Drinnen ist es still und kühl. In einer Ecke neben der Orgel stehen ein Schlagzeug und ein Kontrabass, vermutlich der von Pappy. Er hat also doch einen festen Auftritt jede Woche. Sonny Wells sitzt vorne und sieht den Altar an, als warte er darauf, dass ihm jemand die Beichte abnimmt.

In einem fadenscheinigen Anzug, einem verblichenen weißen Hemd, bei dem sich die Kragenspitzen nach oben biegen, und einer schmalen, schwarzen Krawatte macht Sonny heute einen wesentlich passableren Eindruck. Rasiert hat er sich nicht, aber die Haare sind mit Pomade nach hinten gekämmt. Sein Gesichtsausdruck ist friedlich.

Als ich durch den Mittelgang auf ihn zugehe, erkennt er mich. »Hey, Klaviertyp!«, ruft er und winkt.

»Wie gehts, Sonny?« Ich setze mich neben ihn in die Kirchenbank. Die Stille der Kirche erinnert mich an einen Konzertsaal kurz nach dem Auftritt.

»Alles cool«, sagt Sonny. »Sonntags gehts mir immer gut.« Er sieht mich fragend an. »Pappy meint, ich soll mit Ihnen reden.«

»Nur, wenn Sie das möchten.«

Sonny nickt und blickt auf den Boden. »Mann, Wardell. Bei dem Namen, da werden Erinnerungen wach. Ich kannte Wardell aus L.A.«

»Ich weiß, das haben Sie mir neulich erzählt.«

»Habe ich das?« Bestürzt sieht er mich an. »Hab ich auch gesagt, dass ich in der Band war? Ich hab Wardells Stelle eingenommen, nachdem …«

»Nach was?«

»Nachdem sie ihn kaltgemacht haben. Passen Sie doch auf, Mann.«

Ich versuche, gleichmäßig weiterzuatmen. Am liebsten würde ich ihn schütteln, damit er aus seinem Tran aufwacht.

»Was ist mit Wardell passiert, Sonny?«

»Es war diese Frau. Ich hab Wardell gesagt, dass er die Finger von ihr lassen soll. Sie war die Frau von einem andern.«

»Wissen Sie noch den Namen der Frau?«

»Nee.« Er wischt mit der Hand durch die Luft, als spiele es keine Rolle und kichert dann. »Aber klasse war die schon. Das weiß ich noch. Sie war Tänzerin in der Truppe. Lange, hübsche Beine. Oh ja, sie war klasse, und auf Wardell stand sie auch.«

»Und die Frau hatten Sie in L.A. auch schon gekannt?«

»Na klar«, sagt Sonny. »Ich hab sie oft zusammen mit Wardell gesehen.«

»Und die beiden kamen zusammen nach Las Vegas?«

»Weiß ich nicht«, antwortet Sonny. »Ich weiß nur, dass man das arme Schwein in der Wüste gefunden hat. Ich hab ihm gesagt, er soll die Pfoten von der Frau lassen. Die haben ihn kaltgemacht.«

»Wer sind die, Sonny?«

Sonny sieht mich an und grinst. »Die Bosse.«

»Die Polizei?«

Sonny grinst wieder und schüttelt den Kopf. »Nein, die andern.«

Ich bekomme keine Gelegenheit, mehr herauszufinden. Sonny zieht den Ärmel seines Jacketts hoch, als sehe er auf die Uhr, auch wenn da nichts um sein Handgelenk geschnallt ist.

»Ich muss los, Mann, mein Auftritt wartet auf mich.« Er steht auf und schüttelt mir fast förmlich die Hand. »Bleiben Sie cool,

Mann.« Er geht zur Kirchentür, ohne sich ein einziges Mal umzudrehen.

Die anderen großen Bosse? Wen soll er damit schon anderen meinen als die Mafia-Paten?

Das Spago befindet sich in der Forum-Einkaufspassage im Caesar's Palace. Ich habe Natalie trotz meiner Vorbehalte gegenüber Jazz in schicken Restaurants hierher eingeladen, weil meine Quelle wohl unterrichtet war. Die Quelle ist gerade dabei, sich das Tenorsaxofon umzuhängen, als wir eintreffen.

»Du hast mir nichts davon gesagt, dass du hier spielst.«

Billy Mills bläst ein paar Töne, bevor er antwortet. »Tu ich auch nicht. Ich springe heute nur ein und freu mich über den Job.« Billy mustert Natalie und schüttelt den Kopf. »Und ich dachte, die Saxspieler kriegen die schönsten Mädchen. Wir sehn uns nach dem Set.«

Natalie und ich ergattern einen Tisch in der Nähe der Band. Der offene Teil des Restaurants erstreckt sich bis hinaus in die Ladenpassage. Ein ständiger Strom von Fußgängern zieht vorbei, von denen einige stehen bleiben, um dem Quartett zuzuhören, das den Set mit einem Blues von Jackie McLean beginnt.

Das Klavier ist viel besser als das im Hob Nob, aber auch hier gibt es kein richtiges Podium, nur eine frei geräumte Ecke neben der Kasse am Eingang. Wir bestellen ein Glas Wein und hören uns drei Stücke an, bevor wir uns richtig unterhalten.

Ich beobachte Natalie, die mit dem Kopf im Takt nickt, ein kleines Lächeln auf den Lippen. »Ich habe keins der Stücke bisher erkannt«, sagt sie.

»Billy hat gesagt, dass die meisten Sachen Originalkompositionen des Pianisten sind.« Der ist ein großer, dünner Mann mit Brille, der beim Spielen auf der Klavierbank auf und ab federt. Sein Blick schnellt von den Noten, die er vor sich ausgebreitet hat, hinüber zu den anderen Musikern, wenn jemand etwas spielt, das ihm gefällt.

Der Bassist, der mit seinen weißen Haaren, Vollbart und Augenklappe aussieht wie ein Werbeträger für die Hathaway-Hemden von früher, spielt mit gesenktem Kopf, ganz auf die Musik konzentriert. Der fast hinter dem Klavier verborgene Schlagzeuger treibt und heizt die Gruppe mit Besenschlägen auf die Becken an.

Die Musik nimmt mich gefangen. Wie die Bandmitglieder nehme ich keine Menschen um mich herum wahr. Ich folge im Geiste den Fingern des Pianisten durch die beeindruckenden Läufe und Blockakkorde. Er ist richtig gut, und ich bin neidisch. Der Set endet mit höflichem Applaus. Mit Ausnahme einiger Gesichter, die ich vom Four Queens wieder erkenne, ist das hier offensichtlich ein Touristenpublikum, das zufällig aus dem Caesar's hierher geraten ist oder einen Tag Shopping mit elegantem Mittagessen genießt.

»Die Leute wissen nicht so recht, wen oder was sie da vor sich haben, stimmts?«, fragt Natalie.

»Sieht nicht danach aus. Billy hat erzählt, dass sie seit über einem Jahr hier spielen. Der Geschäftsführer ist selbst Amateurpianist. Er hat Wolfgang Puck zu einer Jazzgruppe überredet, und scheinbar läuft es.«

»Ist er das?«, fragt Natalie und zeigt auf das Klavier.

Die Kellner und Kellnerinnen tragen rosa Hemden und Fliegen, aber der Mann hat einen dunklen Anzug an und mit Gel zurückgekämmte blonde Haare. Er unterhält sich gerade mit Billy, der auf unseren Tisch zeigt. Er schüttelt Billy die Hand und kommt auf mich zu.

»Darf ich mich vorstellen?«, sagt er und macht eine angedeutete Verbeugung. «Ich bin Baron Jordan von Esebeck und freue mich sehr, Sie hier als Gäste begrüßen zu dürfen. Vielleicht wollen Sie ja später auch spielen?« Der deutsche Akzent ist nach vielen Jahren in den Staaten nicht mehr so ausgeprägt.

»Danke, nein, Baron. Heute bin ich nur als Zuhörer hier, aber danke für die Einladung.«

Er gibt Natalie einen galanten Handkuss. »Wenn Sie mir dann gestatten würden, Sie zu einem Getränk einzuladen?« Er schnippst einem vorbeigehenden Kellner zu und zeigt auf unseren Tisch. »Später werden Sie auch noch meine Künste am Klavier genießen dürfen, wenn die Band mich lässt.« Er lacht über seinen Witz.

»Ich bin gespannt«, sage ich. Der Baron verbeugt sich noch einmal und geht.

»Charmant«, sagt Natalie. »Mal sehen, wie er spielt.«

»Billy hat erzählt, dass er ein fanatischer Fan von Thelonious Monk ist und gar nicht schlecht spielt und natürlich von allen ›Red Baron‹ genannt wird.«

Natalie nippt an ihrem Weinglas. »Es ist nicht einfach für dich, stimmts? Coop hat mir von deinem Unfall erzählt. In deinem Kopf hast du die Musik. Da muss es frustrierend sein, wenn man sie nicht ausdrücken kann.«

»Das haben Sie hervorragend erfasst, Miss Beamer.« Ich versuche, einen lockeren Spruch zum Besten zu geben, aber sie hat den Nagel auf den Kopf getroffen. »Ich schwanke täglich zwischen Selbstmitleid und dem festen Willen, den Ärzten zu beweisen, dass sie Unrecht haben.«

Als das Quartett wieder anfängt, versuche ich, mich an der Atmosphäre zu erfreuen – gute Musik, guter Wein, die Gesellschaft einer hübschen Frau und vielleicht der Beginn von etwas Schönem. Das klappt recht gut, bis der Baron wieder an unserem Tisch erscheint, zwei Gläser Chardonnay in der Hand.

»Diesmal sind mir die Herren dort drüben zuvorgekommen«, sagt er. »Wohl bekomms.«

Das ist der Moment, in dem ich Tony und Karl bemerke. Eingeklemmt zwischen ihnen sitzt ein kleiner, fast kahler Mann, der sein Glas in unsere Richtung hebt.

Natalie folgt meinem Blick. »Wer ist das?«, fragt sie.

»Keine Ahnung.« Tony und Karl bleiben sitzen, Billys Saxofon direkt vor ihren zu Tode gelangweilten Gesichtern. Der Dritte steht auf und kommt herüber an unseren Tisch.

Er trägt einen teuren Anzug und ist mit Goldschmuck behängt – Armbanduhr, Ringe und Anstecknadel. Er sieht aus, als fühle er sich im Spago zu Hause. »Mr. Horne, darf ich mich vorstellen – Anthony Gallio.« Ich sehe, wie Natalie die Augen aufreißt. »Darf ich mich einen Moment zu Ihnen setzen?« Er zieht einen Stuhl heran und setzt sich, wobei sich eine Rasierwasserwolke auf uns senkt. »Und diese reizende junge Dame ist?«

»Natalie Beamer.« Sie gibt Gallio die Hand.

»Hoch erfreut«, sagt Gallio. Er lächelt freundlich, wendet seine Aufmerksamkeit aber sofort wieder mir zu. »Meine Mitarbeiter haben Sie ja vermutlich schon kennen gelernt.« Er nickt mit dem Kopf in Richtung von Tony und Karl, die unseren Tisch keine Sekunde aus den Augen lassen. »Ich muss mich leider bei Ihnen entschuldigen, Mr. Horne.«

»Und wieso das?«

»Für den unglücklichen Vorfall im – Hob Nob hieß das Etablissement, wenn ich mich recht erinnere. Tony und Karl sind, wie soll man sagen, etwas überschwänglich, vielleicht könnte man sogar sagen übereifrig in der Ausführung meiner Anweisungen. Tony ist mein Neffe. Er macht mir gern eine Freude.«

»Aber die Anweisungen stammten von Ihnen?« Natalie versucht, mir etwas mit den Augen zu bedeuten.

»Sie sollten eigentlich nur herausfinden, was Sie am Moulin Rouge so interessiert.«

»Mich interessiert einzig und allein, dass ein Musiker zur Zeit, als er starb, dort auftrat, und ich stelle Nachforschungen über ihn an. Es ist eine uralte Geschichte, Mr. Gallio.«

Gallio trinkt einen Schluck Wein. »Genau. Vielleicht sollten wir das alle im Kopf behalten«, sagt er. »Ich habe selbst auch ein gewisses Interesse am Moulin Rouge. Ich bin Geschäftsmann, Mr. Horne. Ich habe derzeit ein Planvorhaben auf dem Schreibtisch liegen, in dem es um das Moulin Rouge geht.« Er unterbricht sich und wirft Natalie einen schnellen Blick zu. »Angesichts der delikaten Natur geschäftlicher Verhandlungen, die bisweilen viel diplomatisches Geschick erfordern, wäre es unerfreulich, wenn die Situation durch Außenseiterinteressen wie die Ihren komplizierter gemacht würde.«

»Ich bin mir nicht sicher, ob ich Ihnen folgen kann, Mr. Gallio. Wie soll der Tod eines Saxofonisten vor siebenunddreißig Jahren Einfluss auf Ihre geschäftlichen Verhandlungen haben?« Das Quartett ist zu einem Blues in Moll übergegangen. Aus dem Augenwinkel kann ich Billy sehen, die Hände über dem Sax gefaltet, wie er dem Pianisten zuhört. Nie habe ich mir mehr gewünscht, nur Pianist zu sein.

»Vermutlich überhaupt nicht. Meine Bedenken haben damit zu tun, ob der unglückliche Tod des Musikers Ihr einziges Interesse ist.« Trotz seiner verbindlichen Miene und dem höflichen Lächeln bohren sich Gallios Augen in meine. Mein Gesichtsausdruck muss ihm sagen, dass er sich verständlich gemacht hat.

»Tja, dann gibt es ja keinerlei Problem, richtig?« Gallio lächelt, stellt das Glas auf dem Tisch ab und erhebt sich. »Es war mir ein Vergnügen, Miss Beamer. Genießen Sie Ihren Aufenthalt in Las Vegas, Horne.«

Gallio kehrt zurück an seinen Tisch. Tony und Karl sind bereits auf den Beinen. Gallio zieht einige Geldscheine aus einer dicken Rolle und lässt sie auf dem Tisch liegen. Eskortiert von Tony und Karl geht Gallio am Quartett vorbei hinaus. Als sie am Klavier vorbeikommen, bleibt Gallio stehen, flüstert dem Pianisten etwas zu und legt einen Schein aufs Klavier.

Natalie atmet tief durch und trinkt einen kräftigen Schluck Wein. »Ich glaube, ich brauche noch was zu trinken. Weißt du, wer das war?«

»Anthony Gallio, oder nicht?« Ich sehe dem Trio hinterher, wie es an der Absperrung vorbeigeht. Gallio und Karl blicken weder nach rechts noch nach links, aber Tony bemerkt meinen Blick und zeigt mit dem Finger wie mit einer Pistole auf mich.

»Anthony Gallio ist eine Figur aus dem organisierten Verbrechen, zumindest war er das früher. Ich habe den Typ mal im Fernsehen gesehen, wie er mit seinen Anwälten in den Gerichtssaal gekommen ist. Und du sitzt in aller Seelenruhe da und beantwortest Fragen. Herrgott, was geht hier vor sich? Und was ist in diesem Hob Nob vorgefallen?«

»Gar nichts. Ich erzähl es dir später.« Die erste ist allerdings eine gute Frage.

11

Montagmorgen. Ace ist in der Universität, und ich hänge im Apartment und am Pool herum, lese Louise Codys Tagebuch noch einmal durch und versuche, in meinem Kopf etwas Klarheit über das, was in den letzten paar Tagen so passiert ist, zu schaffen.

Ich verabrede mich für später mit Natalie im Four Queens, bitte sie jedoch, nicht zur Fashion Show Mall zu kommen. Das ist etwas, was ich mit mir selbst ausmachen muss, und es ist mir merkwürdig peinlich, Natalie dabei in der Nähe zu wissen. So, als wolle ich nicht, dass sie sieht, wie ich mich abmühe. Übertrieben? Blöd? Schon, da ich sie ja kaum kenne, aber so empfinde ichs eben.

Andererseits kenne ich sie mittlerweile gut genug und mich noch besser, um zu wissen, dass es Zeit wird, Cindy anzurufen oder den einfachen Rückzug zu wählen und ihr einen Brief zu schreiben. Brent Tyler lässt sich diesmal überhaupt nicht blicken, was vermutlich bedeutet, dass er mit mir zufrieden ist. Ich erfülle die Wünsche einiger schüchterner Kunden, aber als Mary Lou mich ablöst, bin ich dankbar. Die Hand tut mir nach den zwei Sets weh.

Mein anderer Zeitvertreib besteht heute darin, nach Tony und Karl oder Anthony Gallio Ausschau zu halten. Ich bezweifle, dass Gallio allzu oft ausgeht, und frage mich, was er im Spago zu suchen hatte. Ich musste eine Menge Überredungskunst aufwenden, um Natalie davon abzuhalten, Coop anzurufen und von unseren Lunchgästen zu berichten. Schließlich versprach sie mir, es nicht zu tun, und ging nach einem kurzen Abendessen zurück ins Hotel. Viel Zeit zum Nachdenken für mich – allein.

Nachdem ich Mary Lou die Unterhaltung der Konsumwütigen überlassen habe, schaue ich kurz zu Hause vorbei und ziehe ein legeres Sporthemd, Jeans und Bootsschuhe an, bevor ich wieder losfahre. Diesmal nach Downtown zum Amt des Coroners, um mir die Akte über Wardell Gray anzusehen.

Ein gelangweilter Verwaltungsbeamter gräbt die Akte aus und zeigt mir den Eintrag. Wenigstens in dieser Hinsicht haben mir bisher alle die Wahrheit gesagt. Genau wie Trask sagt, gibt es einen Polizeibericht. Als Todesursache wird eine Überdosis angegeben. Ich lasse mir eine Kopie für meine Unterlagen anfertigen. Vielleicht kann Ace sie ja für den Artikel verwenden.

Ich fahre früh hin, ohne auch nur nachzusehen, wer heute spielen wird. Ich will dort etwas essen und mir den ersten Set anhören. Abgesehen von Pappy habe ich auch sonst allen Bescheid gegeben, die Rachel Cody über den Weg laufen könnten. Vielleicht habe ich ja Glück.

Ich stelle das Auto im Parkhaus des Four Queens ab. Bevor ich hineingehe, beschließe ich, bei Sonnys Ladeneingang vorbeizuschauen und nachzusehen, ob sein »Gig« heute stattfindet. Die Sonne sinkt langsam und spiegelt sich in den Schaufenstern und Kasinos, doch das Thermometer einer Bank zeigt immer noch vierzig Grad.

Auf der Fremont Street scheinen mehr Leute als gewöhnlich unterwegs zu sein, die mit dem obligatorischen Becher voller Münzen von Hotel zu Hotel ziehen. Die ganze Straße macht den Anschein einer großen Party, und das Dauerblinken der Neonlichter gibt dem Ganzen einen surrealen Effekt – wie ein Filmset, auf dem tagsüber Scheinwerfer benutzt werden.

Ich genieße das alles und fühle mich fast wie ein Tourist, bis ich in die Nähe von Sonnys Plätzchen komme. Drei Polizeiautos mit flackernden Lichtern stehen quer auf der Straße und blockieren zwei Fahrbahnen. Einer der Uniformierten dirigiert den Verkehr, und eine Horde Neugieriger hat sich um Sonnys Laden geschart, als wäre Schlussverkauf.

Mehrere Polizisten in Uniform drängen die Menschen zurück. Der Eingang ist mit gelbem Plastikband abgesperrt. Eigentlich will ich nicht sehen, was sich hinter der Menschenmenge verbirgt. Ich schaffe es, mich nach vorne durchzudrängeln, und remple dabei Detective John Trask an.

Er dreht sich um und will etwas sagen, erkennt mich dann aber und winkt mich an den Uniformierten vorbei. Ich schlüpfe unter dem Absperrband hindurch. Da ist Sonnys Teppichrest, und da der aufgeklappte Saxofonkoffer mit Münzen und einigen vereinzelten Dollarscheinen darin. Sein Sax liegt daneben, eingedellt und verbogen, als hätte es ihm jemand aus dem Mund gerissen und auf den Boden geschleudert. Das Mundstück ist herausgefallen und liegt ein paar Meter weiter weg. Von Sonny keine Spur.

»Was machen Sie hier?«, fragt Trask. Er hat einen Block und einen Kuli in der Hand.

»Was ist vorgefallen?«

»Irgendwer hat wegen Ruhestörung bei uns angerufen. Offensichtlich spielt irgendein Bursche hier jeden Abend Saxofon.«

»Sonny Wells.«

»Was?«

»Sonny Wells. So heißt der Bursche.«

»Sie kennen ihn?« Trask nimmt mich beiseite. Er ist nicht mehr so verbindlich wie neulich mit Coop im Sands.

»Ja, er ist ein Musiker, der gerade schwere Zeiten durchmacht.«

»Ich weiß, dass er Musiker ist, Horne«, erwidert Trask. »Sein verdammtes Saxofon hat er ja liegen gelassen.«

»Lieutenant.« Wir drehen uns zu einem Uniformierten um. Er hat das Mikrofon des Funkgeräts aus dem Polizeiwagen in der Hand. »Sie sollten lieber drangehen.«

»Sie warten hier, Horne.« Trask geht zum Auto. Er spricht kurz ins Funkgerät, hört zu und ist dann wieder da. »Sie kommen mit mir.« Er nimmt mich am Arm, und wir gehen zu seinem Wagen, einem Zivil-Chevy. »Es wird nichts angefasst, bis ihr von mir hört, klar?«, sagt er zu dem Polizisten. Wir steigen ein. Er setzt ein rotes Blinklicht aufs Dach des Wagens und braust davon.

Er biegt um die Ecke in die Carson Street und fährt den Las Vegas Boulevard hoch, dann weiter Richtung Norden. An der Bonanza Road biegt er links ein. Einen Augenblick lang denke ich, dass wir zum Moulin Rouge fahren.

»Ein weiterer anonymer Hinweis«, sagt Trask, beide Hände am Steuer. »Ein Jogger hat jemanden in der Wüste gefunden.«

»Ist er tot?«

Trask schüttelt den Kopf. »Keine Ahnung.« Er wirft mir einen Blick zu. »Warum sagen Sie ›er‹?«

»Es ist Sonny Wells, ich weiß es genau.« Ich lehne mich zurück.

Nach einigen hundert Metern auf der Bonanza Road sehen wir einen Polizeihubschrauber über uns kreisen. »Der hats gemeldet«, sagt Trask. Mit quietschenden Reifen kommt er neben einem schwarzweißen Polizeiwagen und einer blaugelben Ambulanz zum Stehen. Die Sanitäter befinden sich auf einem leeren Grundstück in der Nähe eines Tankstellenshops, den ich bereits kenne. Eine Trage und zwei uniformierte Beamte, die sich über etwas beugen, das in der Wüste liegt, stehen ebenfalls dort draußen. Ich drehe mich um und sehe nach Westen zum Moulin Rouge und denke an Wardell Gray.

Trask und ich steigen aus und gehen hin. »Was haben Sie Schönes?«, fragt Trask einen der Sanitäter.

»Der kommt durch«, antwortet der Sanitäter. »Aber er ist in ziemlich üblem Zustand. Jemand hatte es mit dem Baseballschläger oder so was auf seinen Kopf abgesehen. Die Finger der rechten Hand haben sie ihm auch gebrochen.«

Ich trete näher heran, um ihn mir richtig anzusehen. Sonnys Gesicht ist blutüberströmt. Die Hände liegen gefaltet auf seiner Brust, die rechte ist geschient und mit Verbänden umwickelt. Beide Augen sind zugeschwollen. Ich trete einen Schritt zurück und sehe zu, wie das Erste-Hilfe-Team die Wunden oberflächlich behandelt, einen Tropf installiert und ihn für die Trage fertig macht.

»Sie kennen ihn?«, fragt Trask mich.

»Ja, das ist Sonny Wells.«

»Na schön, warten Sie an meinem Wagen auf mich. Er wird ins

UMC gebracht, ins Universitätskrankenhaus. Ich glaube nicht, dass der Knabe 'ne Krankenversicherung hat.«

Ich gehe zurück zu Trasks Wagen, stecke eine Zigarette an und lehne mich gegen die Motorhaube. Mittlerweile ist es dämmrig geworden. Die Lichter der Innenstadt und des Strips dahinter füllen den Himmel, während Sonny in den Notarztwagen geladen und abtransportiert wird. Trask und einer der Beamten suchen das Gelände mit Taschenlampen ab. Minuten später ist alles vorbei.

»Nichts«, sagt Trask, als er herüberkommt und sich neben mir ans Auto lehnt. »Von Ihnen brauche ich eine Aussage über diesen Wells.«

»Jetzt?«

»Morgen früh reicht auch. Und woher kennen Sie einen obdachlosen Saxofonspieler, oder soll ich lieber nicht fragen?«

»Das erzähle ich Ihnen morgen. Es ist eine lange Geschichte.«

Wir fahren zurück nach Downtown, und Trask lässt mich am Four Queens raus. »Was ist mit Sonnys Sachen?«, frage ich, bevor ich aussteige.

»Was für Sachen?«

»Sein Saxofon und der Koffer.«

Trask zuckt die Achseln. »Wird sich jemand drum kümmern. Wir wissen noch nicht, ob wir hier einen einfachen Raubüberfall oder einen versuchten Mord vor uns haben.«

»Das wissen wir nicht? Sehen Sie denn nicht, dass Sonny hier aus seinem Ladeneingang in die Wüste gebracht und zusammengeschlagen wurde?«

»Was sind Sie schnell wieder von Beruf, Horne? Musiker, oder nicht?«

»Doch.«

»Na also. Stell ich mich etwa hin und sage Ihnen, welche Stücke Sie spielen und welche Akkorde Sie benutzen sollen?«

Ich gebe mich geschlagen. »Schon gut, schon gut. Wie viel Uhr morgen?«

»Zwischen neun und zehn«, antwortet Trask. Ich mache den Schlag auf und will gerade aussteigen, als er mir doch noch eine Frage stellt. »Was meinen Sie, warum ihm die Finger der rechten Hand gebrochen wurden?«

»Rechts oder links, das spielt keine Rolle«, sage ich. »Ein Sax kann man nicht mit einer Hand spielen.«

Ich knalle die Tür zu und sehe Trask hinterher. Natürlich spielt es eine Rolle, und ich weiß genau, warum sie Sonny die rechte Hand gebrochen haben. Was das heißen soll, ist klar. Und damit gemeint bin ich.

Im Four Queens halte ich nach drei Leuten Ausschau: nach Alan Grant, Natalie und Pappy Dean. Pappy sehe ich zuerst. Er steht an der Theke, praktisch genau wie an dem Abend, als ich ihn das erste Mal getroffen habe. Er bemerkt mich und meinen Gesichtsausdruck und löst sich von den Leuten, mit denen er sich unterhält.

»Was gibts?«

»Sonny. Jemand hat ihn aus seinem Ladeneingang in die Wüste geschleift und ihm da ganz gewaltig eins übergebraten.«

»Sie waren dabei?«, fragt Pappy.

»Nein, erst kurz danach.«

»Scheiße! Wo ist er?«

»Ich habe was von UMC gehört.«

Pappy nickt. »Ja, da werden die armen Schweine von der Straße hingeschafft.«

»Hat Sonny irgendwelche Angehörigen hier?«

Pappy schüttelt den Kopf. »Irgendwo in L. A. hat er eine Schwester, aber hier ist niemand. Dann werd ich mal da vorbeischauen. Kommen Sie auch?«

»Ja, ich seh Sie dann da.« Pappy nickt und macht sich auf den Weg, während um uns herum der Applaus aufbrandet. Alan Grant läuft auf der Bühne ein, um Bonmots zum Besten zu geben und den Gitarristen Kenny Burrell vorzustellen. Er hat also zu tun. Bleibt nur noch Natalie.

Ich stelle mich an den Eingang. Sie kommt zusammen mit den anderen Zuschauern nach draußen, als die Lounge sich leert.

»Wo hast du gesteckt?«, sagt sie. »Ich hatte drinnen einen Tisch.«

»Ist was dazwischengekommen.« Ich erzähle ihr von Sonny. »Ich muss ins Krankenhaus«, sage ich.

»Kann ich mitkommen?«

»Klar doch.« Bevor wir gehen können, hält Alan Grant uns auf.

»Ich hab Sie drinnen gar nicht gesehen«, sagt er. »Burrell kann spielen, was? Eine Sekunde.« Er durchsucht seine Taschen und zieht ein Stück Papier hervor. »Ich glaube, ich hab die Tochter von der Frau gesehen. Die, die behauptet, Sängerin zu sein.«

»Rachel Cody?«

»Keine Ahnung, wie sie heißt«, sagt Grant, »aber am Freitagabend war sie im Pogo's, wenigstens hörte es sich nach ihr an.« Er gibt mir den Zettel, auf dem eine Adresse steht.

»Danke, Alan.«

»Und Sie wollen sich nicht den zweiten Set anhören?«

»Heute nicht.«

Natalie und ich fahren rüber zum UMC am West Charleston Boulevard. Als wir in der Notaufnahme nachfragen, hören wir, dass Sonny noch behandelt wird und wir warten müssen. Vor der Tür finden wir Pappy, der auf und ab läuft und eine Zigarre pafft.

»Ganz übel, Mann, ganz übel«, sagt er, als er uns sieht. »Ist das Ihre Frau?« Er mustert Natalie kühl.

»Nicht direkt.« Ich stelle die beiden einander vor und wir setzen uns auf eine Bank. »Wissen Sie, wie wir Sonnys Schwester ausfindig machen können?«, frage ich Pappy.

Er schüttelt den Kopf. »Sonny hat nicht oft von ihr gesprochen. Ich glaube, sie wohnt in Compton.«

Einige Minuten später erscheint ein Arzt mit einem Klemmbrett in der Hand. »Ich bin Dr. Straub. Ist einer von Ihnen ein Angehöriger von« – er wirft einen Blick auf das Klemmbrett – »Mr. Wells?« Es ist irgendwie merkwürdig, Sonny als Mister bezeichnet zu hören.

»Ich bin mit ihm befreundet«, sagt Pappy und steht auf.

»Und Sie sind?« Der Arzt blickt von Pappy zu mir.

»Evan Horne. Ich habe ihn für die Polizei identifiziert.«

Der Arzt wirkt erschöpft. So, als wolle er keine langen Erklärungen hören oder viel Zeit mit diesem Fall verbringen, der vermutlich nur einer aus einer langen Reihe von Schlägereien, Messerstechereien und Schießereien war. »Na schön«, sagt er. »Ich muss kurz mit Ihnen sprechen.«

Ich folge ihm den Gang hinunter in ein kleines Sprechzimmer. »Schwere Platzwunden, starker Blutverlust, komplexe Frakturen der rechten Hand, die an einem Arm voller Nadeleinstiche hängt.« Dr. Straub sieht mich an.

»Der Mann ist drogenabhängig, ich tippe auf Heroin. Diese Verletzungen, zusammen mit seiner äußerst schlechten körperlichen Verfassung – ach, habe ich die Kopfverletzungen überhaupt erwähnt? Schädelfraktur, vermutlich von einem Baseballschläger. Scheinen heutzutage sehr beliebt zu sein. Himmel Herrgott!« Er knallt das Klemmbrett auf den Tisch, tritt die Tür zu, zieht eine Schublade auf und holt Zigaretten heraus. »Jede Nacht das Gleiche.«

Er steckt uns beiden eine Zigarette an, inhaliert tief und sagt: »Er wird nicht durchkommen.« Er streift etwas Asche in eine leere Getränkedose ab. »Was war das, ein Raubüberfall? Die gebrochene Hand verstehe ich nicht. Das war reine Bosheit.«

»Wie bei Chet Baker?«

»Was?«

»Nichts. Was passiert als Nächstes?«

Der Arzt zuckt die Achseln und lässt die Zigarette in die Dose fallen. Es zischt, als sie in der Flüssigkeit landet. »Wir versuchen, ihn zu stabilisieren, aber sein Kreislauf ist so schwach, da kann man nicht wissen. Wenn es Angehörige gibt, sollen sie sich beeilen.«

Ich lasse ihm meine Telefonnummer da und verspreche, mich später wieder bei ihm zu melden. »Gut«, sagt der Arzt. »Ich bin die ganze Nacht hier.«

Ich gehe wieder hinaus zu Natalie und Pappy und überbringe die Nachricht. Pappy will versuchen, jemanden ausfindig zu machen, der Sonnys Schwester kennt. »Der Junge hat nie jemandem was zuleide getan«, sagt Pappy. »Er wollte nichts weiter als sein Sax spielen, seit damals, als…« Pappy unterbricht sich, als er merkt, wie durchdringend ich ihn anstarre. Langsam verlässt er das Krankenhaus, während ein Notarztwagen mit dem nächsten Opfer vorfährt.

Ich bringe Natalie zurück in ihr Hotel, und wir gehen dort ins Café, das eine offene Terrasse mit Blick auf den Pool hat. Wir bestellen Kaffee und betrachten einige Minuten lang den Wasserfall im Schwimmbecken, bevor Natalie das Schweigen bricht.

»Evan«, fängt sie an, »ich will ja nicht hysterisch klingen, aber gestern Mittag setzt sich Tony Gallio auf ein Glas Wein im Spago zu uns, und heute wird Sonny Wells in der Wüste aufgefunden. Ist das nicht…«

»Genau so, wie Wardell Gray aufgefunden wurde.« Ich nicke. »Sogar gut möglich, dass es dieselbe Stelle ist, falls sie nicht in der Zwischenzeit ein Einkaufszentrum oder einen Parkplatz da hingestellt haben. Und ja, es ist auf jeden Fall mehr als Zufall. Und zu allem Überfluss wurde Sonny noch die rechte Hand zertrümmert.«

12

»Darf ich dich ein wenig über Anthony Gallio aufklären?«, fragt Coop. »Mit Spitznamen heißt er Tony, the Tiger. Weißt du, wo er den Spitznamen herhat?«

»Nein.« Ich blicke von Coop zu John Trask. Wir sitzen im Büro des Detectives, doch der lässt Coop reden.

»Jemand hat nicht rechtzeitig gezahlt, Glücksspiel oder Drogen. Oder er hat versucht, Gallio übers Ohr zu hauen, das Übliche. Tony hat Benzin aus einem Auto abgesaugt, über den armen Pinsel gekippt und ihn dann angesteckt. Das ist der Kerl, mit dem du im Spago gespeist hast.«

Ich rutsche auf meinem Stuhl herum und blicke durch die Scheibe hinaus in das Großraumbüro. »Ich habe nicht mit ihm gespeist. Er ist rübergekommen und hat sich an unseren Tisch gesetzt.«

Klingelnde Telefone und klappernde Schreibmaschinen veranlassen Coop, lauter zu werden. »Aber er weiß, wer du bist. Das reicht schon.«

Trask hat während Coops Vortrag schweigend dagesessen. Er schlägt einen Aktenordner auf seinem Schreibtisch auf, überfliegt den Inhalt und gibt Ergänzungen zum Besten. »Die Chicagoer Mafia hat vor etlichen Jahren ihre Verbindungen zu Gallio gekappt, als er in eine illegale Gewinnabschöpfung verwickelt war. Seitdem versucht er, auf ehrenwert zu machen – Besitzer mehrerer Unternehmen in Las Vegas, Immobilienhandel und so weiter, aber seine Beziehungen hat er noch, und es gab Gerüchte, dass er an der UNLV-Basketballmannschaft interessiert war, um Zugang zu Insiderinfos über die Spiele zu bekommen. Vorausgesetzt, dass er niemandem daheim in Chicago auf die Füße tritt, ist er auf sich gestellt. Manchmal ist der Typ völlig unberechenbar.«

Trask blättert die Akte durch. »Was die beiden Besucher im Hob Nob anbelangt: Der mit dem Pferdeschwanz ist Gallios Neffe

Tony. Der andere ist Karl Kramer, hat mal ein bisschen Profi-Football gespielt und kennt Tony vom College. Hundert Prozent Muskeln und dumm wie Scheiße.«

Coop hält den Blick weiter auf mich gerichtet. »Siehst du die Sache jetzt ein bisschen klarer, Freundchen?«

Nicht völlig. Ich hatte seit zwanzig Minuten in Trasks Dienstzimmer gesessen, als Coop hereinstolzierte und offensichtlich befriedigt über meinen verblüfften Gesichtsausdruck war. Ich frage mich, ob er zurückgekommen ist, um Natalie abzuholen. Da gibt es noch einiges zu klären. Ich hatte gerade mit meiner eher dürftigen Aussage zu Sonny Wells begonnen und musste jetzt einen Vortrag über Figuren des organisierten Verbrechens über mich ergehen lassen.

»Lassen Sie uns Ihre Aussage noch einmal durchgehen«, sagt Trask. »Sie haben Wells nur drei Mal gesehen? Ist das korrekt?«

»Wenn Sie gestern Abend in der Wüste mitrechnen.«

»Und woher kennen Sie ihn?«

Ich seufze und greife nach den Zigaretten.

»Hier drin wird nicht geraucht«, sagt Trask.

»Natürlich. Wie ich Ihnen bereits sagte, helfe ich einem Bekannten von der UNLV bei den Recherchen zum Moulin Rouge und zu dem Musiker, von dem ich Ihnen neulich Abend erzählt habe. Dem, der in der Wüste aufgefunden wurde.«

»Wardell Gray, stimmts? Wann war das schnell wieder?« Trask sitzt mit einem gezückten Kugelschreiber da.

»1955. Wissen Sie das nicht bereits? Das sind doch alte Kamellen.«

»Seien Sie halt so nett«, sagt Trask. Er wirft den Stift auf den Tisch, lehnt sich im Stuhl zurück und reibt sich mit beiden Händen das Gesicht. »Vielleicht ist es einfach noch zu früh«, sagt er. Er sieht Coop an, als wollte er sagen: Und dieser Typ soll dein Freund sein? »1955? Wer hat Sie auf Wells angesetzt?«

»Das möchte ich lieber nicht sagen.«

»Ich möchte aber, dass Sies mir sagen.« Trasks Blick und Stimme sind fest.

Ich sehe Coop an, aber der zuckt nur die Achseln. »Ich habe hier keine rechtlichen Befugnisse, Kumpel.«

»Es ist so«, sage ich, »der Mann ist Musiker, ein alter Freund von Sonny, aber mit dieser Sache hat er nichts zu tun. Er wollte mir einfach einen Gefallen tun. Wenn Sie jetzt anfangen, ihn auszuquetschen, dann weiß er sofort, dass ich dahinter stecke.«

»Sie gucken zu viele Polizeiserien, Horne. Niemand quetscht hier irgendjemanden aus. Mir gefallen einfach die Verbindungen nicht, die Sie zu einem Typ zu haben scheinen, der zu Klump geschlagen in der Wüste liegt, und zu jemandem aus dem organisierten Verbrechen wie Anthony Gallio.«

»Stimmt überhaupt nicht, ich habe keinerlei Verbindung zu Gallio.«

»Ach nein? Und warum schickt er Ihnen dann eine Warnung, dass Sie aufhören sollen, in der Vergangenheit rumzustochern? Natürlich besteht da eine Verbindung.«

»Ich habe keine Ahnung, was er mit dem Moulin Rouge oder Wardell Gray zu tun haben soll.«

»Schon wieder Wardell Gray. Für einen Kerl, der seit siebenunddreißig Jahren tot ist, höre ich den Namen aber verdammt oft.«

»Da hat er Recht«, pflichtet Coop ihm bei.

Bevor irgendjemand etwas Weiteres sagen kann, klingelt das Telefon auf Trask Schreibtisch. Er meldet sich, nickt mehrmals hintereinander und schreibt etwas auf seinen Block. »Gut, danke.« Er legt auf und sieht mich an.

»Jetzt müssen wir uns wirklich ernsthaft unterhalten. Das war UMC. Sonny Wells ist vor zwanzig Minuten gestorben.«

Ich seufze und starre auf den Boden.

»Hab ichs dir nicht gesagt?«, meint Coop. »Lass die Finger von der Vergangenheit.«

Ich beantworte Trasks restliche Fragen. Nach Louise Cody fragt er nicht, und freiwillig nenne ich weder ihren noch den Namen ihrer Tochter. Trask verspricht, Pappy Dean nicht ohne mein Wissen zu behelligen. Wenn er dieses halten wird, dann ist es ein reines Zugeständnis an Coop.

Coop und ich verlassen die Metropolitan Police und gehen rüber zum Four Queens. »Wie wärs, Kumpel«, sagt er, »wenn du mich zum Frühstück einlädst?«

Wir lassen uns in einem Frühstücksrestaurant nieder. Während Coop seine Pfannkuchen verschlingt, bringe ich ihn auf den neuesten Stand. Mit mehr Einzelheiten, als ich Trask erzählt habe. Ich vermeide es aber, Natalie zu erwähnen.

»Ich weiß, was du denkst«, sagt Coop zwischen zwei Gabeln voll Pfannkuchen.

»Wirklich?«

»Wirklich«, sagt Coop. »Zwei Sachen. Erstens denkst du, dass mir der Tod von Sonny Wells egal ist oder ich zu kaltherzig reagiere. Das tue ich nicht. Mord ist mein Beruf. Das mag sich nach einer abgedroschenen Phrase aus dem Fernsehen anhören, aber so ist es eben. Ich kannte Wells nicht, und du kanntest ihn auch nicht.«

»Coop, er ist gestorben, nachdem ich …«

»Halt. Lass mich ausreden. Zweitens, was wichtiger ist, kann es auch sein, dass Wells wegen was anderem in der Bredouille gesteckt hat. Der Mann war drogensüchtig. Drogendealer werden sehr sauer, wenn sie ihr Geld nicht kriegen.« Er zuckt die Achseln. »Manchmal bringen sie auch Leute um.«

»Und manchmal bringen sie Leute um, um sie zum Schweigen zu bringen.«

»Stimmt«, sagt Coop, »aber das weißt du noch nicht.«

Ich weiß, dass Coop versucht, mich zu beruhigen. Gegen meine schlechte Laune kommt er nicht an. »Was machst du eigentlich schon wieder hier?«, frage ich ihn.

Coop stippt die Siruppfütze mit dem letzten Pfannkuchen auf und schiebt den Teller beiseite. »Sie hat mich angerufen.«

»Wer?«

Er sieht mich an, als wäre ich auf den Kopf gefallen. »Natalie, wer sonst? Die Frau ist verdammt intelligent. Und wo wir beim Thema sind: Falls du befürchtest, ich könnte wegen dieser ganzen Sache wütend sein – das bin ich. Nicht auf dich oder sie, sondern auf mich.«

»Das versteh ich nicht.«

Coop lässt sich die Kaffeetasse von der Kellnerin nachfüllen. »Ich wusste schon nach dem zweiten oder dritten Abend mit ihr, dass es zwischen uns nicht funkt. Außerdem kann ich nicht mit jemandem zusammen sein, der auf Jazz steht.«

Ich weiß, dass das Coops einziger Versuch bleiben wird, mir meine Schuldgefühle auszureden. Also dringe ich nicht weiter in ihn.

»Nur zu deiner Information: Wir hatten getrennte Zimmer.«

»Was?« Ich hatte nicht weiter darauf geachtet, aber jetzt fällt mir wieder ein, dass Natalie am Telefon etwas von *Zimmern* gesagt hatte.

Coop sieht weg, nimmt dann einen Löffel in die Hand und zeigt damit auf mich. »Sonst wäre sie nicht mitgekommen. Wenn du das weitersagst, lasse ich dich verhaften.« Er sieht die Kenotafel an. »Meine Zahlen. Ich hätte spielen sollen.« Den Blick immer noch auf die Anzeigetafel gerichtet, sagt er: »Sie hält eine Menge von dir, Kumpel, und sie glaubt außerdem, dass du ganz tief in der Scheiße steckst. Gallio hat ihr einen Riesenschreck eingejagt.« Coop wendet das Gesicht wieder mir zu. »Wir sind hier in Vegas, Mann. Hier steht viel Kohle auf dem Spiel, und du kennst diese Stadt doch nur aus der Bühnen-Perspektive. Die Jungs hier sind nicht zimperlich, wie du bei Sonny Wells gesehen hast.«

»Du meinst, dass Gallio dahintersteckt?«

»Das sage ich nicht«, erwidert Coop. »Vielleicht hat er Tony und Karl geschickt, um ihn ein bisschen aufzumischen, und die Sache ist aus dem Ruder gelaufen, wer weiß. Aber kommt es dir nicht auch wie eine an dich gerichtete Warnung vor, dass du dich auf den Rückzug begeben solltest?«

Sonny hat nie jemandem etwas zuleide getan. Jetzt ist er tot. Möglicherweise nur, weil er mit mir geredet hat.

»Und was meinst du noch?«

»Mein guter Rat, an den du dich natürlich nicht halten wirst, ist: Tu genau das. Zieh dich zurück. Lass deinen Freund, den Prof, seine Forschungen in der Bibliothek anstellen und klimper einfach nur den Leuten im Kaufhaus was auf dem Klavier vor. Oder noch besser, lass den Auftritt sausen und steig mit mir ins nächste Flugzeug nach L. A. Ich weiß natürlich, dass du das nicht tun wirst.«

Da hat Coop Recht. Das werde ich nicht tun. »Das kann ich nicht, Coop, noch nicht.« Unsere Bedienung bringt die Rechnung.

»Die können Sie ihm geben«, sagt Coop zu ihr. »Er ist so nett und lädt mich ein.«

Ich lege einen Zehner auf das kleine Tablett und warte darauf, dass sie uns allein lässt. »Wie lange bleibst du?«

»Nur bis heute Nachmittag«, antwortet Coop.

»Und Natalie?«

»Ich habe den Eindruck, dass sie noch ein bisschen bleiben will.« Coop gestattet sich ein Grinsen. »Sie meint, sie hätte einen Pianisten kennen gelernt. Sie hat unbezahlten Urlaub beantragt. Und schimpf sie nicht aus, dass sie mir Bescheid gesagt hat. Wenigstens sie hat ein bisschen Vernunft.«

Ich nicke. »Sag ihr, da soll sie sich mal keine Sorgen machen.«

»Sags ihr doch selbst, Alter.«

Ich verspreche Coop, ihn später zum Flughafen zu bringen. Ich setze ihn wieder bei der Metropolitan ab, damit er sich um die Polizeiangelegenheiten kümmern kann, die ihn nach Las Vegas geführt haben, und fahre nach Hause, um mich umzuziehen und die Adresse der Musikergewerkschaft nachzuschlagen.

Das frühere Gewerkschaftsgebäude am Duke Ellington Way in der Nähe des Tropicana ist verschwunden, genau wie die Kneipe und der Probensaal, in dem sich oft spontan spät in der Nacht Kick-Bands zusammenfanden. Musiker, denen die Zwänge von Auftritten für Wayne Newton oder Robert Goulet zum Hals heraushingen. Im Gewerkschaftshaus konnten sie sich nach den Konzerten richtig ausleben und für ein paar Stunden vergessen, dass sie in Hotelorchestern spielten, um Häuser, Autos, Boote oder Kreditkarten abzuzahlen.

Die Veränderungen in der Unterhaltungsbranche in Las Vegas waren ein schwerer Schlag für die Gewerkschaft. Viele Musiker kündigten ihre Mitgliedschaft, die Hausorchester der Hotels wurden durch Tonbänder ersetzt, es gab mehrere Streiks – alles forderte seinen Tribut von dieser einst mächtigen Organisation.

Heute gibt es nur noch ein Büro an der Sahara Avenue. Ich rufe vorher an und vereinbare einen Termin mit einem Agenten, Larry Jenkins, einem früheren Trompeter, der seit den Sechzigern in Las Vegas wohnt. Ich teile ihm mit, wonach ich suche, und er sagt, ich könne in der nächsten Stunde vorbeikommen.

Der Mittagsverkehr kriecht auf der Sahara Avenue voran, und die Hitze ist erbarmungslos. Ich sitze wieder im VW-Käfer, sehne mich nach dem Jeep und frage mich, wie die Leute vor der Erfindung der Klimaanlage überlebt haben. Endlich komme ich an der Credit Union Plaza an und finde Jenkins, der im Büro auf mich wartet.

Er ist ein kleiner, schmächtiger Mann mit auffallend weißen Haaren, einem grauen Anzug und einer sympathischen Art. Wir sitzen uns in seinem kleinen Büro gegenüber. »Ich habe schon mal kurz für Sie nachgeschaut«, sagt Jenkins. »Unsere Unterlagen hier reichen bis in die Sechzigerjahre zurück, alles davor ist in Kisten in einem Lagerhaus archiviert.«

Ich will einen Blick auf Benny Carters Vertrag mit dem Moulin Rouge werfen, von dem die Gewerkschaft eine Kopie haben müsste. Dort müssten die Gage und die Namen der Musiker aufgeführt sein, die Carter aus Los Angeles mitgebracht hat. Ich weiß, dass Wardell Gray auf der Liste steht, aber ich will wissen, ob auch noch andere bekannte Namen dabei sind.

»Gibt es irgendeine Möglichkeit, sich diese Archivsachen anzusehen?«, frage ich Jenkins. »Es geht um legitime wissenschaftliche Forschungen, Sie können bei der Uni nachfragen. Ich erledige nur die Lauferei für einen Freund da.«

»Ich glaube Ihnen«, antwortet Jenkins. »Das ist nicht das Problem. Der Haken an der Sache ist: Wie finden wir die Unterlagen, wo graben wir sie aus? Es ist auch gut möglich, dass wir gar nichts finden. In den Fünfzigern lief alles noch ganz anders.«

»In welcher Hinsicht?«

Jenkins zuckt die Achseln. »Damals wurden viel mehr Auftritte unter dem Tisch abgewickelt. Nicht alle Verträge wurden hier eingereicht, und viele Musiker gehörten auch anderen Gewerkschaften an. In diesem Bundesstaat darf es keine Exklusivverträge mit Gewerkschaften geben, was heißt, dass die Musiker nicht unbedingt in der Gewerkschaft organisiert waren.«

Jenkins unterbricht sich und blickt ein Foto an der Wand an. Auf ihm ist Frank Sinatra zu sehen, der vor einer Bigband steht, Mikrofon in der einen, Drink und Zigarette in der anderen Hand. »Ich habe während der gesamten Rat-Pack-Ära im Sands gearbeitet. Mann, waren das Zeiten!«, sagt Jenkins.

»Sie waren nicht zufällig schon hier, als das Moulin Rouge noch offen war?«

Jenkins schüttelt den Kopf. »Nein, ich habe mich erst in den Sechzigern hier niedergelassen, nach vielen Jahren unterwegs mit Woody Herman und Stan Kenton. Einige der Musiker von damals sind immer noch hier. Vielleicht erinnert sich noch jemand, wer damals in der Band mitgespielt hat. Das wäre vermutlich einfacher.«

»Einen Musiker gibt es – wenn Sie den mal nachschlagen könnten. Schon mal von Sonny Wells gehört, Tenorsax?«

»Klingt nicht bekannt, aber ich werde nachsehen.« Er hebt den Telefonhörer und drückt eine Taste. »Pat? Schlagen Sie doch bitte im Mitgliederverzeichnis einen Sonny Wells nach, Saxofonist. Ja, ich warte.« Jenkins legt die Hand über die Sprechmuschel. »Wissen Sie, ob Sonny ein Spitzname ist?«

Ich schüttle den Kopf. Jenkins trommelt mit den Fingern auf die Tischplatte. »Pat? Ja, gut, danke.« Er legt auf. »In der aktuellen Mitgliederliste ist Sonny Wells nicht verzeichnet, was nicht viel heißen will. Seit dem letzten Streik haben viele der Jungs die Mitgliedschaft gekündigt. Beim letzten Vertrag haben die Hotels uns kleingekriegt.«

Ich erhebe mich. »Danke für Ihre Hilfe. Sollten Sie etwas herausfinden, würde ich mich über einen Anruf freuen.« Ich lasse Jenkins meine und Aces Nummer da.

»Wird gemacht«, sagt Jenkins. »Ich höre mich um. Vielleicht haben wir ja Glück. Aber die Unterlagen, die dürften mittlerweile schrecklich eingestaubt sein.«

Ich schaffe es gerade noch rechtzeitig zu meinem ersten Set in der Fashion Show. Heute sind nur wenige Besucher da, selbst an den Imbissständen ist nicht viel los. Ich sitze eine Minute lang am Flügel und versuche, mir etwas einfallen zu lassen, was ich spielen könnte.

»Vierzehn Uhr, Horne. Hauen Sie in die Tasten.«

Ich blicke über die Schulter und sehe Brent Tyler die Rolltreppe herunterkommen, das Mobiltelefon in der Hand. Ich wette, er schläft mit dem Ding. Er kommt herüber und stellt sich neben den Flügel. Ich schlage ein paar Tasten an.

»Das Ding müsste mal gestimmt werden, Brent.«

»Da haben Sie Recht. Ich werde mich sofort drum kümmern.« Er zückt Notizblock und Stift und schreibt etwas auf, dann ist er auch schon wieder zur nächsten Mission in der Mall entschwunden.

Ich versuche mich an ein paar Standards, und schon fühle ich den ersten stechenden Schmerz im Handgelenk. Jeden Tag scheint er sich früher zu melden, aber ich bin abenteuerlustig. Ich beschließe, es mit *Lush Life* zu probieren.

Billy Strayhorn hat das Stück für Duke geschrieben, als er gerade mal sechzehn war. Mit seinen merkwürdigen Intervallen und komplizierten Akkordfolgen ist es schwer zu singen und nicht minder schwer zu spielen. Ich strecke die Finger nach den hohen Tönen der Melodie aus, greife aber daneben, während der Schmerz mir durch den gesamten Arm schießt. Ich halte bis zum Ende durch, aber Strayhorn wäre von dieser Version nicht begeistert gewesen. Während des restlichen Sets halte ich mich an einfachere Stücke. Trotz der klimatisierten Umgebung steht mir nach Ablauf der Stunde der Schweiß auf der Stirn.

Während der Pause trinke ich eine Cola, rauche zwei Zigaretten und frage mich, was ich mir beweisen will und ob es wirklich so viel Schmerzen und Frust wert ist. Es läuft einfach nicht.

Als ich so in der Shopping Mall sitze, dreißig Meter neben einem verstimmten Flügel, sehe ich plötzlich meine Zukunft vor Augen. Was steht mir bestenfalls bevor, wenn sich nichts ändert? Auftritte in Cocktailbars, in denen die Betrunkenen über dem Klavier hängen, sich ihre Lieblingsmelodie wünschen und mitgrölen? Das ist nichts für mich. Ich will Teil der Rhythmusgruppe für einen starken Tenorsaxofonisten oder aber Leader meines eigenen Trios sein. Wenn das nicht möglich ist, dann sollte ich die Sache vielleicht lieber ganz an den Nagel hängen.

Ich bringe meine Schicht hinter mich und übergebe an Mary Lou, die ich um ihre Behändigkeit auf den Tasten, um ihr schmerzloses Spiel beneide. Ich höre mir ein paar ihrer Stücke an und denke, dass sie Zukunft in der Musik hat.

Draußen kocht der Käfer in der Nachmittagshitze. Ich mache die Fenster einen Spalt weit auf, drehe die Klimaanlage auf Höchstleistung und fahre nach Hause, um Coops Anruf abzuwarten. Ein kurzer Sprung in den Pool und ein Paar Henry Weinhards, und ich fühle mich fast wieder wie ein Mensch, als das Telefon klingelt.

»Ich wär dann so weit, Kumpel«, sagt Coop. »Mein Flug geht um siebzehn Uhr dreißig.«

»Bin schon unterwegs.«

Ich sammle Coop vor dem Rio auf, und wir fahren zum McCarran Airport. Als wir in die Paradise Road einbiegen, sind wir schon auf dem Flughafengelände und fahren an einem Schild vorbei, über das Coop sich freut.

»Guck dir das bloß an!«, sagt er. »Wayne Newton Boulevard.«

Ich werfe ihm einen Blick zu. »Du hast Recht, Coop. Du und Natalie, ihr hättet kein gutes Paar abgegeben.«

»Na und, ich sehe keine Straßenschilder mit dem Namen von irgendeinem beschissenen Jazzmusiker drauf.«

»Genau das meine ich.«

Ich manövriere den Wagen durch den Flughafenverkehr und halte vor dem Eingang von Southwest Airlines an. Coop schnappt sich seine Tasche, steigt aus und lehnt sich dann zum Fenster herein.

»Sei vorsichtig, Kumpel. Trask meint, dass er Gallio unheimlich gern drankriegen würde. Kann sein, dass er dich dafür benutzen wird. Ruf mich an, wenn es hier wirklich ungemütlich wird.« Er dreht sich um und geht in die Abflughalle.

Trask wird sich nicht allzu sehr anstrengen müssen, denke ich. Ich werde sehr hilfsbereit sein.

13

Ace muss auf mich gewartet und mein Auto gehört haben. Er kommt nach draußen und geht mit mir zusammen ums Haus herum zur Einliegerwohnung. »Nachricht für dich«, sagt er und gibt mir einen Zettel. »Dr. Straub vom UMC. Ist was passiert? Ein Unfall oder so?»

»Nichts Schlimmes, Ace«, sage ich, während ich die Tür aufschließe. Ich gehe hinein, Ace folgt mir. »Ich war Zeuge bei einem Vorfall, der Typ wurde ins Krankenhaus gebracht, und ich war in der Lage, ihn zu identifizieren, sonst nichts.«

»Wer? Was für ein Typ? Zeuge wobei? Komm schon, Evan, was geht da vor?«

Ich sehe Ace an und zucke die Achseln. »Ich erzähls dir sofort.« Ich schalte die Klimaanlage an und hole zwei Bier aus dem Kühlschrank. Ich drücke Ace eins in die Hand und erzähle ihm eine stark gekürzte Fassung des Überfalls auf Sonny Wells. Gallio, seinen Neffen Tony und Karl lasse ich immer noch unerwähnt. Ace hört atemlos zu, und bei jedem Satz sperrt er den Mund weiter auf.

»Du sagst also, dass dieser Musiker, Sonny Wells, an derselben Stelle totgeschlagen wurde, an der auch Wardell Gray damals gelegen hat? Himmel Herrgott! Das gefällt mir nicht, Evan, das gefällt mir ganz und gar nicht.«

»Nun komm, Ace, lass uns mal keine voreiligen Schlüsse ziehen. Wells war drogenabhängig. Es könnte auch ein schief gegangener Drogendeal oder ein Raubüberfall gewesen sein. So was kommt jeden Tag vor.«

Er zeigt mit der Bierflasche auf mich. »Die ganz Sache passt mir nicht, Evan. Vielleicht sollten wir das Thema einfach vergessen. Ich suche mir was anderes, über das ich schreiben kann. Du wirst nicht aufgeben, stimmts?«

Wir wissen beide, dass das keine Frage ist. »Nein.«

»Tja, was soll ich da noch sagen? ›Sei vorsichtig‹ vielleicht?« Ace geht das Ganze offensichtlich an die Nieren.

»Du brauchst nichts zu sagen.« Ich sehe auf die Uhr. »Ich muss los. Wann hat Dr. Straub angerufen?«

»Ungefähr vor einer Stunde. Er hat heute Nachtschicht.«

»Also, wir unterhalten uns dann später weiter. Wenn Pappy Dean anruft, dann sag ihm, dass ich heut Abend im Pogo's bin.«

Dr. Straub steht an der Aufnahme und füllt irgendwelche Formulare aus. »Bin sofort da«, sagt er und nickt mir zu. Er sieht jetzt schon müde aus, obwohl er vermutlich erst seit einigen Stunden dabei ist. Er wird mit den Formularen fertig, drückt sie einer Schwester in die Hand und zeigt mit dem Daumen auf sein Sprechzimmer. »Lassen Sie uns nach hinten gehen.«

Er holt sich eine neue Coca-Cola, und wir setzen uns in sein Büro. »Von Ihrem Freund haben Sie ja wohl bereits gehört. Wir konnten leider nicht viel tun.«

»Ich weiß. Vielen Dank für Ihre Bemühungen.«

Straub zuckt die Achseln. Alles Routine. »Er liegt unten in der Leichenhalle, aber es haben sich noch keine Angehörigen gemeldet. Sagten Sie nicht etwas von einer Schwester in Los Angeles?«

»Ich weiß es nicht. Die Polizei versucht, sie ausfindig zu machen. War das der Grund, warum Sie mit mir sprechen wollten?«

»Nein, es gibt noch etwas anderes«, sagt Straub. »Ich war bei ihm, als er starb. Er versuchte, etwas zu sagen, aber ich konnte nichts verstehen außer: ›Geh zu Lavonne.‹«

»Lavonne?«

»Ja, so hörte es sich an. Fällt Ihnen dazu irgendetwas ein?«

»Absolut gar nichts. Vielleicht ist das seine Schwester?«

»Tja«, sagt Straub, »es kann alles Mögliche sein. Die letzten Worte auf dem Sterbebett ergeben meist keinen Sinn.«

Kann sein, aber ich glaube, dass Sonny wollte, dass ich – oder Pappy Dean – es hörte. Wer zum Teufel ist Lavonne?

»Eine Sache noch«, sagt Straub. »Wer holt den Leichnam ab, wenn die Schwester nicht zu finden ist? Wenn es keine Angehörigen gibt, heißt das Gemeindebegräbnis, also Armenfriedhof.«

»Hat sich Trask von der Metropolitan bei Ihnen gemeldet? Hat er eine Autopsie angeordnet?«

Straub nickt. »Bereits geschehen. Schwere Gehirnschäden durch Schädeltrauma, außerdem war er voll gepumpt mit Stoff.«

»Genau wie Wardell.«

»Was?«

»Ach, nichts. Ich denke nur laut. Danke, dass Sie mir seine letzten Worte übermittelt haben. Ich melde mich, sobald es etwas Neues von der Schwester gibt.«

»Tun Sie das«, sagt Straub. Er steht auf, reckt sich und reibt sich die Augen. »Tja, dann muss ich mal ran und wieder Leute zusammenflicken.«

Ich halte an einem Lokal am Decatur Boulevard an. Während ich auf mein Essen warte, besorge ich mir Kleingeld und rufe ein paar Leute an. Ich versuche es beim Rio, Natalie ist aber nicht da. Ich hinterlasse ihr eine Nachricht und versuche als Nächstes, Pappy Dean aufzustöbern, aber bei ihm geht keiner dran. Detective Trask ist nicht mehr an seinem Platz, also rundum Fehlanzeige.

Ich sitze am Tresen und sehe mir ein paar Durchgänge eines Dodgers-Spiels auf einem der sechs Bildschirme an, die über der Theke hängen. Ich verbringe zwanzig Minuten mit einem Sandwich und Fritten, bezahle und rufe wieder bei Natalie an. Diesmal ist sie da.

»He, Evan, ich habe mich schon gefragt, ob du tatsächlich anrufst.«

»Warum nicht?«

»Ich weiß nicht. Hast du mit Coop gesprochen?«

»Ja, ich habe ihn gerade zum Flughafen gebracht. Ich verstehe ja, warum du ihn angerufen hast. Zerbrich dir nicht mehr den Kopf darüber.«

»Gallio ist ein gefährlicher Mann, Evan.«

»Ja, Coop hats mir erzählt.« Ich stocke kurz und blicke mich in der Kneipe um. »Sonny Wells ist heute Morgen gestorben.«

»Oh, das tut mir so Leid. Meinst du …?«

»Ich weiß noch nicht, was ich denken soll. Ich muss Pappy Dean auftreiben und fragen, ob er Sonnys Schwester ausfindig gemacht hat. Willst du mitkommen?«

»Natürlich, deswegen bin ich noch hier.«

»Gut, dann hole ich dich in einer Viertelstunde vor dem Rio ab.«

Natalie trägt eine weiße Bluse und weiße Jeans, wodurch ihre Bräune noch dunkler wirkt. Das lange blonde Haar hängt ihr offen ins Gesicht, und beim Einsteigen bringt sie einen Hauch Parfüm mit ins Auto.

»Wo fahren wir hin?«

»In eine Kneipe namens Pogo's. In dem Laden wird laut Pappy seit über zwanzig Jahren einmal pro Woche Jazz gespielt. Er geht öfter dort hin und spielt manchmal auch. Die andere Person, nach der ich suche, ist vor einigen Tagen dort gesichtet worden.«

Als wir an einer Ampel anhalten, blicke ich zu Natalie hinüber. Manche Frauen begeistern einen sofort wegen ihres Aussehens und dem, was sie sagen.

»Coop hat erzählt, du hättest Urlaub beantragt. Wie lang kannst du bleiben?«

»Ich weiß nicht. Eine Woche ist mindestens drin. Hat Coop für mich arrangiert.«

Danke, Coop.

Als wir vor dem Pogo's das Auto abstellen, geht gerade die Sonne unter. Im Westen sind rote Streifen am Himmel, und die Temperatur bewegt sich immer noch um die achtunddreißig Grad.

Wir gehen hinein und bleiben direkt hinter der Tür stehen. Vor uns ist eine viereckige Theke, hinten ein Billardtisch. Rechts sind Sitzecken mit Tischen, die aber so dunkel sind, dass man praktisch nichts erkennen kann. Die winzige Nische hinten, wo das Podium sein muss, ist leer – kein Klavier, kein Notenständer, gar nichts. Auf dem Boden liegen Servietten, Zigarettenkippen und Erdnussschalen.

»Mal wieder ein superedler Jazzschuppen«, sage ich zu Natalie. »Komm, wir holen uns ein Bier.«

Natalie folgt mir an die Theke. Ungefähr ein halbes Dutzend Kunden nuckelt an seinen Getränken und sieht sich eine Sportsendung auf dem Fernseher über der Theke an. Wir bestellen zwei Bier. Ich beschließe, es beim Wirt mit Rachel Codys Foto zu versuchen. Er ist groß und untersetzt, hat einen Bürstenschnitt und trägt Brille, Jeans und ein weißes Hemd mit hochgekrempelten Ärmeln. Als er das Wechselgeld bringt, zeige ich ihm das Bild.

»Haben Sie die schon mal hier gesehen?«, frage ich und lege das Foto auf die Theke.

Er nimmt es in die Hand, sieht mich an und betrachtet dann das Bild. »Warum?«

»Warum was?«

»Warum wollen Sie das wissen?«

Ich zucke die Achseln und lächle beiläufig. »Sie ist Sängerin, ich bin Keyboardspieler. Ein Freund von mir hat gesagt, ich soll sie mal ansprechen.«

»Und warum rufen Sie sie nicht einfach an?«

»Ich habs versucht. Sie muss wohl umgezogen sein.«

Er legt das Foto wieder auf die Theke. »Keyboard, was? Wer hat *Un Poco Loco* geschrieben?«

»Bud Powell.«

»*Relaxin' At Camarillo*?«

»Charlie Parker.«

Er lächelt und streckt mir die Hand entgegen. »Ich heiße Cal. Willkommen im Pogo's. Tut mir Leid wegen des Tests, aber manche Leute wollen nicht gefunden werden, falls Sie wissen, was ich meine.«

»Natürlich, macht nichts. Ich halte außerdem Ausschau nach Pappy Dean. War er heute schon da?«

Cal lächelt wieder. »Wenn Sie Pappy kennen, dann sind Sie auf jeden Fall in Ordnung. Nee, er kommt im Laufe der Woche zwar manchmal vorbei, aber gespielt wird hier nur am Freitag.«

»Hey, Cal, bring uns noch 'ne Runde!«, ruft einer der Billardspieler. Cal geht, um den Männern ein Bier zu zapfen.

Natalie nimmt das Bild in die Hand. »Sie ist sehr hübsch. Wer ist das?«

»Weißt du noch, dass ich dir erzählt habe, ich hätte mit einer Frau zu Abend gegessen, die wie Lena Horne aussieht? Das ist ihre Tochter.« Ich erzähle Natalie von Louise Cody und ihrer Tochter. Natalie lächelt und gibt mir das Foto zurück. »Du entwickelst dich wirklich noch zum Detektiv, was?«

Bevor ich antworten kann, geht die Tür auf, und Pappy Deans riesige Gestalt füllt den Rahmen. Er kommt herüber, nickt Natalie zu und legt mir die Hand auf die Schulter. »Hier ist heute Fehlanzeige mit Musik.«

»Das habe ich schon gehört. Ich hatte gehofft, Sie hier zu finden. Von Sonny haben Sie schon gehört?«

Pappy runzelt die Stirn und schüttelt den Kopf. »Ja, ich habe heute Morgen im Krankenhaus nachgefragt. Da hab ichs gehört.« Er winkt Cal zu, und der große Wirt stellt ein Glas Kognak auf die Theke. »Setzen wir uns da drüben hin«, sagt er und zeigt auf eine der dunklen Sitzecken.

Natalie und ich nehmen unser Bier und folgen Pappy an einen Ecktisch. Die Sitzbank besteht aus aufgeplatztem Vinyl, deren Polsterung an einigen Stellen herausquillt, die Tischplatte aus abgeplatztem Resopal. »Glück mit Sonnys Schwester?«

Pappy schüttelt den Kopf. »Einer, den ich kenne, der sie hätte kennen können, glaubt, dass sie auch tot ist.«

»Wenn wir einen Namen hätten, könnten wir bei der Führerscheinstelle in Los Angeles nachfragen«, sagt Natalie.

Pappy und ich sehen sie beide an. »Sind Sie von der Polizei?«, fragt Pappy.

»Um ehrlich zu sein, ja.«

Pappy sieht mich mit hochgezogenen Augenbrauen an. »Martha Wells. Und das sage ich nur, weil Sonny ein anständiges Begräbnis kriegen soll, verstanden?«

Ich stecke mir eine Zigarette an. Es ist so dunkel, dass ich Pappys Augen kaum erkennen kann. »Wenn wir sie nicht finden, kümmere ich mich um die Beerdigung. Sagen Sie mir einfach, was Sie sich vorgestellt haben.«

»Und warum wollen Sie das tun?«

»Ich tus einfach, klar? Da braucht man keine großen Worte drum zu machen.«

»Wer macht hier große Worte? Ich werd was beisteuern, und den Rest kann ich Ihnen später zurückzahlen.«

»Lassen Sies gut sein, Pappy. Sonny hats nicht verdient, so zu sterben.«

»Finden wir heraus, wer ihm das angetan hat?«, fragt er.

Natalie sieht uns an. »Ihr Männer seid doch unglaublich. *Wenn* das irgendjemand herausfindet, dann die Polizei. Die Polizei wird sich darum kümmern.«

»Sind Sie von der Metropolitan?«, fragt Pappy sie.

»Nein, Santa Monica, Verkehrspolizei«, antwortet Natalie.

»Und Sie meinen, dass die Metropolitan sehr viel Aufmerksamkeit auf Sonny Wells verschwenden wird, einen schwarzen Junkie und Musiker?«

Dazu fällt Natalie nichts ein.

»Also«, sagt Pappy und sieht wieder mich an. »Haben Sie irgendwelche Vorschläge?«

Ich zünde noch eine Zigarette an. Beim Schein des Feuerzeugs frage ich Pappy: »Wer ist Lavonne?«

Pappys Gesicht geht zu wie ein Vorhang. »Was für eine Lavonne?«

»Dem Arzt am UMC zufolge waren das Sonnys letzte Worte: ›Geh zu Lavonne.‹«

Ich trinke einen Schluck Bier, ohne Pappy aus den Augen zu lassen.

»Pappy, Sie müssen mir vertrauen.«

»Und warum sollte ich das tun?«

Er hat Recht. Mir fällt kein Grund ein. Wir sitzen eine Minute lang schweigend da und versuchen, auf etwas zu kommen, das die angespannte Stimmung durchbrechen könnte. Ich höre, wie die Tür aufgeht und Natalie die Luft anhält. »Sieh mal«, sagt sie.

Ich verdrehe den Kopf, um auch etwas zu sehen. Eine blonde Frau blickt in unsere Richtung, aber ich weiß, dass sie uns nicht richtig erkennen kann. Sie setzt sich an die Bar und winkt Cal herbei. Er bringt ihr ein Getränk und beugt sich vor, um ihr etwas zu sagen, wobei er mehrmals in Richtung unseres Tisches blickt. Als ich mich zu Pappy zurückdrehe, starrt er sie offensichtlich fasziniert an.

»Bin sofort wieder da«, sage ich. Ich stehe auf und gehe rüber zur Theke. Ich setze mich neben sie an die Bar. »Sind Sie nicht Rachel Cody?«

Sie dreht sich um, sieht mich mit dem feindseligsten Gesichtsausdruck an, den sie hinkriegt, sagt aber nichts. Aus dem Augenwinkel sehe ich, wie Cal uns beim Gläserabtrocknen beobachtet.

»Wie wärs, wenn ich Ihnen erzähle, dass ich Agent einer Plattenfirma bin und einen Plattenvertrag mit Ihnen machen will?«

Rachel steckt sich eine Zigarette an und blickt stur geradeaus. »Wie wärs, wenn Sie sich einfach verpissen.« Ihre Stimme ist tief und rauchig. Die blonden Haare sehen genauso aus wie auf dem Foto, aber der Gesichtsausdruck ist völlig anders. Die Augen sind kalt, und ihr Gesicht wirkt hart und angespannt.

»Na schön, wie wärs denn, wenn ich Ihnen sage, dass Ihre Mutter nach Ihnen sucht? Sie macht sich Sorgen und versteht nicht, warum Sie einfach verschwunden sind.«

Heftig drückt sie ihre Zigarette aus, trinkt ihr Glas leer und wirbelt auf dem Barhocker zu mir herum. »Passen Sie auf«, sagt sie.

»Ich kenne Sie nicht, aber wenn Sie meine Mutter kennen, dann traben Sie schön zurück zu ihr und erzählen Sie ihr, dass ich weiterhin verschwunden bleibe. Ich will sie nicht sehen, ich will nicht mit ihr reden, und mit Ihnen will ich auch nicht reden, klar?«

Sie schnappt sich ihre Handtasche von der Theke, springt vom Barhocker und stürmt an mir vorbei zur Tür hinaus. Ich folge ihr nach draußen. Sie schließt gerade einen nagelneuen Camaro auf. Ich präge mir das Nummernschild ein und rufe ihr hinterher.

»Rachel, Sonny Wells ist tot.«

Es ist fast unmerklich, aber sie stockt doch, dann sieht sie mich mit wütend funkelndem Blick an. »Wer zum Teufel ist Sonny Wells?« Sie reißt die Wagentür auf, steigt ein und röhrt auf spritzendem Schotter davon.

Ich gehe wieder hinein. Natalie und Pappy lachen gerade über irgendetwas. »904BNE«, sage ich zu Natalie.

»Was?«

»904BNE. Schreibs auf. Das ist ein Nummernschild.« Natalie kramt in der Handtasche. Sie findet einen Stift und eine Visitenkarte und schreibt das Kennzeichen hintendrauf.

Pappy wirkt jetzt entspannter, als sei er froh, dass Rachel nicht mit mir reden wollte. »Die steht nicht auf Sie«, sagt er.

»Aber ehrlich«, sagt Natalie, »was hast du bloß zu ihr gesagt?«

»Ich habe ihr einfach nur eine Nachricht von ihrer Mutter überbracht. Was meinen Sie dazu?«, frage ich Pappy.

Er sitzt zurückgelehnt auf der Bank, den Panamahut in den Nacken geschoben. »Sie haben die Nachricht überbracht, sie will nichts davon hören, also lassen Sies gut sein.«

»Er hat Recht«, sagt Natalie. »Vielleicht will sie wirklich einfach nicht gefunden werden.«

»Aber warum?«

»Zu viele Fragen bringt nichts als Ärger, Tastenmann«, sagt Pappy.

Wir stehen auf und wollen gehen. Als wir an der Theke vorbeikommen, winkt Cal uns zu. »Kommt am Freitag wieder zum Spielen«, sagt er.

Natalie und ich bringen Pappy zu seinem Wagen. Er fährt einen riesigen Chrysler-Kombi. Sein Kontrabass Trouble in der Zelttuchhülle liegt hinten drin. Am Fenster ist ein Aufkleber angebracht: Kfz-Schutz Smith & Wesson.

Pappy wuchtet seinen Körper ins Auto und lässt den Motor an. »Ich ruf Sie morgen an wegen des Begräbnisses. Ich muss mit dem Pfarrer reden.«

»Ist recht, Pappy. Bis bald.«

Wir sehen ihm hinterher und stehen noch kurz auf dem Parkplatz.

»Worum gings bei dieser Sache mit Lavonne?«, fragt Natalie.

Ich habe dasselbe Gefühl wie in dem Moment, in dem ich Louise Cody dabei ertappte, wie sie Pappys Spitznamen verwendete. »Ich weiß es nicht, aber Pappy weiß es ganz genau.«

14

Natalie und ich fahren zurück zum Rio. Oder zu meiner Wohnung. Wir sind an dem Punkt angelangt, an dem wir uns entscheiden müssen, ob wir zu ihr oder zu mir wollen. »Es ist noch nicht so spät«, sage ich. »Hast du Hunger?« Wir stehen an einer Ampel an der Ecke von Decatur und Charleston.

»Eigentlich nicht.« Sie macht das Fenster auf ihrer Seite einen Spalt weit auf, weil die Käfer-Klimaanlage erfolglos gegen die Hitze ankämpft. »Es riecht nach Regen.«

Sie hat Recht. Es ist das Wetter, das schließlich alle Schwierigkeiten für uns löst.

Der Himmel über uns ist schwarz, und innerhalb weniger Minuten zerplatzen dicke Tropfen auf der Windschutzscheibe, gefolgt von einem gewaltigen Donnerschlag. Ein Spinnennetz von Blitzen zuckt über den Himmel. Als wir die Sahara Avenue erreichen, sieht es so aus, als würde jemand eimerweise Wasser über das Auto schütten. In Sekundenschnelle sammelt es sich in den Straßen und verwandelt die Kreuzungen in wahre Teiche, aus denen die Autos, die zu schnell hindurchpflügen, riesige Wasserfontänen verspritzen.

Ich beuge mich vor und versuche, etwas durch die Windschutzscheibe zu sehen. Die Scheibenwischer sind so ineffektiv wie die schwachen Scheinwerfer des VW. Natalie klammert sich am Griff oberhalb der Tür fest, als ich über die nächste Kreuzung krieche. Mehrere Autos sind an den Straßenrand gefahren, andere sind liegen geblieben.

»Es ist wohl besser, wenn wir ins Haus gehen, was?«

»Stimmt. Blitzartige Überschwemmung. Ich weiß noch, dass ich vor ein paar Jahren gehört habe, dass auf dem Parkplatz des Caesar's Palace die Caddys und Mercedes verkehrt herum geschwommen sind.« Ich biege auf die Desert Inn Road ein und halte mich dicht hinter einem Transporter, an dessen Rücklichtern ich mich orientiere. »Sieht so aus, als würden wir zu mir fahren.«

Als ich einen Blick hinüber zu Natalie werfe, sehe ich im Schein des Armaturenbretts, wie sie mich anlächelt. »Das ist wenigstens originell. Dir ist nicht plötzlich das Benzin ausgegangen.«

Ein paar Ecken vor meiner Wohnung lässt der Wolkenguss ein wenig nach, sodass ich zumindest die Zufahrt zu unserer Straße erkennen kann. Aces Jeep steht in der Einfahrt. Wir steigen aus und rennen auf das Haus zu, sind aber innerhalb weniger Sekunden bis auf die Haut durchnässt. Wir flüchten uns unter das Vordach der Terrasse, während der Wind an unseren Kleidern zerrt.

Als wieder ein Blitz vom Himmel zuckt, sehe ich eine Spiegelung in der Glasscheibe, die von der Größe her Karl sein könnte. Ich stoße Natalie beiseite. Sie schreit auf, als ich herumwirble, während ein Adrenalinstoß durch meinen Körper rast.

»Hallo, Evan, ich dachte doch, dass ich dein Auto gehört habe.«

»Herrgott, Ace, du hast mir einen Wahnsinnsschreck eingejagt.« Ich lehne mich einen Augenblick gegen die Glastür, um wieder Luft zu bekommen.

»Tut mir Leid, für wen hast du mich denn gehalten?«, fragt Ace.

Auf einmal bemerkt Ace auch Natalie. Sie starrt uns beide an, die Haare hängen ihr in nassen Strähnen ins Gesicht. »Hallo«, sagt er und streckt ihr die Hand hin. »Ich bin Ace Buffington.«

Natalie gibt ihm die Hand und sieht mich an. »Ace, das ist Natalie Beamer.« Wir drei stehen einen Augenblick lang da und lauschen auf Wind und Donner.

»Dann lasst uns mal reingehen«, sagt Ace, während ein Plastikstuhl durch den Garten gewirbelt wird und im Schwimmbecken landet.

»Ja, bitte«, sagt Natalie.

Ich schaffe es, die Tür aufzukriegen, und wir gehen nach drinnen, wo Natalie und ich den Teppich nass tropfen. Ich gehe ins Bad, hole Handtücher und gebe Natalie eines davon. Sie wickelt es sich um den Kopf und fängt an, sich trocken zu rubbeln.

Ace steht da, sieht uns an und sagt schließlich: »Wie wärs: Ich habe eine schöne Flasche Chardonnay im Kühlschrank. Trocknet euch ab und kommt dann rüber. Ich habe nämlich auch noch etwas für dich, Evan, was ich heut Nachmittag vergessen habe, dir zu zeigen. Das musst du dir anhören.«

Natalie hört auf, sich die Haare abzutrocknen, und sieht mich von unter dem Handtuch her an. Ich zucke nur die Achseln. »Warum nicht, Ace. Klingt wunderbar.«

Ace klatscht in die Hände. »Na schön. Deine Bekannte braucht was zum Anziehen. Ich bin sofort wieder da.« Ace verschwindet, und ich sehe Natalie an.

»Tut mir Leid, ganz so hatte ich mir das nicht vorgestellt.«

Natalie lächelt. »Ich weiß nicht. Eine Flasche Wein klingt doch gut, wenn er auch ein paar Kräcker mit Käse dazu zu bieten hat.«

Eine Minute später ist Ace mit einem weißen Frotteebademantel wieder da. »Bitte schön, das dürfte Ihnen passen«, sagt er und gibt ihn Natalie. »Ist sauber. Ich habe ihn erst vor kurzem gewaschen. Bis gleich dann.«

Natalie geht ins Bad, während ich mir trockene Jeans und ein T-Shirt überziehe. Als sie wieder zum Vorschein kommt, hat sie die Haare aus dem Gesicht gebürstet und trägt den Bademantel, den sie in der Taille mit dem Gürtel zugeknotet hat. »Ich habe meine Kleider über den Duschvorhang gehängt«, sagt sie.

Der Bademantel steht ihr gut. Es blitzt etwas gebräunter Schenkel darunter auf. Das und der Blick in ihren Augen, als sie durchs Zimmer läuft, lässt mich wünschen, wir würden nicht zu Ace rübergehen.

»Wie du schon sagtest, ist es noch früh«, sagt Natalie, als sie meinen Blick bemerkt. »Na komm, lassen wir den Mann nicht warten.«

Ace arbeitet rasch. Als wir in seiner Wohnung ankommen, stehen bereits drei Weingläser neben einem Tablett mit Käse und verschiedenen Kräckern auf dem Sofatisch.

»Setzen Sie sich, setz dich«, sagt Ace und zeigt auf das große Sofa. Er schenkt Wein ein und hebt sein Glas zum Anstoßen.

»Auf die Freundschaft«, sagt er. Wir stoßen an, und ein klarer, heller Ton erklingt. »Ich liebe diesen Klang.«

»Die sind wunderschön«, sagt Natalie und hält ihr Glas gegen das Licht.

»Ich habe sie Janey geschenkt«, sagt Ace. Er sieht mich an, und ich bemerke den Anflug von Schmerz in seinen Augen. »Ich bin sofort wieder da.« Er setzt das Glas ab und verschwindet in der Küche.

Als Ace weg ist, erzähle ich Natalie von Janey. »Die beiden standen sich sehr nahe. Ich glaube, sie haben in all ihren Ehejahren nicht eine Nacht getrennt verbracht.«

»Er ist so liebenswürdig«, erwidert Natalie. »Es muss schrecklich schwer für ihn sein.«

»Deswegen ist ihm der Artikel über die Wardell-Sache auch so wichtig. Da hat er was zu tun und kann sich auf etwas konzentrieren.«

Ace kommt mit einem Stück aufgeschnittenem, gekochtem Schinken, kleinen Tellern und einer Extraportion seelischer Fassung zurück. »Nur falls irgendjemand richtig hungrig ist.«

»Und wie«, sagt Natalie, schneidet sich ein Stück vom Brie ab und befördert ein paar Scheiben Schinken mit der Gabel auf ihren Teller.

»Wie wärs mit ein bisschen Musik, Ace?«

»Richtig, hab ich ganz vergessen«, sagt Ace und schnippt mit den Fingen. Er geht zum Einbauregal, in dem eine komplette Stereoanlage untergebracht ist, und legt eine CD auf. Plötzlich erfüllt der Klang eines sehr vertraut klingenden Tenorsaxofons das Zimmer. Ace stellt die Lautstärke ein und gibt mir dann die CD-Hülle.

»Wardell Gray. Habe ich heute Nachmittag bei Tower Records gefunden. Muss neu rausgekommen sein.«

Vorne in der Plastikhülle ist ein Foto von Wardell Gray. *Wardell Gray Memorial, Volume I* ist der Titel. Ich drehe die Hülle herum. Hinten sind die Stücke einzeln aufgeführt, etliche davon in mehreren Versionen – *Twisted, Easy Living* – sowie einige Variationen eines Titels namens *Southside*. Auch die Besetzung ist aufgeführt: Al Haig, Piano; Tommy Potter, Bass; Roy Haynes, Schlagzeug.

Wir hören einige Minuten lang zu, wie Wardell uns zeigt, wie man Tenorsaxofon spielt, während wir den kalten Weißwein trinken und Brie, Schinken und Kräcker knabbern.

Nach dem vierten Mal *Twisted* wirkt Natalie verwirrt. »Warum so viele Versionen desselben Stücks? Wie heißt es?«

»*Twisted.*«

»Genau«, sagt Ace. »Annie Ross hat später die Vokalfassung von Wardells Solo geschrieben.«

»Annie Ross, die Schauspielerin?«

»Genau die«, antwortet Ace. »Sie war früher Sängerin bei Lambert, Hendricks & Ross.«

»Ich wusste nicht, dass das ein und dieselbe Person ist«, sagt Natalie. »Ihren Gesang dazu würde ich auch gern mal hören.«

»Wirst du«, sage ich. Ace hat eine beachtliche Sammlung. Neben hunderten von CDs hat er eine Schallplattenkollektion, die bis zurück zu den 78er-Scheiben reicht.

»Bei Neuauflagen machen die Plattenfirmen das gern, besonders bei Leuten, die schon so lange nicht mehr da sind wie Wardell. Das Label besitzt die Masterbänder, auf denen alle Durchgänge drauf sind, die damals bei der Session aufgenommen wurden. Auf dem ursprünglichen Album war jedes Stück wahrscheinlich nur einmal drauf.«

»Ist jede Version anders?«, fragt Natalie.

»Wenn man sie sich ein paar Mal aufmerksam anhört, kann man in jedem Take kleine Unterschiede heraushören. Der Produzent oder der Bandleader bestimmt, welche Aufnahme die beste ist und veröffentlicht werden soll, aber beim Jazz ist der erste Take oft auch der beste.«

Ace schenkt uns nach, während wir fast den gesamten Käse und Schinken verputzen. Natalie lehnt sich mit einem Lächeln im Sofa zurück und hört aufmerksam zu, während mehrere Versionen von

Southside ertönen. *Sweet Lorraine* erkennt sie und lächelt glücklich über ihre Entdeckung. Als die CD zu Ende ist, fragt sie: »Wie hieß das letzte Stück?«

Ich habe es auch nicht erkannt, nehme die CD-Hülle in die Hand und sehe den Titel nach. Mir ist plötzlich der Appetit auf den Wein vergangen. Ich setze das Glas ab und starre die Hülle an.

»Was hast du?«, fragt Natalie, als sie meinen Gesichtsausdruck bemerkt.

»Der letzte Titel heißt *Lavonne.*«

Ace blickt zwischen Natalie und mir hin und her. »Versteh ich nicht.«

Ich sehe noch einmal hin, um ganz sicherzugehen, aber da steht es immer noch. »Der Arzt am UMC sagte mir, dass Sonny Wells' letzte Worte ›Geh zu Lavonne‹ waren«, erkläre ich Ace. Ich sehe Natalie an. »Du hast doch gesehen, wie Pappy reagiert hat, als ich ihn nach dem Namen Lavonne gefragt habe.« Natalie nickt. »Darum ging es also.«

Ace ist immer noch verwirrt. »Und wer ist nun Lavonne?«

»Das ist die große Preisfrage, Ace.«

»Wahnsinn«, sagt Ace und springt auf. »Das könnte der Schlüssel zu der ganzen Sache sein. Wir müssen es rausfinden!«

»Ace«, sage ich, »beruhige dich erst mal. Nur keine übertriebene Aufregung. Wir wissen nicht, ob es irgendwas zu bedeuten hat. Vielleicht ist Lavonne ja einfach nur Sonnys Schwester.«

»Da hast du natürlich Recht«, sagt Ace und sieht enttäuscht aus.

Ich weiß nicht genau, ob ich mich von Aces Begeisterung habe anstecken lassen oder selbst daran glaube, aber jetzt will ich es auch genau wissen. Ich lasse ihn das Stück mehrmals hintereinander spielen, ob es irgendeinen versteckten musikalischen Hinweis gibt, den ich bisher überhört habe.

Auf ein nettes Klavierintro und zwei Chorusse von Sonny Clark folgen Frank Morgans Altsaxofon und Teddy Charles' Vibrafon. Wardell meldet sich schließlich drei Chorusse lang, bevor sie zum Schluss kommen. Wenn da irgendetwas ist, dann höre ich es nicht.

»Wo ist das aufgenommen worden?«, fragt Ace. »Vielleicht hat es etwas mit Ort oder Datum zu tun.«

Ich sehe wieder in dem Booklet nach. »Aufgenommen mit einer anderen Besetzung, und zwar in L. A. am 20. Februar 1953.«

»Nein«, sagt Natalie, »ich glaube, dass es um den Namen Lavonne geht.«

»Vielleicht ist es ein Anagramm«, sagt Ace mit wieder aufflackernder Begeisterung. »Wartet mal kurz.«

Er holt Papier und Bleistift. Wir verbringen zwanzig Minuten damit, aus den Buchstaben andere Namen zu bilden, wie bei einer bizarren Version von Scrabble. Val Neon und Al Nevon sind die besten Namen, auf die wir kommen. Schließlich werfe ich meinen Bleistift hin.

»Wir interpretieren zu viel hinein. Wenn Lavonne irgendetwas bedeutet, und das wissen wir ja noch nicht einmal, dann ist es ein Name, nichts weiter. Im Jazz und besonders im Blues sind jede Menge Stücke nach Frauen benannt.«

»Stimmt«, sagt Ace und kratzt sich den Kopf. »*Nica's Dream, Along Came Betty, Donna Lee*.«

»Woher kommt das bloß?«, fragt Natalie und lächelt mich über ihr Glas hinweg an.

»Dazu sage ich lieber nichts«, erwidere ich.

»Mir wird das Ganze jedenfalls keine schlaflose Nacht bereiten«, sagt Ace. Er steht auf und reckt sich. »Ich werde euch jetzt rausschmeißen und ins Bett gehen. Ich habe morgen früh Seminar.«

»Vielen Dank für den Wein und den Bademantel«, sagt Natalie.

Ace bringt uns an die Tür. Das Unwetter ist so schnell verschwunden, wie es gekommen ist. Der Himmel ist wieder klar, nur um den Mond herum hängen noch einige Wolken. Natalie und ich gehen in meine Wohnung. Keine Spur mehr von Schwierigkeiten. Frottee raschelt auf bloßer Haut, und wir schaffen es irgendwie, beide in dem schmalen Einzelbett Platz zu finden. Einzelbetten haben ganz eindeutig ihre Vorzüge.

Am nächsten Morgen ist Natalie schon aufgestanden und bürstet ihre langen, blonden Haare. Sie mustert ihre weißen Jeans. »Etwas verknittert, aber wenigstens sind sie trocken geworden. Ich bin fertig im Bad.«

Ich stehe unter der Dusche, denke mir, dass ich in letzter Zeit viel zu viel allein gewesen bin und mich vielleicht ein wenig zu sehr daran gewöhnt habe. Vielleicht wird sich das ja nun alles ändern. Natalie und ich haben viel gemeinsam, einschließlich der Begeisterung für schmale Betten, aber es gibt noch eine Menge zu klären, und ich habe noch einen Brief zu schreiben.

Als Dankeschön an Ace für den Wein gestern beschließen wir, ihn zum Frühstück einzuladen. »Na komm, Ace, du hast noch Zeit vor dem ersten Seminar.« Er ist halb angezogen, als ich bei ihm an der Tür klopfe.

»Ja, eigentlich schon«, sagt Ace und sieht auf die Uhr. »In einer Viertelstunde bin ich so weit.«

Wir entscheiden uns für ein Café an den Lakes. Der Regen von gestern Nacht hat die Hitze etwas gemildert, sodass wir draußen auf der Terrasse mit Blick auf Las Vegas sitzen können, während die Wasserdüsen über uns die Luft abkühlen.

Keinem von uns sind irgendwelche sinnvollen, aus Lavonne gebildete Namen eingefallen. Einen Versuch war es wert, aber wie Dr. Straub schon sagte, ergeben letzte Worte auf dem Sterbebett im Allgemeinen sowieso keinen Sinn. Wir unterhalten uns über Musik, das Dasein als Anglistikprofessor und Natalies Polizeiarbeit. Doch inmitten dieses gemütlichen Frühstücks sehe ich etwas, das mich in Windeseile zurück in die Realität der letzten paar Tage versetzt.

Zufällig werfe ich einen Blick durch die Scheibe hinein in das Restaurant. An einem Tisch sitzt ein Paar und streitet sich. Ich kann sie sehen, aber sie mich nicht. Selbst leicht verschwommen hinter Glas erinnert mich Louise Cody immer noch an Lena Horne.

Ihr gegenüber sitzt, im selben makellosen Aufzug wie im Spago, Anthony Gallio.

Sie müssen zu einem anderen Eingang hereingekommen sein. Ich frage mich, ob Karl und Tony in der Nähe sind. Es sieht aus, als würde Louise sich über etwas aufregen. Gallio scheint sie mit irgendetwas zu bedrängen und hält ihr wiederholt den erhobenen Zeigefinger unter die Nase. Schließlich greift er nach der Rechnung, marschiert wütend zur Kasse und lässt Louise allein am Tisch sitzen.

Sie sieht den Tränen nahe aus. Sie blickt sich schnell um, ob sie auch nicht beobachtet wird, holt eine Puderdose aus der Handtasche, sieht in den Spiegel und streicht sich mit den Fingern über die Haare. Eine Minute später erhebt sie sich ebenfalls.

Wenige Augenblicke später sehe ich, wie Gallio mit einem weißen Cadillac vom Parkplatz fährt. Einmal blickt er in unsere Richtung, aber ich weiß, dass er unseren Tisch nicht sehen kann. Einige Minuten später folgt Louise Cody und fährt in die entgegengesetzte Richtung davon.

»Was meinst du, Evan?«

»Wozu?« Ace und Natalie haben in der Zwischenzeit weitergeredet. »Tut mir Leid, ich habe gerade an etwas anderes gedacht.«

Wir beenden unser Frühstück, Ace und ich streiten uns über die Rechnung, und Natalie versucht zu erraten, weswegen ich so verstört bin. Ich bedeute ihr, dass wir später darüber reden werden.

Als wir wieder in meiner Wohnung sind, steht die Sonne bereits hoch am Himmel und knallt gnadenlos auf die Stadt herunter. Ich werfe einen Blick auf den Pool. »Da werde ich jetzt reinspringen«, sage ich zu Natalie. »Kommst du mit?«

»Du hast wohl vergessen, dass ich keinen Badeanzug dabeihabe, und ich glaube kaum, dass Aces Nachbarn von Nacktbaden am helllichten Tage begeistert wären. Mach du nur; aber vorher musst du mir erzählen, was du im Café gesehen hast.«

»Anthony Gallio mit Louise Cody. Die beiden haben drinnen gesessen und sich über etwas gestritten, so wie es aussah. Dann sind sie einzeln gegangen.«

»Das ist schon das zweite Restaurant, in dem wir ihn treffen«, sagt Natalie. »Wenigstens hat er sich diesmal nicht zu uns gesetzt.«

»Ich bin nur froh, dass er uns nicht gesehen hat.«

»Und was hältst du von den beiden?«

»Ich habe keine Ahnung, aber ich glaube, es wird Zeit, dass ich mich mit Louise unterhalte.« Ich ziehe die Badehose an und schnappe mir ein Handtuch. »Falls du dich langweilst, könntest du ein paar Beerdigungsinstitute anrufen und Angebote einholen.«

»Na klar«, sagt Natalie. »Wenn du willst, kann ich auch bei der Polizei nachfragen, ob Sonnys Schwester gefunden worden ist.«

»Wenn du John Trask ans Telefon bekommst, könntest du auch versuchen, ob er willens ist, Rachels Nummernschild einzugeben und uns ihre Adresse zu verraten.«

Über diesen Vorschlag runzelt Natalie die Stirn. »Ich weiß ja nicht. Trask ist Coops Freund, nicht meiner. Das wäre mir, glaube ich, nicht so angenehm.«

»Ganz, wie du möchtest. Ich bin gleich wieder da.«

Ich ziehe den Plastikstuhl aus dem Schwimmbecken und nehme ein Netz an einer langen Stange, um das herumschwimmende Zeug vom Unwetter gestern herauszufischen. Ich springe und tauche in das herrlich erfrischende, kalte Wasser. Ich schwimme einige Runden, tauche herum und genieße den Augenblick allein.

Ich klettere heraus und liege einige Minuten auf dem Bauch. Jetzt tut die wärmende Sonne gut. Noch einmal schwimmen, dann muss ich mich losreißen. Ich springe wieder hinein, tauche auf den Grund hinunter und schnelle wie ein Tümmler aus dem Wasser. Noch einmal. Ich berühre den Boden und lasse mich nach oben schnellen. Mit geschlossenen Augen taste ich nach dem Beckenrand und strecke die Hände aus, um mich hochzuziehen, als ein stechender Schmerz meine rechte Hand durchzuckt.

Ich reiße die Augen auf und sehe einen riesigen Schuh. Als ich meine Hand wegzuziehen versuche, nimmt der Druck zu. Als ich hochblicke, sehe ich Karl auf mich heruntergrinsen. Aus dem Augenwinkel bemerke ich eine zweite Gestalt, aber bevor ich sie erkennen kann, hat Karl mich an den Haaren gepackt. Er drückt meinen Kopf unter Wasser und hält mich dort fest, bis ich glaube, dass mir die Lunge birst.

Er reißt mich nach oben. Ich spucke und keuche. Ich schnappe nach Luft, als er mich wieder untertaucht, diesmal noch länger. Er reißt mich an den Haaren nach oben und zieht mich halb aus dem Wasser, dann nimmt er wieder seine Position mit dem Schuh Größe achtundvierzig auf meiner rechten Hand ein.

Halb aus dem Wasser gezogen, liege ich auf dem Beckenrand und schnappe nach Luft, ohne noch genug Kraft zu haben, meine Hand zu befreien, auch wenn der Schmerz immer stärker wird. Ich blicke auf und sehe Tony hinter Karl im eleganten Anzug mit Krawatte auf einem Gartenstuhl sitzen.

»Tja, Horne, wie ich sehe, haben wir jetzt deine Aufmerksamkeit.« Ich versuche, meine Hand unter Karls Fuß wegzuziehen, aber er tritt einfach kräftiger zu. »Und dass du mir nicht Karl verärgerst«, sagt Tony.

Er steht auf und hockt sich vor mich hin, sein Gesicht nur wenige Zentimeter von meinem entfernt. »Mein Onkel ist unzufrieden mit dir, Horne. Er dachte, ihr hättet euch neulich im Spago verstanden, aber offensichtlich ist das nicht der Fall. Deswegen bin ich hier, wie du dir wohl denken kannst. Was sollen wir nun mit dir tun, Horne, hm?«

»Dasselbe wie mit Sonny Wells?«

»Wer zum Teufel ist Sonny Wells?« Tony sieht hoch zu Karl. »Kennst du Sonny Wells, Karl?« Karl schüttelt den Kopf. »Wie du siehst, Horne, wissen wir nichts von Sonny Wells oder was mit ihm passiert ist.« Tony packt mich an den Haaren, Karl tritt noch fester auf meine Hand. »Zum allerletzten Mal, Horne. Wenn du keine

Ruhe gibst, müssen wir dich das nächste Mal zur Audienz bei meinem Onkel Anthony bringen, und ich garantiere dir, dass das hier im Vergleich dazu das reinste Vergnügen ist.«

»Keine Bewegung«, sagt Natalie. Ich höre ihre Stimme hinter meiner Schulter. Sie steht vermutlich auf der anderen Seite des Pools. Solange die Wasserfläche zwischen ihr und Karl ist, wird ihr nichts passieren. »Ich habe die Polizei schon benachrichtigt«, sagt sie. Schlaues Mädchen.

Karl hebt seinen Fuß ein klein bisschen an, was ausreicht, um mich zu befreien. Ich umklammere sein anderes Bein. Als ob man an einem Baumstamm zieht. Aber ich habe ihn aus dem Gleichgewicht gebracht. Ich ziehe, so fest ich kann. Er fällt über mich und in hohem Bogen ins Wasser, dass es nur so spritzt. Tony richtet sich auf und weicht zurück. Er blickt von mir zu Karl, der spuckend und prustend im Becken um sich schlägt. Als mir klar wird, was los ist, muss ich beinahe lachen.

»Er kann nicht schwimmen«, schreit Tony. Er rennt um den Pool herum. Ich ziehe mich aus dem Wasser. Was Karl rettet, sind die kleinen Ausmaße des Pools. Das wilde Strampeln hat ihn ins Flache befördert. »Du kannst stehen, du Idiot!«, brüllt Tony. »Stell dich hin!«

Karls Augen sind vor Entsetzen weit aufgerissen, bis er endlich merkt, dass er festen Boden unter den Füßen hat. Natalie umrundet das Schwimmbecken und kommt zu mir. Tony tritt am flachen Ende näher ans Wasser, will sich aber nicht den Anzug oder die Schuhe nass machen. Karl geht rückwärts, stolpert über die Stufen, fällt und landet fast auf dem Rücken. Hastig richtet er sich wieder auf.

Tony ist bei ihm und zieht ihn zum Beckenrand. »Komm da raus, du Idiot.«

»Tut mir Leid, Tony.« Er heult und stolpert vorwärts.

»Das war mein Ernst«, sagt Natalie. »Die Polizei ist unterwegs.«

Tony schubst Karl. »Mach schon, mach schon«, sagt er. Er starrt uns wütend an und zeigt mit dem Finger auf mich. »Wir sehen uns wieder, Horne.«

Und dann sind sie verschwunden. Wir hören Autotüren zuknallen und Reifen auf dem Asphalt quietschen.

Ich lasse mich in einen Liegestuhl fallen und begutachte meine Hand. Sie schwillt jetzt schon an, an einigen Stellen ist die Haut aufgeplatzt, aber ich glaube nicht, dass etwas gebrochen ist. Heute werde ich kein Klavier spielen.

Natalie nimmt vorsichtig meine Hand. »Wir müssen das röntgen lassen«, sagt sie. »Komm, wir legen Eis drauf.«

Ich versuche, sie zur Faust zu ballen, aber es ist sinnlos. Wir gehen hinein. Ich lege mich aufs Sofa, während Natalie Eiswürfel holt und in ein kleines Handtuch wickelt. »Hast du wirklich die Polizei gerufen?«

»Ich habe gerade mit Trask telefoniert, als ich zum Fenster rausgeguckt und sie gesehen haben. Wenn ich bloß meine Dienstwaffe dabeihätte.«

»Ich bin froh, dass du sie nicht hattest.« Das Eis lindert den Schmerz, der mir den Arm hochschießt. Ich schließe die Augen und versuche, an etwas anderes zu denken.

Sirenen sind nicht zu hören, aber es vergehen nur wenige Minuten, bis Trask und ein anderer Detective da sind.

15

Trask und sein viel jüngerer Partner, ein kleiner, kompakter Mann mit dunklen Haaren und Augen namens Dave Ochoa, blicken am Pool umher, aber da gibt es natürlich nichts mehr zu sehen. Auf der Holzterrasse trocknet bereits das Wasser, während ich ihnen erkläre, was vorgefallen ist.

Trask hört schweigend zu. Er ist gar nicht begeistert. »Rein mit Ihnen, Horne«, sagt der Detective. »Dave, du vernimmst sie.«

»Mit Vergnügen.« Ochoa kann kaum den Blick von Natalie lassen. Er gibt bestimmt sein gesamtes Geld für Klamotten aus. Die Blazer-Hosen-Kombination ist garantiert nicht von der Stange.

»Sie ist auch von der Polizei, also reg dich ab, Dave«, sagt Trask.

»Wirklich?«, fragt Ochoa und lächelt Natalie an. Er setzt seine dunkle Fliegerbrille auf. Ich werde ihn mit Brent Tyler bekannt machen müssen.

Trask und ich gehen nach drinnen. Ich habe mir Shorts angezogen. Um den Hals habe ich ein Handtuch, und meine Hand ist immer noch mit Eiswürfeln und einem Handtuch umwickelt.

Trask setzt sich mir mit etwas genervtem Gesichtsausdruck gegenüber. »Damit wir uns über ein paar Dinge im Klaren sind, Horne. Ich bin nicht mit Ihnen befreundet wie Danny Cooper, und ich bin auch nicht mit Ihnen auf die Schule gegangen. Den Gefallen habe ich Ihnen Cooper zuliebe getan, aber das war ein Mal, und damit hatte sich die Sache. Das hier hat nichts damit zu tun. Wollen Sie erstens Anzeige gegen die beiden Schlägertypen erstatten? Wir können sie zwar festnehmen, aber Gallio hat sie schneller aus dem Knast draußen, als wir die Formulare ausfüllen können.«

»Nein, ich denke, ich werde einfach darauf verzichten.«

»Das ist zweitens das Schlauste, was ich bisher von Ihnen gehört habe. Wenn Sie sich und Ihrer Bekannten, ganz zu schweigen von demjenigen, dem die Hütte hier gehört, etwas Gutes tun wollen, dann wäre es das Klügste von Ihnen, sich auf den Rückweg nach L. A. zu begeben. Wo wir beim Thema sind: Wem gehört die Hütte eigentlich?«

»Ace Buffington. Anglistikprofessor an der UNLV.«

»Ace?« Trask guckt ungläubig, schreibt es aber auf seinen Notizblock.

»Genau, Ace. So heißt er. Er spielt viel Tennis.«

»Na, wie schön, dass er nicht Robin Masters heißt. Sie sind nämlich eindeutig nicht Magnum.«

»Ace hat nichts mit der Sache zu tun.«

»So ist das also? Ist er nicht derjenige, für den Sie die Nachforschungen machen?«

»Stimmt, aber er weiß nichts von Gallio oder den anderen Vorfällen.«

Die Eiswürfel schmelzen und tropfen auf den Teppich. »Zeigen Sie mir mal die Hand«, sagt Trask. Wir gehen in die Küche zur Spüle. Trask wickelt das kleine Handtuch ab und lässt die Eiswürfel in die Spüle fallen. Seine Berührung ist bei weitem nicht so sanft wie die von Natalie, aber er macht so was nicht zum ersten Mal.

»Sie lassen sich jetzt lieber zur Notaufnahme bringen und das da versorgen. Dann können wir weiterreden.« Er holt eine Visitenkarte aus der Brieftasche, die er auf den Küchenschrank legt. »Falls Sie die letzte verloren haben. Rufen Sie mich an.«

Ich bin erleichtert, dass ich so einfach davongekommen bin. Trask geht nach draußen, um Ochoa zu holen. Mit einer Hand ziehe ich mir ein T-Shirt über den Kopf, schlüpfe in Plastikschlappen und beobachte durch die Terrassentür, wie Trask etwas zu Natalie sagt, während Ochoa danebensteht. Er gibt ihr ein Stück Papier und zeigt dann mit dem Daumen in meine Richtung.

Als die beiden weg sind, schließt Natalie die Tür ab und fährt mich im Käfer ins UMC.

»Wie liefs mit Ochoa?«

»Er wollte mich zum Abendessen einladen«, sagt Natalie.

»Und was hat Trask dir gegeben?«

Natalie blickt starr geradeaus. »Rachel Codys Adresse. Er hat das Kennzeichen für dich eingegeben, aber er meint, dass du vorsichtig sein sollst, wenn du dumm genug bist, das weiter zu verfolgen. Wovon er ausgeht.«

»Warum soll ich vorsichtig sein?«

»Die Adresse ist in einer Gegend, die Naked City genannt wird – jede Menge Straßengangs und Drogendeals bei helllichtem Tage – eine schlimme Gegend.«

»Hat er dir auch gesagt, wo das ist?«

Natalie schüttelt den Kopf. »Nein, er meinte, das würdest du schon selbst finden.«

Im UMC brauchen wir nur vierzig Minuten zu warten, zusammen mit einem Grüppchen Verletzter mit offenen Wunden, Verstauchungen und Verletzungen aus kleineren Verkehrsunfällen. Dann warten wir eine weitere Stunde auf die Röntgenbilder. Erfreulicherweise ist nichts gebrochen. Ich erzähle dem Arzt, ich hätte mir die Hand in einer Autotür eingeklemmt.

»Was Sie nicht sagen«, meint er dazu.

»Eigentlich haben zwei Mafiatypen versucht, mich zu ertränken. Der Größere stand auf meiner Hand.«

»Na so was«, erwidert er. Als ein Krankenwagen mit dem Opfer einer Messerstecherei vorfährt, hat er das Interesse an mir bereits verloren. Er umwickelt meine Hand lose mit Bandagen und stellt mir ein Rezept für Schmerzmittel aus.

»Wo kann ich das Medikament bekommen?«

»Wie wärs mit einer Apotheke?«

Wir halten an einem Supermarkt an, warten noch mal eine halbe Stunde auf einer Plastikbank, bis das Rezept bearbeitet wird, und fragen uns, warum es so lange dauert, zwanzig Tabletten in ein Röhrchen zu füllen und ein Etikett zu tippen. Zurück in der Wohnung, schlucke ich zwei Percodan mit einem großen Glas Wasser und strecke mich auf dem Sofa aus. Innerhalb weniger Minuten bin ich weg. Als ich die Augen wieder aufmache, sitzt Natalie auf der Sofakante und sieht auf mich herunter. Sie hat ein Glas Wasser in der Hand.

»Na, du Schlafmütze. Wie fühlst du dich?«

»Besser, glaube ich.« Ich richte mich auf und lange nach einer Zigarette. »Wie lange war ich weg?« Ich trinke das gesamte Glas Wasser in einem Schluck aus.

»Ein paar Stunden.«

»Wie viel Uhr ist es?«

»Fast drei.«

»Scheiße, mein Gig.«

»Schon erledigt. Brent Tyler wünscht dir eine baldige Genesung und hat für ein paar Tage einen Ersatz gefunden. Ich habe ihm gesagt, dass du dich meldest. Ich habe auch alles mit dem Beerdigungsinstitut arrangiert. Die Trauerfeier ist morgen um elf im Bunker-Brothers-Beerdigungsinstitut.« Stirnrunzelnd sieht Natalie auf ein Stück Papier. »Kannst du dir das leisten?«

»Ja, kein Problem. Bei Charlie Crisp habe ich ziemlich gut verdient.«

»Dem Country-Sänger?«

»Ich weiß, das passt nicht so richtig, aber er war sehr großzügig. Durch mich hat er einen Haufen Geld gespart.«

»Coop hat mir ein bisschen was davon erzählt«, sagt Natalie.

»Irgendwann hörst du mal die ganze Geschichte.«

»Du siehst immer noch müde aus. Wenn es dir recht ist, würde ich zum Rio fahren, das Zimmer dort aufgeben und meine Sachen herbringen.«

»Es ist mir mehr als recht.«

»Schön, ich hatte gehofft, dass du das sagst. Was ist mit Ace?«

»Mach dir keine Gedanken um Ace. Ich glaube nicht, dass wir seinen moralischen Wertvorstellungen ernsthaften Schaden zufügen werden. Ich werde mit ihm reden.«

»Wenn du meinst. Ruh dich noch ein bisschen aus, ich bin bald wieder da und bringe was zu essen mit.«

Als Natalie gegangen ist, lasse ich meine Gedanken treiben und sinniere über den immer größer werdenden Morast nach, in den ich mich hineinmanövriert habe. Sonny Wells ist tot. Vielleicht, weil er mit mir geredet hat. Zwei Schlägertypen, die für eine vermutlich mit der Mafia in Verbindung stehende Person arbeiten, die nicht will, dass ich noch länger Wardell Grays Tod untersuche, haben mir eine Warnung erteilt und mich dann ganz gehörig zur Schnecke gemacht. Schlimm genug, dass ich meinen Gig nicht mehr spielen kann. Und Rachel Cody ist in irgendwelche wesentlich weniger luxuriöse Behausung als im ordentlichen Vorort ihrer Mutter abgetaucht. Naked City? Als das Percodan wieder zu wirken beginnt, verschwimmt alles. Ich versinke in einen herrlich euphorischen Traumzustand.

Als ich wieder aufwache, ist es dunkel, aus den Lautsprechern erklingt Oscar Petersons Klavier, und vom Sofatisch steigt der Geruch von chinesischem Essen auf. Ich höre Natalie in der Küche mit Tellern klappern.

»Wie viel Uhr ist es?«

»Fast neun«, sagt sie, als sie ins Wohnzimmer kommt. »Ich wollte dich schlafen lassen. Fühlst du dich besser?« Sie setzt sich neben mich aufs Sofa. Sie hat sich umgezogen und trägt ihre Haare wieder als Pferdeschwanz.

Wir sehen beide meine Hand an. Die Schwellung ist bereits stark zurückgegangen, aber weh tut sie noch immer, auch wenn es jetzt eher ein dumpfer Schmerz ist. Ich versuche, die Finger zu bewegen. Etwas rührt sich. Das ist ja schon mal was. Kommt mir bekannt vor, die Sache.

»Das sieht lecker aus«, sage ich, als ich mir die Frühlingsrollen und die kleinen Pappbehälter mit Rindfleisch mongolisch, Paprika und Reis ansehe. Wir essen schweigend und hören Oscar zu, wie er sich an einer Reihe Standards austobt. Es ist eine Liveaufnahme aus dem alten London House in Chicago. Als die Kassette zu Ende ist, steht Natalie auf, um etwas anderes aufzulegen.

»Lass doch, es ist auch so schön«, sage ich.

»Wie wärs mit Kaffee zu den Glückskeksen?«

»Klingt wunderbar.« Ich stecke mir eine Zigarette an, während sie den Kaffee holt. Mein Kopf scheint klar zu sein, aber die Versuchung, die Augen wieder zuzumachen, ist groß. Ein paar Minuten lang lässt Natalie mich in Frieden, aber dann sagt sie schließlich doch: »Weißt du schon, was du unternehmen willst?«

»In welcher Hinsicht meinst du?«

Natalie zuckt die Achseln. »Wardell Gray, Gallio, Rachel Cody?«

»Falls die Frage ist, ob ich meine Sachen packen und zurück nach L.A. gehen werde, dann ist die Antwort nein, und sag mir nicht, dass ich das tun soll.«

»Ich vermute nicht, dass dir allzu viele Leute sagen, was du tun sollst, und wenn doch, dann machst du vermutlich das genaue Gegenteil.«

Ich lache. »Ich glaube, du kennst mich schon ganz gut.«

»Ja, das macht mir Sorgen.« Sie fasst in eine der Papiertüten und zieht zwei Glückskekse heraus. »Lass sehn, was uns die Zukunft bringt.«

»Du zuerst.«

Sie bricht ihren Keks auf und zieht das Papierstreifchen heraus. »Ihr Ehrgeiz ist eine positive Antriebskraft«, liest sie.

»Das klingt ganz verdächtig nach Jurastudium.«

»Na schön, du Schlaumeier, jetzt bist du dran.«

Ich breche den Keks entzwei und lese mein Horoskop. »Für ein höheres Ziel zu arbeiten, ist erfüllender, als nur seinen Lebensunterhalt zu verdienen.«

»Oh, ganz tiefsinnig«, sagt Natalie.

»Da ich beim Verdienen meines Lebensunterhalts nicht allzu erfolgreich bin, ist mein höheres Ziel vielleicht, den Mord an Wardell Gray zu klären.«

Es sollte ein Witz sein, aber Natalies Gesicht ist sorgenvoll. »Das willst du also machen?«

»Ich weiß es nicht. Ich weiß nur, dass ich es versuchen muss.«

Ich erinnere mich nicht mehr, wann ich eingeschlafen bin oder wie ich neben Natalie unter die Decke ins schmale Bett gekommen bin. Irgendwann nach dem Essen habe ich noch zwei Percodans genommen und weiter mit ihr geredet. Ich weiß nur, dass es Morgen ist, als Natalie mich wachrüttelt und mit einer Tasse Kaffee in der Hand in einem dunklen Hosenanzug neben dem Bett steht.

Ich halte mich zehn Minuten lang unter der Dusche auf und brause mich am Ende so lange kalt ab, wie ich es aushalten kann. Noch einen Kaffee, und ich bin bereit für alles, was der Tag bringen mag. Ich verbinde die Hand wieder. Sie lässt sich ein wenig bewegen, und der dumpfe Schmerz sagt mir, dass es nicht so schlimm ist, wie ich ursprünglich dachte.

Die Gangschaltung des VW geht immer noch über meine Kräfte. Deshalb fährt Natalie, während ich vor mich hin schwitze, auch wenn ich Jacke und Schlips gefaltet auf den Knien liegen habe. Im dichten Vormittagsverkehr schaffen wir es endlich bis zum Beerdigungsinstitut, das gegenüber von Cashman Field am Las Vegas Boulevard liegt. Auf dem Parkplatz stehen nur wenige andere Autos, von denen eines Pappy Dean gehört. Er steht wartend an der Tür, wie immer elegant in Panamahut, Anzug und dunkler Sonnenbrille. Ich ziehe Jacke und Krawatte an und geselle mich zu Pappy.

»Eigentlich hätte das in Sonnys Kirche stattfinden müssen«, brummelt er, als wir hineingehen. »War wohl nicht genug Zeit.«

In der Kapelle ist es nur wenig kühler. Ein kleiner, dünner Schwarzer mit dicken Brillengläsern nickt Pappy zu und stellt sich mir als Reverend Waters vor. Er bedeutet uns, vorne Platz zu nehmen. Vor dem geschlossenen Sarg liegt ein kleines Blumengesteck.

Ich sehe nach, ob eine Karte daran hängt, aber da ist nichts. Ich muss ein paar Formulare unterschreiben und einen Scheck ausstellen, wobei Natalie mir hilft. Dann kommt die kurze, wenig überraschende Trauerrede des Reverends.

Bevor er anfängt, kommt Trask herein und nimmt hinten Platz. Eine oder zwei Minuten später kommt eine Frau mit einem Kopftuch und Panorama-Sonnenbrille herein und setzt sich links in die Mitte. Ich sehe, wie Pappy ihr einen schnellen Blick des Wiedererkennens zuwirft. Glaube ich wenigstens. Ich drehe mich um und betrachte sie genauer, aber ihr Kopf bleibt während der Trauerfeier gebeugt.

»Wir haben uns heute hier versammelt«, leitet der Reverend ein, »um Charles Wells, bei seinen Freunden als Sonny bekannt, die letzte Ehre zu erweisen. Charles war Musiker, und zwar ein guter, wie ich höre. Später im Leben machte Sonny schwere Zeiten durch und wurde das unglückliche Opfer der gewalttätigen Welt, in der wir heute leben.« Die Stimme des Pfarrers wird lauter, als er zum Ende kommt. »Von unbekannten Angreifern sinnlos und brutal niedergeschlagen. Allein der Glaube, dass der Herr die Umstände von Sonnys Verscheiden kennt, kann uns trösten. Mein ist die Rache, ich will vergelten, spricht der Herr.«

»Oder ich«, flüstert Pappy neben mir.

Bevor Reverend Waters seine abschließenden Worte spricht, erhebt Pappy sich und holt seinen Kontrabass hervor. Ich hatte ihn bisher gar nicht bemerkt. Er trägt Trouble hinüber zum Sarg und spielt drei Chorusse des traurigsten Blues, den ich je aus einem Bass habe kommen hören. Wir sitzen einige Augenblicke nur da, während der letzte Ton in der Kapelle verhallt.

Reverend Waters schluckt einmal, spricht das Vaterunser, blickt in die fast leere Kapelle und endet mit den Worten: »Ich danke Ihnen fürs Kommen.«

Das Ganze ist so schnell vorbei, dass keiner von uns so recht weiß, wie er sich verhalten soll. Wir stehen auf und wenden uns dem Ausgang zu. Die Frau mit Kopftuch und Sonnenbrille ist bereits auf dem Weg zur Tür. Sie bleibt kurz stehen, dreht sich um und sieht in unsere Richtung. Mit der Brille weiß man nicht, wen sie anblickt, aber etwas klickt in meinem Kopf. Ich glaube, ich weiß, wer das ist.

Ich folge ihr nach draußen in die grelle Sonne, an Trask vorbei, der etwas zu mir sagt. Sie geht schnellen Schrittes auf ihr Auto zu.

»Lavonne«, rufe ich hinter ihr her. »Sind Sie das?«

Mit dem Rücken zu mir stockt sie, zieht das Kopftuch herunter und nimmt die Brille ab.

Als sie sich umdreht, umspielt ein angedeutetes Lächeln ihre Lippen. Dann steigt Louise Cody in ihren Wagen und fährt davon.

Hinter mir lehnt Pappy auf seinem Bass, der wieder in der Zelttuchhülle verpackt ist, und sagt: »Jetzt wissen Sies.«

16

Ich stehe eine Minute lang auf dem Parkplatz in der unbarmherzig herunterknallenden Sonne und starre Louise Codys Wagen hinterher, der gerade auf den Las Vegas Boulevard einbiegt. Ich ziehe das Jackett aus und lockere die Krawatte. Meine Hand tut plötzlich gar nicht mehr so weh. Als ich mich umdrehe, beobachtet Pappy Dean mich. Seine Stirn glänzt vor Schweiß. Er hat einen Arm um den Bass gelegt.

Hinter ihm sehe ich Natalie mit Trask reden. Ich würde am liebsten in den VW springen, sofort hinter Louise Cody herfahren und herausfinden, warum sie mir so viel verschwiegen hat. Ich wäre gerne wütend auf sie, schaffe es aber nicht.

Irgendwas aus dem Jahre 1955 verfolgt sie noch heute. Das Lächeln, das sie mir eben zugeworfen hat, als ich den Namen Lavonne aussprach, war nicht spöttisch, sondern eher eine Anerkennung, dass ich zumindest teilweise verstanden hatte. Alles Weitere wird sie mir auch noch verraten, sagte das Lächeln, aber nicht jetzt. Louise wird auf mich warten, aber erst mal muss ich mich mit Pappy auseinander setzen.

»Sie sind nicht übel, Mann, gar nicht übel«, sagt Pappy, »aber ich wünschte, Sie hätten das nicht getan.«

»Und ich wünschte, Sie hätten mich nicht angelogen, Pappy.«

Er blickt einen Moment auf den Boden, dann bohrt sich sein Blick in meine Augen. »Schon möglich, dass ich das getan habe, aber ich hatte meine Gründe.«

»Die würde ich gerne hören. Wir müssen uns unterhalten, Pappy.«

Er nickt, nimmt den Hut ab und wischt sich mit einem großen Taschentuch die Stirn. »Ja, das müssen wir.« Er wirft einen Blick hinter sich zu Natalie und Trask. »Der Typ ist ein Bulle, stimmts?«

»Das wissen Sie doch.«

»Können Sie den aus der Sache raushalten, wenigstens fürs Erste?«

»Momentan weiß er noch nicht mal, wer Sie sind. Ich werde mein Möglichstes tun.«

»Tun Sie das. Louise kann keinen Ärger mit dem Gesetz gebrauchen. Ich genauso wenig.«

»Wo treffen wir uns, Pappy?«

Er denkt kurz nach und sagt dann: »Im Moulin Rouge in einer Stunde, wo sonst?«

»Wir sehen uns da. Und Sie bringen mir ein paar Antworten mit.«

Schwerfällig bewegt Pappy sich zu seinem Auto, während er den Bass vor sich herschiebt. Natalie und Trask kommen auf mich zu. »Um was gings da gerade?«, fragt Natalie.

»Uralte Geschichten.«

Sie lässt den Blazer von ihren Schultern rutschen und geht auf den VW zu, bemerkt aber, dass ich mit Trask reden will. »Ich warte im Auto.«

»Das war Rachel Codys Mutter?«, fragt Trask mich.

»Niemand Geringeres.«

»Was hat sie mit all dem zu tun?

»Das weiß ich noch nicht. Vermutlich gar nichts«, sage ich und versuche, glaubwürdig zu wirken.

»Ganz wie Sie meinen«, sagt Trask und schüttelt den Kopf. »Na, vielleicht kann Ihr Kumpel Sie ja ein bisschen zu Verstand bringen.«

»Coop?«

»Ja, er kommt wegen einer Überstellung wieder. Wir haben einen Kerl festgenommen, den Santa Monica gern hätte. Ich melde mich dann bei Ihnen.« Er steigt in seinen Wagen, und jetzt ist nur noch einer auf dem Parkplatz übrig.

Ich werfe die Jacke auf den Rücksitz des VW und setze mich neben Natalie. Ich sage ihr, dass Coop wieder herkommt. Sie wirft mir beim Anlassen des Motors einen Blick zu und fährt vom Parkplatz.

»Wird das peinlich werden?«

»Nein«, sagt sie. »Überhaupt nicht.«

Die nächsten paar Minuten sitzen wir schweigend im Auto. An der Schnellstraße bitte ich sie, rechts abzubiegen.

»Wo fahren wir hin?«

»Nach Hause. Ich will mir Aces Wagen ausleihen, damit ich selbst fahren kann. Ich muss bei der Musikergewerkschaft vorbei und dann Pappy im Moulin Rouge treffen.«

»Brauchst du Gesellschaft?«

»Lieber nicht. Er wird möglicherweise nichts sagen, wenn du dabei bist.«

Natalie lächelt. »Wir könnten guter Polizist, böser Polizist spielen.«

»Ich glaube nicht, dass das bei Pappy zieht.«

Zu Hause steige ich aus dem Anzug und überzeuge Ace relativ schnell davon, dass ich den Automatik-Jeep mit einer Hand fahren kann. Ace lädt Natalie zum Mittagessen ein, und so lasse ich die beiden allein.

Im Büro der Musikergewerkschaft treffe ich auf Larry Jenkins, der gerade auf dem Weg nach draußen ist. »Ich wollte Sie auch schon anrufen«, sagt er und sieht auf die Uhr. »Kommen Sie rein. Ein paar Minuten habe ich noch.« Wir betreten sein Büro, wo er eine Aktenmappe vom Schreibtisch nimmt. »Wir haben Glück gehabt. Einer der Geschäftsagenten ist Hobbyhistoriker und meinte, er wüsste, wo das Zeug abgeblieben sein könnte. Ich vermute, Sie haben nach dem hier gesucht.«

Ich nehme die Akte entgegen und sehe hinein. Der Vertrag, geführt als Nummer 369 der Musikergewerkschaft Las Vegas, abgeschlossen zwischen dem Moulin Rouge und dem Bandleader Benny Carter, führt das Anfangsdatum, die Gage und die Musiker auf. Wardell Grays Name steht da sowie mehrere andere, die mir vage bekannt vorkommen. Ein Name sticht mir ins Auge. Ich hatte vermutet, dass er da stehen würde, aber ihn tatsächlich schwarz auf weiß zu sehen, ist trotzdem noch ein Schock.

»Ist es möglich, dass es nach Wardells Tod noch einen zweiten, abgeänderten Vertrag gab?«

Jenkins zuckt die Achseln. »Möglich. Irgendjemand hat ihn offensichtlich ersetzt. Ich weiß, dass ein neuer Vertrag aufgesetzt wurde, als Lionel Hampton kam. Warum? Suchen Sie nach noch jemandem?«

»Nein, ich bin nur neugierig. Könnte ich eine Fotokopie davon haben?«

»Klar, warum nicht. Warten Sie kurz.«

Während ich auf Jenkins warte, lasse ich mir alles noch einmal durch den Kopf gehen.

Eine Menge Leute haben mich entweder angelogen oder wesentliche Sachen ausgelassen. Jetzt habe ich einen konkreten Beweis, mit dem ich sie konfrontieren kann.

Als Jenkins mit einer Fotokopie des Vertrags wieder da ist, frage ich ihn nach Elgin »Pappy« Dean. Bei dem Namen tritt ein Lächeln auf seine Lippen.

»Pappy Dean. Ja, der ist so was wie eine Legende hier in der Gegend. Sie wissen sicher, dass er irgendwann in den Sechzigern ein kleines Intermezzo bei Count Basie hatte?«

»Ja, davon habe ich gehört. War er immer in Las Vegas?«

»Das weiß ich nicht«, sagt Jenkins. »Er war mit Basie auf Tournee, aber ich meine, ich hätte gehört, dass er etliche Jahre davor einfach verschwunden war. Wenn ichs mir genau überlege, muss das kurz nach Eröffnung des Moulin Rouge gewesen sein. Und dann war er auf einmal wieder da und überall in der Stadt bei Gigs anzutreffen. Hin und wieder trommelt er mal eine Bigband für ein Benefiz oder einen Abend im Four Queens zusammen. Warum? Glauben Sie, dass er etwas mit der Wardell-Gray-Sache zu tun hat?«

»Ich bezweifle es, aber bei Recherchen darf man nichts außer Acht lassen.« Jenkins nickt geistesabwesend und wirft einen Blick auf die Uhr. Ich danke ihm für seine Bemühungen und verabschiede mich.

»Wenn Ihnen sonst noch etwas einfällt, rufen Sie mich an.« Er bringt mich nach draußen auf den Parkplatz, und wir gehen zu unseren Autos.

Der Jeep unter mir fühlt sich stabil und, viel wichtiger, kühl an. Ich träume von einer Kreuzfahrt nach Alaska und schalte den Jazzsender ein, bei dem ich gerade noch einen Teil einer Stan-Getz-Liveaufnahme aus einem Club in Kopenhagen mitbekomme. Es ist eine, die ich selbst in meiner Sammlung hab. Ich bin immer wieder erstaunt über die Anmut seines eleganten, flüssigen Spiels. Noch so ein Auftritt, bei dem ich gern dabei gewesen wäre.

Als ich auf den Parkplatz des Moulin Rouge einbiege, hängen dicke, schwarze Wolken über den Bergen im Westen. Die Sonne ist verschwunden, die Hitze nicht.

Ich begutachte das Moulin Rouge. Aus der Nähe ist vom Glanz der Fünfziger nichts mehr zu sehen. Nur noch abblätternde, verblasste Farbe. An die Schaufensterscheibe ist ein Plakat geklebt, auf dem eine Jamsession für Sonntagabend angekündigt wird. Kein allzu schlechter Ort für Sonny Wells' Totenwache.

Drinnen ist es dunkel und kühl, und die Kneipe ist ungefähr halb voll mit einer Mischung aus Bauarbeitern in Arbeitskleidung und mehreren einsamen Trinkern. Von Pappy Dean keine Spur.

Der Mann am Ausschank nimmt meine Bestellung über ein Bier vom Fass und eine Rolle Vierteldollarmünzen entgegen. Ich trinke das Bier sofort aus, bestelle das nächste und schaffe schon mit dem vierten Quarter ein Fullhouse an der Maschine.

»Die Dinger machen süchtig«, sagt Pappy Dean und rutscht auf den Barhocker neben mir. Er zeigt auf mein Glas und hält dem Barmann zwei Finger hin. Ich sammle meine Quarters ein und schiebe sie für das Bier über die Theke.

»Also, erzählen Sie mir von Lavonne, Pappy.« Ich stecke mir eine Zigarette an, während Pappy sein halbes Bier hinunterschluckt. Die Krawatte ist verschwunden, aber Anzug und Hut trägt er noch.

»Wie haben Sie das gemacht?«, fragt Pappy. »Den Namen hat seit dreißig Jahren keiner mehr benutzt.«

»Siebenunddreißig.«

Pappy nickt und grinst. »Da haben Sie Recht. Siebenunddreißig.«

»Direkt vor seinem Tod hat Sonny das dem Arzt zugeflüstert. Ich wusste nicht, was es zu bedeuten hatte, aber als ich den Titel auf Wardells CD gesehen habe, da wusste, dass es darum gehen musste.«

»Bei der Aufnahme hätt ich auch dabei sein sollen«, sagt Pappy. »Wär ich auch gewesen, wenn ich nicht mit so einem schlechten Sänger auf Tour gewesen wär.«

»Aber beim Gig hier waren Sie damals dabei, oder nicht?« Wenn ich mich so in der Moulin-Rouge-Bar umsehe, kann ich mir nur sehr schwer vorstellen, dass das überhaupt einmal ein angesagter Laden gewesen sein soll.

Pappy sieht mich über das Glas hinweg an. »Verdammt, Sie sind ja echt ein Detektiv. Von wem haben Sie das?«

»Zuerst nur mein Gefühl, aber Ihr Name steht im Vertrag. Ich komme gerade von der Musikergewerkschaft. Sonny war ja auch in der Band, stimmts?«

»Ja«, gibt Pappy zu. Sein Blick ist traurig, als er in die blinkenden Lichter des Pokerautomaten vor sich starrt. »Wir waren beide da. Das waren noch Zeiten.« Er seufzt und starrt die Reihe von Schnapsflaschen hinter der Theke an. »Zuerst war Benny Carter mit seiner Band da, und später kam dann Lionel Hampton. Als Wardell an dem Abend nicht zum zweiten Auftritt erschien, ließen sie ein paar Tage später Sonny aus L.A. kommen. Wardell war er nicht, aber er war damals ziemlich gut in Form und spielte anständig. Später bin ich ungefähr drei Wochen lang eingesprungen.«

»Sonny und Wardell kannten sich also aus L.A. und waren beide mit Louise bekannt?«

Pappy nickt und wirft einen Blick über die Schulter, als habe er Angst, dass uns jemand belauscht. »Louise wurde in L.A. für die

Show angeheuert. Sie hing immer in den Clubs an der Central Avenue rum. Da hat sie Wardell und Sonny kennen gelernt.«

»Und was ist wirklich mit Wardell passiert?«

Pappy zuckt die Achseln. »Mehr als Sie weiß ich auch nicht, wahrscheinlich sogar weniger. Er erschien nicht, und ein paar Tage später haben sie ihn mausetot in der Wüste gefunden.«

»Glauben Sie die Story, dass der Tänzer Teddy Hale ihn in die Wüste geschafft hat?«

»Ich glaub überhaupt keinem Junkie, wenn er high ist.«

»Meinen Sie, dass jemand Druck auf Teddy ausgeübt und ihn dazu gebracht hat, der Polizei diese Geschichte zu erzählen?«

»Alles ist möglich, Mann.« Pappy trinkt einen Schluck Bier und steckt sich ein lange, braune Mentholzigarette an.

Es ist so frustrierend, hier am Ort des Geschehens mit jemandem zu sitzen, der dabei gewesen ist, und dann so eine Antwort zu bekommen. Warum haben sie nur alle so viel Angst vor der Vergangenheit? »Warum haben Sie mir nicht gesagt, dass Sie Louise kennen? Und das Foto ihrer Tochter haben Sie natürlich auch sofort erkannt, als ich es Ihnen im Hob Nob gezeigt habe. Was hat Louise mit der ganzen Sache zu tun?«

Pappy dreht sich zu mir um und starrt mich durchdringend an. »Louise hat nichts mit dem zu tun, was mit Wardell passiert ist. Wenn Sie mehr wissen wollen, dann fragen Sie sie selbst. Wenn sies Ihnen verraten will, wird sie es tun.«

»Würden Sie nicht auch gern wissen, was wirklich mit Wardell und Sonny passiert ist?«

»Was mit Sonny passiert ist, weiß ich. Ich weiß nur nicht, wers getan hat.« Pappy schweigt. Er legt die Zigarette in einen Aschenbecher und reibt seine großen, kräftigen, schwieligen Hände aneinander. »Ich dachte immer, ich wüsste, was mit Wardell passiert ist.«

»Wie meinen Sie das? Nun kommen Sie, Pappy, riskieren Sies doch einfach. Es gibt keinen Grund, Sie in die Sache hineinzuziehen, aber ohne Ihre Unterstützung kann ich weder Ihnen noch Louise helfen. Ich tappe völlig im Dunkeln. Ich glaube, dass es eine Menge gibt, was Sie mir nicht sagen.«

»Der Himmel steh mir bei«, murmelt Pappy. Er dreht sich zu mir um. »Ich weiß nicht, warum ich Ihnen das sage, aber vielleicht muss ich Ihnen vertrauen. Da war ein Typ, so ein geschniegelter Italiener, der immer hier im Club rumhing und mit Louise redete, und ich weiß, dass er sie mit Wardell zusammen gesehen hat. Zumindest habe ich gedacht, er hätte sie gesehen.«

»Und? Wer war der Typ?«

»Ich weiß nicht, wie der Affe hieß.« Pappys Stimme wird ein wenig lauter. Zwei Männer in Arbeitskleidung, die sich vor einem Pokerautomaten gegenseitig in Schwung bringen, sehen in unsere Richtung, bis Pappy zurückstarrt und sie wegsehen.

»Der Typ und ich sind aneinander geraten. Eines Nachts, hier auf dem Parkplatz, als er in sein Auto eingestiegen ist. Ich hab ihm gesagt, er soll Louise in Ruhe lassen. Wissen Sie, was er zu mir gesagt hat? Er hat gesagt: ›Nigger, du weißt wohl nicht, wen du vor dir hast.‹« Pappy hält sein Glas mit beiden Händen so fest umklammert, dass ich Angst habe, es könnte zerspringen.

»Und dann ist es passiert. Ich habe es nicht gewollt, aber ich dachte, er würde nach einer Knarre greifen. Damals habe ich immer ein Messer dabei gehabt, und ...« Pappy leert sein Glas und bestellt ein neues Bier. Als er mich wieder ansieht, steht ihm nichts als Schmerz und Reue ins Gesicht geschrieben. »Es war stockdunkel, aber ich glaube, ich habe ihn umgebracht.«

Ich starre in mein halb volles Bierglas. Ich kann Pappy nicht ansehen, aber ich weiß, dass er mich beobachtet und auf meine Reaktion wartet.

»War das der Grund, warum Sie Las Vegas den Rücken gekehrt haben?«

»Verdammt nochmal«, sagt Pappy, »Sie wissen aber auch alles.«

»Nein, ich zähle nur eins und eins zusammen.«

»Ich hatte Schiss, Mann. Ich hab mich einer Band angeschlossen, die nach Kansas City gegangen ist, und da war ich dann, hab mich unsichtbar gemacht und gedacht, dass sie jeden Tag kommen.«

»Die Polizei?«

»Oder die Kumpels von dem Typen. Die Polizei, weil es keine, wie heißt das noch gleich, gibt.«

»Keine Verjährung?« Bei Mord gibt es keine Verjährung, und ich merke mir, dass ich irgendwie einen Blick in die Akten zu dem Fall werfen muss, ohne Pappy damit zu belasten. Vielleicht gab es ja sogar zwei ungelöste Mordfälle – beziehungsweise drei, wenn man Sonny Wells mitzählt.

»Ja, genau«, sagt Pappy. »Verjährung.« Er lässt das Wort langsam von der Zunge gleiten.

»Aber Sie sind trotzdem nach Vegas zurückgekommen.«

»Das war merkwürdig, ich weiß, Mann. Ich wollte einfach nicht mehr dran denken. Ich bin zurückgekommen, hab mich 'ne Zeit lang schön still verhalten, aber da war nichts. Keiner hat mich gesucht, die Polizei nicht, und die Paten auch nicht. Ich hab rumgefragt, aber niemand hatte was gehört.«

Ich kann mir nicht vorstellen, dass selbst ein nur entfernt mit der Mafia in Verbindung stehender Typ nicht gerächt worden wäre. War das nicht immer ungeschriebenes Gesetz gewesen? Und wenn es Mord war, warum hatte die Polizei dann nicht ermittelt? Irgendetwas stimmt an dem ganzen Bild nicht.

»Und in all diesen Jahren haben Sie nie was davon gehört?«

»Nichts, Mann, gar nichts.«

Pappys fragenden Blick habe ich erwartet. »Selbst wenn ich irgendein Interesse daran hätte, Pappy: Bei allem, was Sie mir gerade erzählt haben, steht Aussage gegen Aussage, und nach so vielen Jahren wird es sowieso niemanden mehr groß interessieren. Wissen Sie, was ich glaube? Ich glaube nicht, dass Sie irgendjemanden umgebracht haben.«

Ich merke, dass Pappys Schultern sich ein wenig entspannen. »Wenn ich das bloß genau wüsste. Mein Gott, wie ich mir das wünsche.«

»Aber was ist mit Louise? Ich bin davon überzeugt, dass einiges von all dem – Wardell, Sonny, eigentlich alles – mit Louise zu tun hat.« Pappy sieht mich mit einem langen, suchenden Blick an.

»Wenn Sie etwas Genaueres herausfinden, dann sagen Sies mir.«

»Es könnten die Paten sein.«

»Kann sein«, erwidert Pappy. »Kann gut sein.«

17

Als Pappy weg ist, rufe ich Louise Cody an. »Louise, hier ist Evan.«

»Ich habe auf Ihren Anruf gewartet.« Sie klingt leicht verstört, aber sie erwartet mich und wird den ganzen Abend über zu Hause sein.

Ich verlasse das Moulin Rouge und fahre nach Hause. Am Verandatisch sitzen Ace und Danny Cooper. Natalie winkt aus dem Pool. Sie steigt heraus. Das Wasser tropft von ihrem schwarzen Bikini auf die Terrasse. Sie wickelt sich in ein Handtuch und wringt die Haare aus. Wir drei beobachten jede ihrer Bewegungen. Ich versuche, sie mir in Polizeiuniform vorzustellen, schaffe es aber nicht.

Als sie auf uns zukommt, lasse ich mich auf einen Stuhl fallen. Wir wollen es Coop nicht unter die Nase reiben, aber sie berührt im Vorbeigehen meine Schulter. »Ich gehe nur gerade rein und ziehe mich um«, sagt sie. »Ach ja, Brent Tyler hat angerufen. Er will wissen, wie es dir geht und wann du wieder da bist.«

Ich sehe Coop an, der Natalie hinterherstarrt. Ihm ist nichts entgangen, aber sagen wird er nichts, zumindest nicht, so lange Ace dabei ist. »Ich hätte nicht gedacht, dich so schnell wieder zu sehen«, sage ich zu ihm.

»Dein Freund ist wirklich hochinteressant«, sagt Ace. »Er hat mir jede Menge Insiderstorys aus dem Polizeialltag erzählt.«

»Und Ace hat mir erklärt, wie Uni-Politik abläuft«, pflichtet Coop bei. »Ich weiß nicht, was schlimmer ist. Diese Anglistik ist ja die reinste Schlangengrube. Und ich dachte, Geisteswissenschaftler wären sanfte Wesen, denen nur an hochgeistigen Dingen gelegen ist.«

»Ist irgendetwas Neues passiert, Ace?«, frage ich.

»Ach nein, neu ist es nicht, ich habe nur bei einer Beförderung innerhalb des Fachbereichs falsch abgestimmt. Unser neuer Dekan ist auf die raffinierte Idee gekommen, zusätzliche Stimmen für sich selbst einzuheimsen, indem er die Beförderung eines völlig verdienstlosen Professors betreibt, der seit Jahren nichts veröffentlicht und zwei Verfahren wegen sexueller Belästigung am Hals hat. Die Quittung für meine Nein-Stimme werde ich sicherlich noch bekommen.«

»Was können die groß tun?«, fragt Coop. »Sie aus der MLA ausschließen?«

Ace und ich starren Coop beide mit offenem Mund an. »Woher kennen Sie die Modern Language Association?«, fragt Ace.

Coop genießt den Augenblick. »Was wollen Sie, ich hab im College auch ein paar Englischseminare belegt. Wie stehts mit dir, Kumpel? Was hast du zu berichten?«

Ich werfe Ace einen Blick zu, der äußerst sensibel auf zarte Andeutungen reagiert. Er erhebt sich bereits. »Ich habe übrigens noch ein paar Steaks da, Leute. Wie wärs mit Grillen?«

»Klingt hervorragend«, antwortet Coop. Ich nicke zustimmend. Ace verschwindet in der Küche und murmelt irgendetwas über die MLA.

Coop und ich sitzen einige Augenblicke lang schweigend nebeneinander und wissen beide nicht, wie wir anfangen sollen. Wir lauschen dem Wasser, das gegen den Beckenrand plätschert. Coop sagt als Erster etwas.

»Ich hatte ein interessantes Gespräch mit John Trask. War ja ganz schön was los in den letzten paar Tagen.«

»Du meinst das hier?« Ich halte meine verbundene Hand hoch. »Tut gar nicht mehr so weh.«

Coop lächelt nicht. »Die hätten dir sehr viel mehr antun können. Du hast Glück gehabt.«

»Weiß ich, Coop, weiß ich.«

»Und kannst du weiter in der Mall spielen?«

Ich bewege die Finger. »Ich glaube schon. Bevor ich Tyler anrufe, werde ich es mal auf Aces Klavier probieren.«

Coop nickt und zündet sich ein Zigarillo an. »Na, dann kann die Musikwelt ja aufatmen.« Er bläst eine Rauchwolke in die Luft.

»Okay, genug des Geplänkels. Du steckst bis zum Hals in der Scheiße, und ein genialer Kopf der Polizei wird dir mal wieder ein paar Vorschläge unterbreiten.«

»Ich bin ganz Ohr.«

»Ja, und nichts dazwischen. Gallios Komiker stehen bald wieder auf der Matte, vielleicht nicht hier, aber du hörst von ihnen, oder von Gallio persönlich. Wenn Trask nicht irgendwelche Anhaltspunkte bekommt, wird die Akte Sonny Wells geschlossen.«

»Das weißt du doch besser, Coop.«

»Weiß ich nicht, und du auch nicht. Es gibt keinen Weg, Gallio mit Wells' Tod in Verbindung zu bringen. Jedenfalls noch nicht.«

»Was bedeutet das?« Ich hatte viel mehr Widerstand erwartet – Druck von Trask, Vorhaltungen von Coop.

»Die Metropolitan würde Gallio nur zu gern ans Leder, aber er ist immer zu raffiniert gewesen«, sagt Coop. Er wirft einen Blick in Richtung Fenster, hinter dem Ace in der Küche zu sehen ist. »Deinen Freund, den Prof, hältst du aus der Sache raus, verstanden? Gallio hat sich in der Prostitution, der Pornografie und als Kredithai hervorgetan, vermutlich illegal Gelder abgeschöpft und Geldwäsche betrieben und ein wenig Drogenhandel, aber er hat es immer geschafft, eine legitime Fassade vorzuschützen. Es ist schwer, ihm irgendetwas nachzuweisen. Irgendwo muss er angreifbar sein, und du hast es offensichtlich geschafft, einen wunden Punkt zu treffen, an den er nicht erinnert werden will.«

Ich überlege, ob ich Coop in Pappy Deans Geständnis einweihen soll. Ich beschließe, damit zu warten, bis ich mit Louise Cody gesprochen habe.

»Trask glaubt, dass diese Louise Cody irgendwas damit zu tun hat, und weil du der Einzige bist, mit dem alle reden, ist er willens, dir etwas Spielraum zu lassen. Innerhalb gewisser Grenzen«, fügt Coop hinzu.

»Was für Grenzen?«

»Du gehst nicht allein los und machst irgendwelchen Blödsinn.

Du informierst mich über alles, was vor sich geht. Ich sage dir, wie du dich verhalten sollst.«

»Das klingt ja nicht allzu schlimm.«

»Ist es auch nicht«, sagt Coop. »Und außerdem hast du den Vorteil, dass ein begnadeter Police Detective die Informationen für dich filtert und interpretiert.«

Die Versuchung ist zu groß. »Und wen meinst du damit? Dich oder Trask?«

»Ach, leck mich doch, Horne.«

»Meine Herren, wer wird denn solche Worte in den Mund nehmen«, sagt Natalie. Sie setzt sich zu uns an den Tisch. Ihre Haare sind jetzt trocken und duftig, und ihre Haut leuchtet in der spätnachmittäglichen Sonne. Der Bikini ist verschwunden, eingetauscht gegen weiße Shorts, T-Shirt und Sandalen.

»'tschuldigung, Ma'am«, erwidert Coop. »Wir Männer lassen uns manchmal einfach gehen.«

Ace kommt mit einer Platte Steaks nach draußen. »Jetzt müssen wir nur noch den Grill anwerfen, dann können wir bald etwas essen. Coop, wollen Sie mir ein bisschen zur Hand gehen?«

»Na klar«, antwortet Coop. Er gesellt sich zu Ace an den Grill, und die beiden vertiefen sich sofort in ein Fachgespräch über Holzkohlengrills.

»Ein Polizist und ein Professor«, sage ich zu Natalie. »Das kann interessant werden.«

»Zwei Polizisten. Nicht, dass du mich vergisst«, sagt Natalie.

»Unmöglich. Warum hilfst du Ace nicht mit dem Salat? Ich werde mich mal am Klavier versuchen.«

»Ist das nicht noch zu früh?«

»Das wird sich ganz schnell herausstellen.«

»Wie ist es mit Pappy gelaufen?«

»Neue Komplikationen«, sage ich sehr leise. »Ich erzähl es dir später. Heute Abend treffe ich mich mit Louise. Hast du Lust, mitzukommen?«

»Das lasse ich mir nicht entgehen.«

Ich gehe nach drinnen und setze mich an Aces Flügel. Ich wickle den Verband ab, spreize die Finger und berühre vorsichtig die Tasten. Der Flügel ist ein bisschen verstimmt, aber das macht nichts. Kein stechender Schmerz durchzuckt meinen Arm, aber ich kann immer noch Karls Schuh Größe achtundvierzig spüren. Die Finger sind steif, und selbst weniger als eine Oktave kann ich nur mit Mühe greifen. Ich spiele ein paar Tonleitern, ein paar Arpeggios, haue bei etlichen Tönen daneben und versuche mich dann an ein paar Stücken – ausschließlich Balladen. Alles ist ungelenk, aber ich bin optimistisch. Noch einen Tag ausruhen, und dann werde ich wieder Brent Tyler und die Mallbesucher beeindrucken.

Zu mehr reicht es allerdings auch nicht. Wenn heute Abend Wynton, Branford oder die gesamte Familie Marsalis hier anrufen, werde ich leider ablehnen müssen.

Ich halte es für eine gute Idee, Natalie mitzunehmen. Wenn Louise Cody nervös ist, wird Natalies Gegenwart sie vielleicht beruhigen und ihr Vertrauen einflößen. Als ich Coop erzähle, dass wir uns Jazz im Pogo's anhören gehen, glaubt er mir vermutlich nicht. Aber er hat keine Einwände.

»Dann amüsiert euch mal«, sagt er. »Ich werde unserem alten Freund Ace die Feinheiten von Country & Western erläutern.«

»Ich wusste gar nicht, dass es da welche gibt«, sagt Ace und blinzelt mir zu.

»Es gibt noch viel zu lernen, Professor.«

Mit den Steaks im Bauch verlassen wir Ace und Coop, die noch gemütlich beim letzten Schluck Wein zusammensitzen, und fahren mit Aces Jeep Richtung Schnellstraße. Ich erzähle Natalie eine zensierte Fassung meines Gesprächs mit Pappy Dean im Moulin Rouge. Sein Geständnis verschweige ich.

»Du verwickelst dich wirklich schrecklich tief in diese Sache, Evan. Wie viel davon willst du Coop erzählen?«

»Coop hat hier keine rechtlichen Befugnisse. Wie viel muss ich ihm sagen?«

»So viel, dass er dir helfen kann. In dieser Überstellungssache hätte er nicht selbst herzukommen brauchen. Er hätte irgendjemand anders schicken können. Es ist im Grunde ein reiner Botenjob.«

»Hat er dir das gesagt?«

»Das brauchte er nicht zu sagen. Er ist hier, weil er sich Sorgen macht, wie tief du in die Sache verwickelt bist.«

»Na schön, wenn ich den Eindruck habe, dass mir alles über den Kopf wächst, dann sage ich Coop Bescheid.«

»Vielleicht brauchst du das gar nicht.«

Als wir vor Louises Haus vorfahren, geht praktisch im selben Moment die Tür auf. Sie muss nach mir Ausschau gehalten haben. An ihrem Gesichtsausdruck merke ich, wie überrascht sie ist, Natalie zu sehen. War vielleicht doch keine gute Idee. Ich stelle die beiden einander vor und beobachte, wie sie langsam miteinander warm werden, während Louise uns Kaffee auf der Terrasse anbietet. Natalie merkt, was los ist.

»Vielleicht sollte ich besser wieder gehen«, sagt sie.

»Nein, nein«, erwidert Louise. Sie tätschelt Natalies Hand und lächelt mich an. »Sie bleiben schön hier.« Heute Abend ist Louise leger in Jeans und ein weites Top gekleidet. Nachdem wir sämtliche Smalltalk-Themen erschöpft haben, wirft sie Natalie einen schnellen Blick zu und dreht sich dann zu mir um.

»Und wo soll ich anfangen?«

»Warum beginnen Sie nicht bei Lavonne?«

Louise lächelt und schüttelt den Kopf. »Mein Gott, ich hätte nicht gedacht, dass ich den Namen jemals wieder höre. Sie wissen, dass eines von Wardells Stücken so heißt. Wahrscheinlich fand ich es einfach als Künstlernamen für mich besser als Louise. Was soll man sagen? Ich war erst siebzehn.«

»Erzählen Sie vom Moulin Rouge.«

»Tja, Sie haben ja wohl das Tagebuch gelesen.«

»Natürlich, aber ich weiß, dass das nicht alles gewesen sein kann.«

Sie nickt und lächelt Natalie an. »Ihm entgeht wohl nicht sehr viel, was?«

»Das überrascht mich auch immer wieder«, sagt Natalie.

»Ja, da war noch viel mehr. Ich war so jung und so vom Glanz des Showgeschäfts gefangen, dass mir gar nicht klar war, was ich da manchmal miterlebte.«

»Was wollen Sie damit sagen?« Ich stecke eine Zigarette an und nicke zustimmend auf Natalies Frage nach mehr Kaffee. Sie nimmt unsere Tassen und verschwindet im Haus. Louise scheint sich zu entspannen und lehnt sich im Stuhl zurück.

»Als der Choreograf nach L. A. kam und Mädchen zum Vortanzen einlud – Wardell war derjenige, der mir davon erzählt hatte –, da wusste ich einfach, dass ich Teil dieser Show werden musste. Damals trat ich in einer kleinen Revue auf, kannte alle Typen aus der Jazzszene und war bis über beide Ohren in Wardell verliebt. Der Junge konnte wirklich spielen.«

»Und mit Sonny Wells waren Sie auch bekannt, oder nicht?«

»Ja, der arme Sonny. Ist nie aus seinem Sumpf rausgekommen. Er bewunderte Wardell unheimlich und wollte immer so spielen wie er.«

»Die beiden müssen sich nahe gestanden haben. Pappy hat gesagt, Sonny wäre eine Zeit lang für Wardell eingesprungen.«

Louise sieht mich durchdringend an, dann entspannt sie sich wieder. »Stimmt, da haben Sie mich auch ertappt. Als Sie neulich abends gingen, wusste ich sofort, dass ich mich versprochen und ihn Pappy genannt hatte. Wie viel hat er Ihnen erzählt von …?«

»Im Grunde alles.«

Louise schüttelt den Kopf. »Wahrscheinlich musste es irgendwann mal herauskommen. Er wollte mich beschützen, aber ich glaube nicht, dass er irgendjemanden umgebracht hat, oder?«

»Nein, das glaube ich auch nicht. Keine Angst, Louise, dieser Aspekt ist mir gar nicht wichtig.«

»Ich weiß nicht, warum ich Ihnen glauben soll«, sagt sie, »aber ich tus trotzdem. Jedenfalls bekam ich die Stelle als Tänzerin, und wir kamen ungefähr zwei Monate vor Eröffnung des Moulin Rouge nach Las Vegas. Wir wurden in hübschen, kleinen Häuschen drüben in der West Side einquartiert, in den Cadillac Arms, immer drei oder vier Mädels in einem Haus. Siebenundzwanzig waren wir insgesamt. Eine Woche vor dem Eröffnungsabend kam die Band, und Wardell, der alte Schlawiner, hatte mir noch nicht mal gesagt, dass er mitspielt. Es sollte eine Überraschung sein. Deswegen war es auch so ein Schock.« Sie unterbricht sich und blickt sich nach Natalie um, die mit dem Kaffeenachschub wieder da ist.

»Wir hatten nur zwei Auftritte pro Abend. Eine Dinner-Vorstellung um neunzehn Uhr dreißig und eine Spätvorstellung um drei Uhr morgens, damit wir das gesamte Publikum vom Strip mitnehmen konnten. Und alle waren sie da, jede Nacht.«

»Was haben Sie zwischen den Vorstellungen gemacht?«

Louise zuckt die Achseln. »Wir sind zurück nach Hause gegangen, haben gekocht, was Mädchen halt so machen.« Natalie und sie lächeln sich verschwörerisch an. »Auf den Strip sind wir nie gegangen. Das durften wir auch gar nicht. Stand sogar in unserem Vertrag, aber uns hat das nichts ausgemacht. Wir hatten auch so einen Wahnsinnsspaß. Manchmal hingen wir im Kasino herum, um uns die vielen berühmten Leute anzugucken. Bei der Eröffnung waren zwei Nächte lang die Reporter aus dem ganzen Land da. Wir waren sogar auf dem Titelbild von *Life* abgebildet, sämtliche Tänzerinnen. Ich konnte mein Glück nicht fassen, dass ich bei der Show mitmachen durfte.« Sie stockt und blickt mich traurig an.

»Und am zweiten Abend sah schon alles anders aus. Wardell war zwar in keiner sehr guten Verfassung, aber er war immer zu den Proben erschienen. Nach der Abendvorstellung gingen wir nach Hause, kochten, entspannten uns und machten uns dann fertig für die Spätvorstellung. Als wir wieder im Club ankamen, wusste ich sofort, dass irgendetwas nicht in Ordnung war. In den Umkleideräumen ging das Gerücht um, dass Wardell verschwunden sei.«

»Was war mit Teddy Hale, dem Tänzer?«

»Ach, der war da, machte aber den Mund nicht auf. Der Vorstellungsbeginn wurde hinausgezögert, aber das Publikum wurde unruhig, und schließlich mussten wir dann raus auf die Bühne.« Louise sieht hinaus zu den Lichtern der Stadt. »So etwas Trauriges wie den leeren Stuhl in der Bläsergruppe, auf dem Wardell hätte sitzen sollen, als wir zur ersten Nummer rauskamen, habe ich nie wieder im Leben gesehen. Aber niemand erwartete etwas so Schlimmes. Von den Musikern wusste keiner, wo er war. Teddy Hale sagte nichts, aber niemand schien sich allzu viele Sorgen zu machen.«

Ich drücke meine Zigarette aus und starre hinaus in die Lichter von Las Vegas. Während seiner schlimmen Zeiten verpasste Miles auch Auftritte und tauchte einfach nicht auf.

»Keiner wollte mir etwas sagen«, fährt Louise fort. »Ich war ja bloß eine kleine Tänzerin, und niemand wusste, dass ich Wardell aus L. A. kannte. Er hielt es lieber so.«

»Warum?«

»Weiß ich nicht. Wahrscheinlich wollte er mich schützen oder so. Als schließlich die Nachricht zu uns drang, dass … dass seine Leiche in der Wüste gefunden worden war und Teddy der Polizei die Sache gestand, waren wir alle unter Schock.«

»Glauben Sie Teddys Aussage, dass Wardell in seinem Zimmer gestorben war und er ihn in Panik raus in die Wüste geschafft hat?«

»Ich weiß es nicht. Ich wollte es glauben, weil die Alternative war, dass ihn jemand getötet hat. Daran wollte ich gar nicht denken.« Louise unterbricht sich und wischt eine Träne aus dem Augenwinkel. »Ich weiß es einfach nicht. Es ist gut möglich, dass es so passiert ist, wie Teddy es beschrieben hat. Warum auch nicht. Er hatte wahrscheinlich eine Menge Angst. Ich weiß, dass einige der

Musiker ihm zusetzten, er solle die Wahrheit sagen. Wardell wurde zurück nach Los Angeles gebracht – da ist er auch begraben, wie Sie vielleicht wissen –, und der arme Sonny kam her, um ihn zu ersetzen. Weiß man schon, was mit ihm passiert ist?«

»Noch nicht, aber die Polizei arbeitet dran. Ich übrigens auch«, füge ich hinzu.

»Kann ich mir vorstellen«, sagt Louise. »Na ja, und danach ging die Show einfach weiter, wie man so schön sagt, aber ich fing an, den Dingen um mich herum und dem Gerede im Club mehr Aufmerksamkeit zu schenken.«

»Wie zum Beispiel?«

»Jeden Abend holten die Kasinobosse das gesamte Geld an der Kasse ab, säckeweise schleppten sie das Geld raus. Ein paar Mal hab ichs mit eigenen Augen gesehen. Wir hörten immer öfter, dass der Club eigentlich nie so erfolgreich hatte werden sollen, aber, meine Herrn, das war er. Jede Nacht brechend voll.«

»Sie glauben wirklich, dass es Druck von den Hotels am Strip gab?«

»Ich weiß nur, dass wir für deren Geschäft nicht von Vorteil waren.«

»Was war an dem Abend, als es geschlossen wurde?«

»Wir hatten die Abendvorstellung und gingen nach Hause. Dann rief uns jemand an und sagte, wir brauchten nicht mehr zu kommen, die Tür sei mit einem Vorhängeschloss verrammelt.«

»Aus heiterem Himmel.«

»Aus heiterem Himmel. Wir wussten nicht, was wir tun sollten. Die Mädchen waren aus dem ganzen Land angereist, und plötzlich saßen wir hier fest. Einige Wochen lang hingen wir noch herum, aber dann war klar, dass es mit dem Moulin Rouge vorbei war.«

»Bekamen alle ihr Geld?«

»Natürlich. Wir bekamen unser Geld, die Band auch, das weiß ich. Ein paar Kellner und andere Angestellte angeblich nicht. Später hörte ich dann, dass die Rechnungen der Lebensmittel- und Getränkelieferanten nie bezahlt wurden. Die drei Eigentümer meldeten Konkurs an, und damit hatte sich die Sache.«

»Wer waren die drei Eigentümer?«

Louise unterbricht sich und blickt zwischen Natalie und mir hin und her, bevor sie weiterspricht. »Einer von ihnen war Anthony Gallios Bruder, das weiß ich.«

Die Erwähnung des Namens Gallio lässt Natalie unruhig auf ihrem Stuhl hin- und herrutschen. Besonders, als ich die nächste Frage stelle. »Welche Verbindungen haben Sie zu Gallio?«

Louise stößt einen tiefen Seufzer aus. »Ich habe mich dazu überreden lassen, Mitglied eines Freundeskreises für die Renovierung des Moulin Rouge zu werden. Anfangs habe ich das immer abgelehnt, aber man fand es merkwürdig, dass ich nicht dabei sein wollte, weil ich doch dort aufgetreten bin. Genaueres weiß ich zwar nicht, aber Gallio betreibt irgendein Immobiliengeschäft, und dabei geht es, glaube ich, auch um das Grundstück, auf dem das Moulin Rouge steht.«

Ich erzähle Louise, dass wir sie mit Gallio zusammen gesehen haben, als Natalie, Ace und ich zusammen beim Frühstück sassen. Ich erzähle ihr nicht von Gallios Besuch bei mir und Natalie im Spago. »Wir waren zwar relativ weit entfernt, aber Sie wirkten ziemlich aufgeregt.«

Louise ist überrascht. »Ich wusste nicht, dass Sie da waren.«

»Gallio wusste es auch nicht.«

»Mein Gott, ist das alles ein schreckliches Durcheinander«, sagt Louise. »Als ich nach Las Vegas zurückkam und als Immobilienmaklerin anfing, traf ich Gallio. Er war sehr nett, sehr charmant und versuchte, an alte Leidenschaften anzuknüpfen.«

Louise stockt wieder und will keinen von uns beiden ansehen. Ich schaue hinüber zu Natalie, die mir einen warnenden Blick zuwirft. Schließlich blickt Louise wieder auf.

»Wie ich Ihnen sagte, war ich damals sehr jung, und es gibt einige Dinge, auf die ich nicht sonderlich stolz bin. Jedenfalls kaufte er mir eine Erschließungsgesellschaft, nachdem ich meine Maklerzulassung erhalten hatte.«

»Und jetzt will er Insiderinformationen über das Anwesen Moulin Rouge haben.«

Louise nickt. »Ich vermute, dass er es aufkaufen und dort etwas Neues bauen will. Nicht allzu viele Leute sind an Investitionen in der West Side interessiert, und nach den Ausschreitungen in Los Angeles schon gar nicht mehr. Gallio hatte einen Bruder, und das war der Mann, der immer im Rouge herumhing und sich an mich heranmachte. Er hatte mich ein paar Mal mit Wardell zusammen gesehen und meinte, ich hätte was Besseres verdient als einen Nigger und Saxofonspieler. Ich habe ihn abblitzen lassen, bekams aber doch mit der Angst zu tun, als mir klar wurde, dass er einer der Eigentümer war.«

»Und das war der Zeitpunkt, als Pappy sich einmischte?«

»Ja, er war so eine Art großer Bruder für mich, nahm den Mund ganz schön voll und meinte, er würde es Gallio und seinen sämtlichen Brüdern noch zeigen. Was dann geschah, weiß ich nicht. Ich weiß nur, dass ich weder ihn noch Pappy wieder gesehen habe.«

»Warum haben Sie nichts von diesen ganzen Vorfällen in Ihr Tagebuch geschrieben?«

»Habe ich schon«, antwortet Louise. »Ich habe noch ein anderes Tagebuch geführt, das echte.«

Natalie und ich starren sie beide an. »Sie haben zwei Tagebücher geführt?«

»Verrückt, was? Ich hatte irgendwie die tolle Vorstellung, dass ich eines Tages mal ein Buch über das Moulin Rouge schreiben würde, oder wenigstens etwas für Rachel, um ihr zu zeigen, wie es damals war. All die schlimmen Sachen sollten da nicht drinstehen, und deswegen« – Louise hebt die Arme und zuckt mit den Achseln – »habe ich halt zwei Tagebücher geführt.«

Es wird plötzlich so still, dass ich meine, die Geräusche der Autos auf der Schnellstraße einige Kilometer entfernt zu hören.

Zwei Tagebücher. Wenn das echte Tagebuch detailliert genug ist, könnte es eine Menge Fragen klären. Wenn Anthony Gallio davon weiß, muss es ihn ganz schön nervös machen. »Louise, Sie müssen mir das andere Tagebuch zeigen.«

Louise lässt sich erschöpft gegen die Stuhllehne fallen. »Das hat bereits jemand anders.«

»Gallio?«

»Nein, Rachel. Deswegen ist sie auch verschwunden.«

Natürlich. Endlich ergibt das Ganze einen Sinn. Damit würde sich Rachels Flucht, die Wut auf ihre Mutter und die Feindseligkeit mir gegenüber erklären.

»Und sie glaubt, dass Wardell Gray ihr Vater ist? Ist das der Grund?«

Louise blickt zwischen Natalie und mir hin und her und fängt beinahe an zu lachen.

»Wardell? Nein, woher denn. Sie glaubt, dass Anthony Gallio ihr Vater ist.«

Keiner von uns sagt etwas, dann erhebt Louise sich. »Würden Sie mich einen Augenblick entschuldigen?« Sie geht nach drinnen, und Natalie und ich sitzen da und sind sprachlos über ihre Eröffnung.

Als Louise wiederkommt, ist sie gefasst, sagt aber nichts mehr. Ich habe allerdings immer noch Fragen, was sie offensichtlich erwartet hat.

»Was haben Sie Rachel über ihren Vater erzählt?«

»Wie ich schon sagte, bin ich auf manche Dinge nicht sonderlich stolz. Ich wollte es ihr immer sagen, aber es schien nie der geeignete Moment dafür zu sein. Als sie alt genug war, um fragen zu können, habe ich ihr gesagt, dass er in Korea gefallen ist. Ich weiß, dass ich ihr die Wahrheit hätte sagen müssen, aber je mehr Zeit verstrich, desto weniger wusste ich, wie ich das Thema ansprechen sollte. Und jetzt hat sie herausgefunden, dass alles gelogen war.«

»Wir sind ihr bereits auf der Spur«, sage ich. »Vielleicht kann ich sie zurückbringen.«

Louise nickt, wirkt aber nicht sehr optimistisch. »Sie ist ein sehr willensstarkes Mädchen.«

»Ganz die Mutter, vermute ich«, sagt Natalie.

Das bringt Louise zum Lächeln. »Tja, dann machen wir uns wohl besser auf den Weg«, sage ich und erhebe mich. Louise bringt uns an die Tür. Als wir an der Wand mit dem Foto des Moulin-Rouge-Orchesters vorbeigehen, lässt sie mir diesmal genug Zeit, um es zu studieren.

»Das ist Sonny«, sagt sie und zeigt auf einen Saxofonisten. »Und der Riese am Bass ist Pappy Dean.«

Ich betrachte das Foto. Ich hätte keinen von beiden erkannt. Als wir gehen, verabschiedet Louise sich von Natalie, hält mich aber noch einen Augenblick zurück, als Natalie zum Auto geht.

»Hören Sie, halten Sie sich an Natalie«, sagt Louise. »Das ist eine gute Frau.«

Ich umarme Louise und folge Natalie, und wir fahren zurück Richtung Schnellstraße, beide einige Minuten lang mit unseren eigenen Gedanken beschäftigt.

»Und, was sagst du dazu?«

»Ich glaube, dass Louise eine Affäre mit Tony Gallios Bruder hatte«, sagt Natalie, »und vielleicht auch mit Pappy Dean.«

»Ja, aber wo ist er?«

»Wen meinst du? Gallios Bruder?« Natalie sieht mich misstrauisch an.

»Das ist das, was ich dir bisher verschwiegen habe. Pappy meint, er hätte einen Typ im Moulin Rouge umgebracht. Ich glaube, das war Gallios Bruder.«

Ich merke, wie Natalie zusammenzuckt. »Oh Gott«, sagt sie, »das hat er dir erzählt?«

Ich nicke und biege auf die Schnellstraße ein.

»Wird es nicht Zeit, Coop jetzt über alles zu informieren?«

»Möglich«, antworte ich, »aber zuerst muss ich mir das andere Tagebuch von Rachel holen.«

»Das habe ich mir gedacht«, sagt Natalie. »Und dabei kann ich dir helfen.«

Louise hat Recht. Natalie ist eine gute Frau.

18

An der Kreuzung Sahara Avenue und Las Vegas Boulevard lockt rechts der Strip voll gleißender Lichter, Touristenmassen und stehendem Verkehr. Ich biege links ab, zurück in Richtung Downtown, an Bob Stupaks Vegas-World Casino-Hotel vorbei und hinein in ein Gewirr enger Straßen, das sich über etliche Planquadrate der Stadt erstreckt. Die Naked City. Bilder aus alten Fernsehserien tauchen in meinem Kopf auf, während ich nach Straßenschildern zu suchen beginne.

»Vielleicht sollten wir lieber tagsüber zurückkommen«, sagt Natalie.

Vielleicht hat sie Recht. Die Naked City ist ein Stadtteil voller Sozialbauten, Drogendealer, Straßengangs und einigen wenigen heruntergekommenen Kaufläden.

Als ich um die erste Ecke biege, gerät eine Gruppe von Teenagern ins Licht der Scheinwerfer, die in einem kleinen Park herumsteht, lacht, redet und die Handflächen gegeneinander schlägt. Junge schwarze Kerle in superweiten Hosen und verkehrt herum aufgesetzten Baseballkappen. Manche haben auch Tücher um den Kopf gebunden. Auf der Suche nach der Boston Street fahre ich am Park entlang. Hätten wir bloß vorher auf einer Karte nachgesehen. Natalie hält den Zettel mit der Adresse in der Hand, die John Trask mir gegeben hat. »Zweitausendsechshundertneunzig«, entziffert sie mühsam auf dem Blatt. »Falls wir die Straße finden.«

Ich biege wieder links ein und erhasche einen Blick auf den Straßennamen. »Da ist sie ja schon.« Hausnummer zweitausendsechshundertneunzig ist ein zweistöckiges, etwas von der Straße zurückgesetztes, schwer reparaturbedürftiges Apartmentgebäude. Ich parke davor neben zwei auf Ziegelsteinen aufgebockten Autos und mache den Motor aus.

Ein paar Hunde, die in den Mülltonnen herumstöbern, blicken auf und laufen weiter. Ein schwaches Licht am Eingang beleuchtet eine Galerie Briefkästen. Einige stehen offen, ihre Türen sind völlig verbogen.

»Lass es mich zuerst versuchen«, sagt Natalie. »Im Pogo's hast du keinen sonderlich guten Eindruck auf Rachel gemacht. Vielleicht redet sie ja mit mir.«

Ich zögere. Ich will vor Natalie nicht den Macho markieren, und außerdem ist sie Polizistin. »Bist du dir sicher, dass du da reingehen willst?«

»Mir macht das nichts aus«, erwidert Natalie. »Wenn Rachel bereit ist, etwas zu sagen, hole ich dich.«

Ich sehe Natalie hinterher, wie sie aus dem Jeep steigt und auf den Briefkästen nachsieht, und wünsche mir zum ersten Mal, ich säße im VW. In dieser Gegend ist der rote Jeep so fehl am Platz wie Thelonious Monk beim Auftritt mit Lawrence Welk. Ich lasse mich im Sitz nach unten rutschen, stecke mir eine Zigarette an und beobachte Natalie, wie sie die Außentreppe hochgeht.

Sie klingelt und wirft einen Blick zurück zum Auto. Die Tür geht einen Spalt weit auf, und ein schmaler Lichtstreifen fällt auf Natalie. Einige Augenblicke später ist sie drinnen. So weit, so gut.

Ich sehe auf die Uhr und beschließe, ihr zehn Minuten zu geben, bevor ich nachsehen gehe. Zwei Mädchen kommen vorbei, mustern mich einmal und gehen dann weiter die Straße hinunter, wobei sie sich laut auf Spanisch unterhalten. Ich lasse den Blick die Straße entlang schweifen, sehe in den Rückspiegel, bemerke aber sonst niemanden, außer einem Mann, der gerade aus dem Nebengebäude kommt, um seinen Hund auszuführen.

Ich werfe meine Zigarette hinaus auf die Straße und sehe wieder auf die Uhr. Keine Spur von Natalie. Ich will mich gerade auf den Weg machen, als die Tür wieder aufgeht und Natalie erscheint, etwas zu einer Person drinnen sagt und die Treppe herunter und zurück zum Auto kommt.

»Und?«

»Sie ist nicht da«, sagt Natalie beim Einsteigen. »Das war ihr

Freund. Mein Gott, was für ein Typ! Er ist auf irgendwas drauf und völlig weggetreten. Weiß auch nicht, wann sie wieder da sein wird. Ich habe ihm gesagt, dass ich eine alte Freundin von ihr bin und morgen wiederkomme.«

»Tja, mehr können wir heute Abend wohl nicht tun. Wenn wir morgen frühzeitig da sind, haben wir eine bessere Chance, sie anzutreffen. Ich habe das Gefühl, dass Rachel lange schläft.«

»Ich hoffe nur, dass sie nicht mit dem Typ da schläft«, sagt Natalie.

Am nächsten Morgen um halb acht sitzen wir im VW wieder vor Rachels Haus und trinken Kaffee aus Pappbechern. Die meisten Leute in der Gegend sind bereits wach. Schulbusse holen Kinder ab, Berufstätige gehen zur Arbeit. Bei Tageslicht wirkt die Naked City bei weitem nicht mehr so bedrohlich. Vernachlässigt wäre ein besserer Ausdruck. Wenige Straßen entfernt verschandeln das Vegas-World Hotel-Casino und Bob Stupaks Hochhaus die Aussicht.

»Ich glaube, ich komme diesmal mit.« Ich schließe ab, und als wir die Treppe hochgehen, kommen wir an einem Mann in Arbeitskleidung vorbei, der einen Werkzeugkasten in der Hand hält. Er nickt uns zu, und wir warten kurz vor Rachels Tür, bis er außer Sichtweite ist.

Natalie drückt mehrmals auf den Klingelknopf, bis ein magerer Typ mit langen, in die Augen hängenden Haaren die Tür aufmacht. Er ist barfuß und trägt abgeschnittene Jeans.

»Und, was wollt ihr, seid ihr etwa von den Zeugen Jehovas?« Er wirft mir einen Blick zu, dann mustert er Natalie etwas eingehender und erkennt sie wieder.

»Hallo, Rick«, sagt Natalie.

»Was soll das, ich hab doch gestern schon gesagt, dass Rachel nicht da ist.« Rick versucht, die Tür zuzumachen.

»Das war gestern Abend«, sage ich. Ich trete einen Schritt näher. »Wir warten.«

Rick denkt sich wohl, dass es die Auseinandersetzung nicht lohnt, und macht die Tür weiter auf. »Mach hier nicht rum, Mann, ich hab dir doch gesagt, dass sie nicht da ist.«

»Was gibts, Rick?« Die Stimme kommt aus einem anderen Teil der Wohnung.

»Rachel«, ruft Natalie. »Ich war gestern Abend schon hier. Wir wollen mit Ihnen reden.«

Rick zuckt die Achseln, wischt sich die Haare aus den Augen und tritt beiseite. »Tut mir Leid, Babe.«

»Wer ist wir?«, will Rachel wissen. Sie taucht auf, einen alten Bademantel am Körper, die Haare vom Schlaf zerwühlt. Als sie mich erblickt, bleibt sie stehen und funkelt mich an. »Was wollen Sie? Kapieren Sies denn nicht? Ich hab Ihnen doch letztens schon gesagt, dass ich nicht mit Ihnen reden will.«

»Rachel«, sagt Natalie sanft, »es dauert nur ein paar Minuten. Es ist sehr wichtig.«

Rachel seufzt. »Na gut«, sagt sie, »wenn ich Sie dann loswerde. Lass mich machen«, sagt sie zu Rick.

»Was für eine Scheiße, Mann, nicht mal schlafen kann man hier«, sagt Rick. Er schlurft ins Schlafzimmer und knallt die Tür hinter sich zu.

»Tut mir Leid«, sagt Natalie.

»Er wirds verkraften.« Rachel zuckt die Achseln und setzt sich aufs Sofa. Sie nimmt sich eine Zigarette aus einem Päckchen auf dem Tisch, zündet sie an und schiebt mehrere Zeitungen zur Seite, bis sie einen großen Aschenbecher findet, der voll mit Kippen ist.

Von innen sieht das Apartment genauso aus wie von außen. Abgesehen vom Sofa, von ein paar Stühlen und einem Esstisch vor der Küche – alles vom Trödler – gibt es nur ein niedriges Regal, auf dem ein Ghettoblaster in Koffergröße steht. In den Regalen darunter stapeln sich die CDs und Kassetten. Größtenteils Sängerinnen, so weit ich es erkennen kann – Billie Holiday, Carmen McRae, Sarah und Ella. Rachel will immer noch Sängerin werden.

Ich lasse Natalie den Anfang machen. »Gestern Abend haben wir Ihre Mutter gesehen, Rachel. Sie macht sich nach wie vor große Sorgen um Sie, und natürlich will sie Sie sehen. Aber sie hat uns nicht hergeschickt. Evan hat einige Dinge herausgefunden, bei denen Sie uns helfen können.«

»Wie Sie sehen, geht es mir ausgezeichnet«, gibt Rachel zurück. Wütend drückt sie ihre Zigarette aus.

»Jetzt tun Sie mal nicht so, Rachel«, sage ich, »Ihnen gehts nicht ausgezeichnet. Sie wohnen mit einem totalen Loser in einer miesen Absteige. Hören Sie doch auf, auf Ihrer Mutter wegen etwas herumzuhacken, was vor ewigen Zeiten passiert ist.«

Natalie sieht mich warnend an, aber da ist es schon zu spät. »Oh ja, da ist allerdings etwas passiert – ich. Ich bin da passiert. Wie fänden Sie das wohl, wenn Sie rausfinden, dass Ihr Vater jemand ganz anders ist. Dass er ein – ein verdammter Gangster ist. Die ganzen Jahre hat sie mich angelogen. Mein Gott, ich …«

Ich widerspreche ihr nicht. Zu dem Punkt kann ich nichts sagen. Ich sehe meine Eltern heute kaum noch, auch wenn ich in einem relativ heilen Elternhaus aufgewachsen bin. Meine Mutter unterstützte mich immer in meinem Wunsch, Klavierspieler zu werden, weil sie selbst auch spielte. Mein Vater machte auch mit, obwohl ihm sicher lieber gewesen wäre, wenn ich eine Karriere als Sportler gemacht hätte. Rachel hat den Kopf in den Händen vergraben.

Als sie mich wieder anblickt, glänzen Tränen in ihren Augen. »Warum hat sie mich angelogen, warum hat sies mir nicht einfach früher gesagt?«

»Sie hatte wahrscheinlich ihre Gründe. Ich weiß, dass sie nie wollte, dass Sie es auf diese Weise herausfinden. Sie wollte Sie beschützen.«

»Mich beschützen. Das soll ja wohl ein Witz sein. Wovor? Davor, dass sie mit irgendwelchen Männern rumgevögelt hat, als sie in einem Nachtclub die Beine schwenkte? Ich habs doch gelesen, von ihr eigenhändig aufgeschrieben. Nein, das nehm ich Ihnen nicht ab.«

Ich sehe Natalie an. Sie wirft mir einen aufmunternden Blick zu. ›Du machst das schon richtig‹, sagt der Blick. »Ob Sies nun wollen oder nicht, es ist nun mal passiert, und einiges davon sehen Sie vermutlich falsch.«

»Ach, wirklich?« Rachel springt auf und verschwindet im Schlafzimmer. Als sie wiederkommt, knallt sie ein kleines Notizbuch auf den Tisch. »Lesen Sies doch selbst. Da steht alles drin.«

Rachel steht wieder auf und geht in die Küche. »Ich brauch einen Kaffee.«

Ich nehme das Tagebuch in die Hand und blättere es durch. Die gleiche saubere Schrift wie im anderen. Rachel knallt Schranktüren zu, während sie den Kaffee aufsetzt.

»Und?«, sagt sie.

»Ihre Mutter steckt möglicherweise in Schwierigkeiten. Ich muss das mitnehmen«, sage ich und halte das Tagebuch hoch. Sie bleibt wie angewurzelt stehen. Sie sieht Natalie an, die mit dem Kopf nickt.

»Was soll das heißen?«

»Ihre Mutter hat viel gesehen, als sie im Moulin Rouge getanzt hat. Hier drin stehen Informationen, die andere Leute haben wollen.«

»Wer?«, fragt Rachel. Sie blickt zwischen Natalie und mir hin und her und lächelt schwach. »Gallio, stimmts?« Als wir keine Antwort geben, nickt sie, trommelt mit den Fingern auf dem Küchenschrank herum und starrt in die Brühe, die aus der fleckigen Kaffeemaschine tropft. Keiner sagt etwas, bis das gurgelnde Geräusch aufhört.

»Na, dann nehmen Sies halt mit«, sagt Rachel schließlich. »Ich wills nicht haben.«

»Warum haben Sie es dann an sich genommen?«, fragt Natalie.

»Was habe ich denn sonst?« Rachel lehnt sich gegen den Küchenschrank und wirft den Kopf in den Nacken. Natalie geht auf sie zu. Als Rachel wieder zu weinen anfängt, umarmt Natalie sie. Einige Minuten vergehen, bis Rachel wieder etwas sagt.

»Mein Gott, ich weiß einfach nicht. Ich wusste immer, dass irgendwas nicht stimmte, aber ich konnte mir nie einen Reim darauf machen. Das hier hat mich schwer getroffen.«

»Rachel«, sagt Natalie, »Ihre Mutter liebt Sie wirklich. Sie kann die Vergangenheit nicht ungeschehen machen, aber seit damals hat sich viel verändert. Sie wird nie so sein, wie Sie das gerne hätten, aber man kann vieles bereinigen. Geben Sie Ihrer Mutter doch die Gelegenheit, es zu versuchen.«

Rachel wischt sich die Augen und nimmt eine Tasse aus dem Schrank. »Wollen Sie einen?«, fragt sie. Natalie und ich schütteln beide den Kopf. »Ich kanns Ihnen nicht verübeln«, sagt sie, als sie das Spülbecken voll schmutzigen Geschirrs begutachtet. »Meine Mutter würde so ein Chaos nie dulden.« Sie trinkt einen Schluck Kaffee und sieht mich an.

»Steckt meine Mutter wirklich in Schwierigkeiten?«

»Möglicherweise. Ich weiß, dass es ihr viel besser gehen würde, wenn sie Sie nur sehen könnte.«

Rachel nickt wieder. »Na gut, nehmen Sie das Tagebuch mit, wenn es etwas nützt. Ich muss über alles nachdenken.« Sie mustert mich wieder. »Warum machen Sie das? Kennen Sie meine Mutter von früher?«

»Das ist eine lange Geschichte. Ich versuche mir ebenfalls einen Reim auf die Vergangenheit zu machen, aber aus anderen Gründen. Kann ich ihr wenigstens sagen, dass Sie anrufen werden?«

Rachel atmet einige Male tief durch. »Ja, das können Sie ihr sagen. Anrufen werde ich sie, aber versprechen tue ich nichts.«

Nachdem wir uns von Rachel verabschiedet haben, machen Natalie und ich auf dem Weg zurück zu meiner Wohnung Halt, um zu frühstücken. Das Tagebuch verstecke ich unter dem Fahrersitz des VW. Während wir auf Speck, Eier und Kaffee warten, rufe ich vom Münztelefon aus Louise an. Sie ist sehr erleichtert, als sie hört, dass Rachel sich bei ihr melden wird.

Wir sagen beide nicht viel, aber ich weiß, dass Natalie darauf bestehen wird, dass ich alles an Coop und John Trask übergebe.

Ich merke beim Essen, wie sie mich beobachtet und versucht, den richtigen Moment für das Thema abzupassen. Bei der zweiten Tasse Kaffee versuche ich, mit ihr zu handeln.

»Na schön, ich sehe ja ein, dass Coop auf den neuesten Stand gebracht werden muss, und das werde ich heute auch tun.«

»Gut«, sagt Natalie. »Es ist wirklich das einzig Sinnvolle.«

»Aber du musst auch etwas für mich tun.«

»Was?«

Ich erzähle ihr von The Breeze, dem Rechtsanwalt und DJ, und was ich von ihm möchte. »Das dürfte alles öffentlich zugänglich und insofern kein Problem sein, stimmts? Wir brechen ja bei niemandem ins Büro ein oder so.«

Natalie ist sich da nicht so sicher. »Schon möglich, aber warum ist das wichtig?«

»Ich möchte einfach gern etwas Greifbares in der Hand haben, bevor ich das Ganze der Polizei übergebe, und ich will immer noch wissen, was mit Wardell Gray passiert ist.«

»Vielleicht steht das im Tagebuch.«

Ich schüttle den Kopf. »Das glaube ich kaum. Einen Menschen gibt es noch, mit dem ich reden muss.« Ich beruhige Natalie mit einer Handbewegung, bevor sie protestieren kann. »Keine Angst, die Nummer habe ich von Trask. Es ist ein pensionierter Polizist, der zu Moulin-Rouge-Zeiten bei der Metropolitan im Dienst war.«

»Und was ist, wenn er nichts weiß?«

»Tja, dann wird Wardell Grays Tod wohl ungelöst bleiben.«

»Vielleicht soll es ja so sein«, sagt Natalie.

Darauf gebe ich keine Antwort, weil ich mich weigere, das zu glauben. Ich bezahle die Rechnung, und wir fahren zurück nach Hause. Coop ist nicht mehr da, lässt aber von Ace ausrichten, dass er mit mir sprechen will.

»Es schien ihm ganz schön ernst damit«, sagt Ace. »Er ruft später wieder an.«

»Wenn er sich meldet: Ich bin in der Mall und unterhalte die Einkaufslustigen.«

Ich dusche und ziehe meinen Frack an. »Unheimlich gut siehst du aus«, bemerkt Natalie. »Und du bist dir ganz sicher, dass ich nicht mitkommen und dir zuhören kann?«

»Nein, du kümmerst dich um Breeze und versuchst es bei dem pensionierten Polizeibeamten. Frag ihn, ob ich ihn heute Nachmittag sprechen kann, nach sechzehn Uhr, ja?«

»Himmel, du brauchst eine Sekretärin!«

»Hab ich nicht schon eine?«

»Geh bloß weg«, sagt Natalie lachend und droht mir mit dem Handrücken Schläge an.

Als ich mich an den Flügel setze, ist es relativ ruhig im Einkaufszentrum. Ich beschließe, die erste Stunde über bei Balladen zu bleiben. Eine Wahl, die Brent Tyler gutzuheißen scheint. Ich bin gerade inmitten des ersten Versuchs, als er auftaucht.

»Wie heißt das?«, fragt er, als ich zur Überleitung komme.

»*I Thought About You*. Gefällts Ihnen?«

Brent betrachtet meine Hand. Sie ist immer noch blau angelaufen, aber die Schwellung ist verschwunden. »Ja, hübsch. Ich würde immer noch gerne einen Carpenters-Song von Ihnen hören.«

»Ich werde einen ausgraben, Brent.«

Er macht sich wieder auf den Weg und winkt. »Schön, dass Sie wieder da sind.«

Während der ersten Pause vertiefe ich mich in Louises Tagebuch. Einiges stimmt mit dem anderen Tagebuch überein, der Prickel des Showgeschäfts, wie sie den Job bekam. Aber hier ist Wardell von den Zeiten in L. A. her sehr präsent. In dem Abschnitt über die Proben für den Moulin-Rouge-Auftritt scheint sie ernsthaft über Wardells Wiederauftauchen überrascht zu sein.

Die beiden treffen sich mehrmals zu langen Gesprächen, aber er warnt sie, dass sie nicht zusammen gesehen werden dürfen, und Louise scheint tief enttäuscht darüber zu sein, bis sie versteht, dass er sie zu schützen versucht. Wovor weiß sie nicht. Als ich zu den Seiten über die Premiere komme, muss ich zurück an die Arbeit.

Ich war zu optimistisch. Meine Hand funktioniert zwar, mehr aber auch nicht. Ich kann mich durch ein paar leichte Lieder quälen, aber der Schmerz meldet sich jede Minute stärker. Nach den ersten zwei Stücken des Sets blicke ich vom Flügel hoch und merke, dass ich größere Sorgen als meine Hand habe. An einem Tisch mir gegenüber sitzen Tony und Karl, trinken gemütlich Kaffee und starren mich an. Tony lächelt und hebt die Tasse.

Schmerzende Hand hin oder her, ich rechne mir aus, dass der sicherste Ort für mich am Klavier ist. Da stehen die beiden allerdings auf und kommen auf mich zu. Sie bücken sich unter der Samtkordel hindurch, während ich versuche, mich auf die Übergänge von *Everything Happens To Me* zu konzentrieren.

»Hübsch, Horne, sehr hübsch«, sagt Tony. Reines Ablenkungsmanöver. Aus dem Augenwinkel sehe ich, wie Karl sich auf das Klavier zubewegt und die Hand nach dem Tastaturdeckel ausstreckt. Ich weiß, dass er ihn auf meine Hände knallen lassen wird. Ich zucke zurück, als plötzlich eine andere Hand auftaucht, die Karls Handgelenk umklammert.

»Mach dich vom Acker, du Vollidiot«, sagt Coop. Bevor Karl etwas tun kann, hat Coop ihm den Daumen schon fast bis zum Handgelenk umgebogen. Auf Karls Stirn stehen die Schweißperlen.

»Tony«, sagt er, die Augen vor Schmerz aufgerissen.

»Wer zum Teufel sind Sie?«, fragt Tony. Ich lehne mich zurück, um ihm den Zugang zu Karl zu versperren, und spiele weiter. Niemand merkt etwas.

»Um mit Virgil Tibbs zu sprechen: Ich bin Polizist«, sagt Coop und lächelt Tony an. »Und, wollen wir uns dann nicht auf den Weg machen und nicht länger das Spiel dieses Herrn behindern?«

Tony weicht zurück, und Coop, der immer noch Karls Daumen umklammert hält, zieht ihn hinter die Rolltreppe. Ich werfe einen Blick nach hinten über die Schulter: Coop hat Karl losgelassen, der ihn wütend anstarrt und sich die Hand reibt. Coop zeigt seine Dienstmarke zu schnell, als dass sie erkennen könnten, dass sie nicht aus Las Vegas stammt. Sein Schulterholster ist wesentlich deutlicher zu erkennen, was Tony endgültig zum Zurückweichen veranlasst.

»Der Ausgang ist in dieser Richtung«, sagt Coop und zeigt auf die Doppeltüren zum Parkplatz. Er bleibt stehen, bis sie verschwunden sind, dann kommt er zurück zum Flügel und stellt sich an die Kordel.

»Interessante Fans hast du da«, sagt er. »Gibt es in dieser Mall überhaupt kein Sicherheitspersonal?«

Ich beende das Stück, das ich gerade spiele, und höre auf. »Danke, Coop.« Ich sehe auf die Uhr. »Noch zehn Minuten, okay?« Coop nickt und geht sich einen Kaffee holen.

Mary Lou ist mit einer Aktentasche voller Noten etwas zu früh da. »Sehr ruhig heute, was?«

»Ja, wirklich nichts los.« Ich verabschiede mich und setze mich zu Coop an den Tisch.

»Natalie meint, dass du mir einiges zu sagen hättest«, sagt Coop. »Das möchte ich, bitte schön, hören.«

Ich erzähle ihm von Louise, Rachel, dem Tagebuch und meinen Mutmaßungen, was das alles zu bedeuten hat. Er hört schweigend zu, bis ich geendet habe. »Und was soll ich deiner Ansicht nach tun?«

»Was du von Anfang an hättest tun sollen. Verdammt noch mal die Polizei einschalten.«

»Habe ich ja, falls du dich erinnerst. Du warst derjenige, der mich mit Trask bekannt gemacht hat.«

Coop rollt die Augen. »Das war vor diesem ganzen anderen Mist. Tony Gallio ist kein verärgerter Jazzfan, der Wardell Grays

Andenken schützen will. Mit den zweien, die ich hier gerade hinausbefördert habe, ist nicht zu spaßen.«

»Warum hast du sie dann nicht festgenommen?«

»Weswegen? Verunglimpfung des Pianisten? Nein, du hörst einfach schön mit diesem schwachsinnigen Detektivspielen auf, und Gallio lässt dich in Ruhe.«

»Glaube ich nicht.« Ich zeige ihm das Tagebuch. »Er will das hier aus etlichen Gründen haben. Er hat irgendeinen Deal mit dem Rouge-Grundstück am Laufen, und er will nicht, dass das herauskommt, was hier drinsteht.«

»Du«, sagt Coop und zeigt mit dem Finger auf mich, »wirst das Tagebuch Trask aushändigen und ihm alles sagen, was du weißt. Ich habe hier keine Amtsgewalt, sonst würde ich es dir auf der Stelle abnehmen.«

»Tu ich ja, tu ich ja. Morgen.«

Coop seufzt und steckt sich einen seiner Zigarillos an. »Das hatte ich mir doch gedacht.« Er fasst in die Tasche und zieht ein Stück Papier heraus. »Hier ist eine Nachricht für dich, hat Natalie mir gegeben. Dein Freund, der pensionierte Polizist. Will, dass du anrufst.«

»Da siehst dus, ich schalte die Polizei ein.«

19

»Buddy Herman, Las Vegas Metropolitan Police, außer Dienst. Betonung auf *außer Dienst*«, erklärt Herman mit polternder Stimme beim Händeschütteln. Er ist ein kleiner, untersetzter Mann mit einem ledrigen, sonnengegerbten Gesicht. Seine Ruhestandsuniform besteht aus einem Hawaiihemd, einer Baseballkappe der Las Vegas Stars, ausgebeulten Jeans und schwarzen Segeltuchschuhen.

»Vielen Dank, dass Sie sich Zeit für mich genommen haben«, sage ich.

»Kein Problem. John Trask ist ein anständiger Kerl. Viel Zeit habe ich allerdings nicht«, sagt Herman und klopft gegen das kleine Motorboot, das von einem Chevy-Blazer gezogen wird, der auch schon bessere Zeiten gesehen hat. Der Name *Pin Puller* ist auf den Bug gemalt. »Ich bin auf dem Weg raus zum See.«

Wir stehen auf dem Parkplatz eines Dinner-Restaurants am West Charleston Boulevard. Wie gewöhnlich knallt die Sonne vom Himmel. Einem Thermometer an der Bank auf der anderen Straßenseite zufolge sind es dreiundvierzig Grad. Ich will mir gar nicht vorstellen, wie es sein muss, draußen auf dem Lake Mead in einem offenen Boot zu schmoren.

»Ist das Wetter nicht herrlich?«, sagt Herman. »Gott, ich liebe die Hitze.« Er grinst, betrachtet meine schwarze Hose, mein weißes Oberhemd und meine schwitzende Stirn. »Kellner, was?«

»Musiker.«

Herman nickt. »Schön, gehen wir rein.«

Im Restaurant ist viel los, die meisten Leute scheinen Stammgäste zu sein. Herman winkt einigen Bekannten zu, als wir zu unserem Tisch gehen. Wir bestellen beide einen Eistee bei einer Kellnerin, die aussieht, als sehne sie den Feierabend herbei.

Herman trinkt einen großen Schluck Tee und mustert mich über den Tisch hinweg. »John Trask sagte mir, dass Sie in der Ära des

Moulin Rouge im Polizeidienst waren. Erinnern Sie sich noch an vieles von damals?«

»Ära? Eine Ära soll das gewesen sein?« Herman schnaubt und trinkt den nächsten Riesenschluck. »Der Schuppen war nur sechs Monate lang auf. An was ich mich erinnere, waren leichte Zeiten für die Polizei in einer kleinen Stadt. Damals wohnten hier sicher nicht mehr als fünfzehntausend Menschen. Aber als ich dann in Pension gegangen bin, da wurde es natürlich schon schlimm.«

Er blickt aus dem Fenster hinaus. »Jetzt ist es hier doch wie in L.A. Mord, Gangs, Drogen, fragen Sie nur, wie habens garantiert da. Heutzutage gehen sie einfach mit der Knarre ins Kasino rein und nehmen das Geld mit. Diese Kasinoüberfälle hätten die Jungs damals nie zugelassen. Einige von denen kannte ich«, erzählt Herman. »Persönlich. Die hätten dieses Gesocks mit der Fresse nach unten in der Wüste begraben. Aber das ist alles lange vorbei.« Er hält der vorbeikommenden Bedienung das Glas hin, damit sie mehr Tee bringt.

»Die Jungs?«

»Sie wissen schon«, sagt Herman. »Bugsy Siegel, die Leute, die das Ganze hier aufgebaut haben.«

»Und genau dafür interessiere ich mich. Einer der Musiker des Moulin Rouge wurde in der Nacht nach der Eröffnung des Hotels tot in der Wüste gefunden. Wardell Gray. Mai 1955. Erinnern Sie sich noch an den Fall?«

»Na klar«, sagt Herman, »Trask hat mich wieder dran erinnert. War 'n farbiger Bursche, richtig? Trompetenspieler oder so was?«

»Er war schwarz. Saxofon.« Ich wundere mich über Hermans schnelle Antwort und versuche, die Verärgerung nicht in meiner Stimme durchscheinen zu lassen. Immerhin entstammt Herman einer anderen Generation.

Herman zuckt die Achseln. »Farbige, Neger, Schwarze, seit neustem nun Afroamerikaner«, sagt er mit einem fast höhnischen Grinsen. »Da komme ich nicht mehr mit.«

»Das würden Sie, wenn Sie noch bei der Polizei wären.«

»Was solls.« Herman wischt sich mit seiner fleischigen Hand über die Augen. »Lassen Sie mich nachdenken. Bei der Sache war ich nicht der Einsatzleiter, aber ich erinnere mich daran. Er wurde irgendwo drüben an der West Side in der Wüste gefunden, draußen bei den Eisenbahngleisen.«

»Trask sagte, es habe keine Untersuchung gegeben, und eine Akte sei nicht angelegt worden. Wissen Sie, warum das so war?«

»War wohl keine erforderlich«, sagt Herman. »Man findet einen Typ zwei Tage nach seinem Tod in der Wüste. Keine Verdächtigen, kein Motiv, keine Zeugen, ein bekannter Drogensüchtiger. Was soll man da groß untersuchen? Einen anderen Typ aus der Revue hatten wir da zur Vernehmung.«

»Teddy Hale?«

»Richtig, Teddy irgendwas. Der meinte, dass er und Gray eine Drogenparty auf ihrem Zimmer hatten und Gray aus dem Bett gefallen sei und sich das Genick gebrochen habe.« Herman grinst, als wisse er etwas, das ich nicht weiß. »Dass ich nicht lache, aus dem Bett gefallen.«

»Sie glauben nicht, dass es sich so abgespielt hat.«

Herman schüttelt den Kopf. »Nein, ich glaube, dass dieser Hale Gray kaltgemacht hat. Haben Sie den Bericht des Coroners gesehen? Todesursache war eine Überdosis, aber es wurden auch Kopfwunden von einem stumpfen Gegenstand gefunden.«

»Und warum gab es dann keine Untersuchung?«

»Hab ich Ihnen doch schon gesagt«, erwidert Herman. »Vielleicht ist dieser Gray den falschen Leuten auf die Zehen getreten. Damals lief es hier in der Stadt noch anders, falls Sie wissen, was ich meine. Wenn Gray jemandem mit guten Beziehungen auf den Wecker gefallen ist und die wussten, dass er drogensüchtig war – nehmen nicht alle Musiker Drogen, damit sie besser spielen können?«

»Das kommt vor, aber nicht, damit sie besser spielen können.«

»Ist ja auch egal. Jedenfalls konnte man es leicht so drehen, dass es wie eine Überdosis aussah, und die Leiche in der Wüste abladen. Wer würde das schon merken?«

»Oder wer würde sich drum scheren?«

»Das habe ich nicht gesagt.«

»Was sagen Sie dann?«

»Ich habe gesagt, dass es deshalb keine Untersuchung gab, weil keine notwendig war. Sehn Sies doch ein, Sohn: Keine Verdächtigen, keine Tatwaffe, hätte ein einfacher Raubüberfall sein können. Der Coroner fertigt einen Bericht an, und das wars dann, hübsch und ordentlich.«

Das ist dann also das Ende der Fährte.

»Wer gehörte damals zu ›den Jungs‹? Erinnern Sie sich noch an jemand Bestimmten?«

Herman schüttelt den Kopf. »Nee, mit dem Strip hatten wir nicht viel zu tun. Die haben sich selbst um ihre Probleme gekümmert.«

»Wie stehts mit Anthony Gallio?«

»Gallio? Der Name klingt bekannt, woher, weiß ich aber nicht. Was hat er ausgefressen?«

»Spielt keine Rolle. Wie steht es mit einem anderen Fall, einer Messerstecherei im Moulin Rouge einige Zeit nach Grays Tod?«

»Einen Mordfall, meinen Sie?« Herman wirkt ernstlich verwirrt. »Nein, das wüsste ich auf jeden Fall noch.«

Ich schweige. Entweder ist Herman sorgfältig präpariert worden, oder er erinnert sich wirklich nicht.

Herman sieht auf die Uhr. »Tja, tut mir Leid, Sohn, dass ich Ihnen nicht weiterhelfen konnte, aber ich muss jetzt los. Der See ruft, und da draußen gibts Fische mit meinem Namen drauf.«

»Ja klar, trotzdem vielen Dank.« Herman fasst nach der Rechnung, aber ich komme ihm zuvor. »Ich hab sie schon. Vielen Dank noch mal.«

Er steht auf und geht auf die Tür zu, dreht sich dann aber um und kommt zurück an den Tisch. »Wissen Sie, was ich an Ihrer

Stelle tun würde? Ich würde diesen Typ, diesen Gray, in Frieden ruhen lassen.«

Ich bezahle die Rechnung und rufe Natalie an. Keine Nachrichten oder Anrufe von irgendjemandem, von Breeze auch nicht. Coop hat ihr offensichtlich nichts von Tonys und Karls Besuch in der Mall erzählt. Als ich ihr vom Gespräch mit Herman berichte, merkt sie meiner Stimme die Enttäuschung an.

»Du hast alles getan, was du konntest, Evan. Das wirst du jetzt einfach akzeptieren müssen.«

»Ja, ich weiß. Ich hatte nur gehofft, dass Herman irgendwelche Informationen aus erster Hand hat. Wenn er irgendwie typisch für die Polizei von damals ist, dann war Wardell denen sowieso egal.«

»Kommst du jetzt wieder nach Hause?«

»Was soll ich sonst tun. Aber erst will ich noch bei Breeze anrufen.«

»Na schön, dann bis gleich. Ich habe eine Überraschung für dich.«

Ich lege auf, starre zum Fenster des Dinners hinaus und versuche, etwas festzuhalten, was Herman gesagt oder auch nicht gesagt hat, aber ich kann es einfach nicht auf den Punkt kriegen. Wie alles in letzter Zeit. Herman sagte, dass er nicht der Einsatzleiter in Wardell Grays Fall war. Wenn nicht er, wer dann? Und bedeutet das nicht, dass es doch einen Fall beziehungsweise eine Untersuchung gegeben hat? Ich bin überzeugt, dass es eine Akte über Wardell Gray gegeben hat.

Doch wenn es eine gab, wo ist sie dann? Und warum sollte jemand Interesse daran haben, die Akte eines siebenunddreißig Jahre zurückliegenden Falles verschwinden zu lassen?

Natalies Überraschung köchelt bei Ace vor sich hin. Natalie hat die Küche übernommen und ist eifrig dabei, Zwiebeln und Paprika zu schnippeln, Käse zu reiben und auf dem Herd brutzelndes Hackfleisch und eine Pfanne Bohnenpüree umzurühren. Auf dem Küchenschrank liegt ein Stapel Tortillas. Natalie, der ein paar Haarsträhnen in die Augen fallen, schwingt das Messer mit beachtlicher Geschicklichkeit.

»Ace meinte, du magst mexikanisches Essen«, sagt sie. »Coop kommt später auch vorbei. Er trifft sich gerade mit John Trask.« Ihr flüchtiger Kuss, der von mir aus viel länger dauern könnte, wird vom Getöse des Mixers unterbrochen, mit dem Ace Margaritas zusammenbraut.

»Fast fertig«, sagt Ace. Er hält den Mixer an, taucht drei große Gläser verkehrt herum in einen Teller mit Salz, richtet sie dann wieder auf, stellt sie hin und füllt sie mit der Mixtur. »Probiert mal, ob das so passt.«

Natalie unterbricht das Schnippeln lang genug für ein Schlückchen und leckt sich die Lippen. »Vielleicht eine Idee zu viel Tequila?« Ace und ich probieren ebenfalls, sind aber anderer Meinung. »Na schön, ihr habt gewonnen, und jetzt verschwindet aus der Küche«, sagt sie.

»Komm mit«, sagt Ace. »Ich will dir was zeigen.« Wir nehmen unsere Cocktails und gehen in sein Arbeitszimmer. Er stellt seinen Computer an und ruft einen Ordner mit dem Namen »Moulin Rouge, Las Vegas« auf. Er enthält Dateien mit Notizen, Polizeiberichten, historischem Ablauf und Zitaten aus Büchern und Interviews. »Ich habe schon sehr gutes Material beisammen«, sagt Ace. »Sie, Herr Klavierspieler, haben mir genug an die Hand gegeben, um meine Forschungen bei der bevorstehenden Konferenz in einem sehr feinen Vortrag vorzustellen.«

Ich setze mich und sehe Ace zu, wie er glücklich seine Dateien über den Bildschirm laufen lässt. »Ich würde immer noch gern ein Gespräch mit Pappy Dean führen«, sagt er. »Glaubst du, du könntest das arrangieren?«

»Wahrscheinlich«, sage ich geistesabwesend.

»Was ist los?«, fragt Ace, der meine schlechte Stimmung spürt, die trotz der vorzüglichen Margarita nicht weichen will. »Na komm, du hast Rachel gefunden und vielleicht zur Versöhnung mit ihrer Mutter beigetragen.«

»Und dabei habe ich Louise Cody womöglich einer wirklichen Gefahr ausgesetzt, falls mir nichts Passendes einfällt, um Gallio zum Aufgeben zu bewegen. Und ich habe immer noch keine definitive Antwort zu Wardell Gray und damit kein richtiges Ende für deinen Vortrag.«

»Für das, was Louise vor siebenunddreißig Jahren gemacht hat, bist du nun wirklich nicht verantwortlich. Damit muss sie selbst klarkommen. Du hast ihre Tochter wieder gefunden, das war es doch, was sie wollte. Und mir hast du mehr Material für die Konferenz beschafft, als ich mir je erträumt habe. Dann kann mich der Dekan mal am Arsch lecken. Tut mir Leid, Natalie«, sagt Ace, als er sie im Türrahmen bemerkt.

Sie lächelt über Aces untypischen Wutausbruch. »Ich dachte, die Geisteswissenschaften seien die letzte Bastion menschenfreundlicher Gelehrsamkeit.« Sie zwinkert mir zu.

»Nicht, wenn es um Institutspolitik geht. Da werden die Messer gewetzt. Ich darf gar nicht darüber nachdenken.«

»Worüber Sie jetzt nachdenken sollten, ist das Abendessen. Wir brauchen nicht auf Coop zu warten.«

Ace schaltet den Computer aus. »Jawohl, Ma'am.«

»Ich bin sofort da.« Gallio ist nach wie vor ein Problem für Louise und vielleicht auch für das Moulin Rouge. Breeze kann uns bei diesem Problem vielleicht weiterhelfen. Ich rufe in seiner Kanzlei an und hinterlasse zwei weitere Nachrichten bei seinem Antwortservice.

Als wir uns die Bäuche mit Tacos und Margaritas gefüllt haben, ist Coop immer noch nicht da. Ace zieht sich in sein Arbeitszimmer zurück und lässt Natalie und mich mit dem Kaffee auf der Terrasse allein. Natalie hat anscheinend sowieso andere Pläne. Ihre Hand in meiner fühlt sich warm an, und ihre Augen sind dunkle Teiche. Als wir in der Wohnung sind, fällt mir auf einmal das Tagebuch ein.

»Ja, das würde ich auch gerne sehen«, sagt Natalie, »wenn es uns nicht die Laune verdirbt oder zu lange dauert.«

»Nein, ich habe es im VW liegen lassen. Bin sofort wieder da. Rühr dich nicht vom Fleck.«

»Bestimmt nicht«, sagt sie. »Du kannst mir was vorlesen.«

Ich gehe am Haus vorbei zur Einfahrt, als sich etwas von links auf mich stürzt und ich unter Karls riesigem Körper begraben in die Hecke krache. Blitzschnell dreht er mir die Arme auf den Rücken und reißt mich hoch. Das harte Ding an meiner Wange ist eine Pistole. Die Hand, die sie hält, gehört Tony.

»Ist dein verdammter Bullenfreund da drin, Horne?«, will Tony wissen.

»Nein, niemand.«

Tony wird sofort ruhiger. »Gut. Mein Onkel will ein paar Worte mit dir wechseln. Es macht dir doch sicher nichts aus, uns Gesellschaft zu leisten?«

Ich brauche nicht zu antworten. Karl zerrt mich hinaus auf die Straße und schiebt mich auf den Rücksitz ihres Wagens. Tony steigt neben mir ein. Karl setzt sich auf den Fahrersitz, lässt den Motor an und braust davon.

Wie lange wird Natalie warten, bevor sie mich suchen kommt? Und wenn sie jemanden zu Hilfe ruft, was soll sie sagen?

»Schön, dass du so kooperationsbereit bist, Horne. Mein Onkel wird sich freuen, dass du mitkommst«, sagt Tony. Er lächelt und steckt seine Pistole zurück ins Holster. »Das hier werde ich ja wohl nicht brauchen, stimmts?«

Ich ignoriere ihn, lehne mich zurück und bemühe mich, wieder Luft zu kriegen. Karl fährt den Rainbow Boulevard hoch, dann nach Süden Richtung Tropicana. An der nächsten Ampel biegt er nach Westen ein, und ich bekomme es mit der Angst zu tun. Da draußen sind noch ein paar Neubausiedlungen, aber direkt dahinter ist die offene Wüste.

Tony bemerkt meine Nervosität und lacht. »Nein, heutzutage

läuft es nicht mehr so, Horne. In die Wüste schicken wir dich nicht, was, Karl?«

»Nein«, gibt Karl zurück. »Aber seinen Bullenfreund würd ich gern dahin befördern.«

»Würdest du nicht, Karl«, sage ich.

Karl dreht sich halb auf seinem Sitz herum, um mich anzustarren, aber Tony ermahnt ihn.

»Fahr einfach, Karl. Wir sind fast da, Horne«, sagt er zu mir.

Wir kommen nach Spanish Trail, einer äußerst exklusiven, neu angelegten Siedlung, in der es eine Tennisanlage und einen Golfplatz gibt und wo Leute wie Steve Wynn, Andre Agassi und offensichtlich auch Anthony Gallio wohnen.

Ich fühle mich kurzzeitig erleichtert, als wir ein Wachhäuschen passieren, und überlege, ob ich dem Wachmann nicht etwas zuschreien soll, aber die Gelegenheit bietet sich nicht. Karl und Tony nicken dem Sicherheitsposten zu, der den Wagen durchwinkt.

Wir fahren noch mal einige Minuten, biegen in einem Gewirr von Straßen mehrere Male um die Ecke und rollen in die Einfahrt eines riesigen Hauses von der Größe der Nationalbibliothek. Karl drückt auf eine Fernbedienung, und das Tor öffnet sich rumpelnd. Ein großer Buchstabe G darauf schiebt sich an uns vorbei. Tony parkt den Lincoln neben einem Mercedes und einem weißen Cadillac. Hinter uns schließt sich das Tor.

Tony springt aus dem Wagen und hält den Schlag auf. »Los gehts, Horne. Hinein mit dir.«

Das Haus ist aus Backstein mit jeder Menge Fenstern und zwei Türmchen, die die Silhouette bestimmen. Ich folge Karl ins Haus, durch einen langen Flur hindurch und in ein Wohnzimmer von Tennisplatzdimensionen.

»Du wartest hier«, sagt Tony. Mir bleiben nicht sehr viele Alternativen, da Karl nur auf eine Gelegenheit wartet, seine Football-Fähigkeiten an mir auszuprobieren. Tony verschwindet in einem

Flur. Ich sehe mich im Wohnzimmer um, das wie die Kulisse für einen Fotobeitrag im *Architectural Digest* aussieht. Im sanften Licht wirkt alles teuer und absolut perfekt platziert, bis hin zum Winkel der Fotorahmen auf dem Kaminsims. Von irgendwoher ertönt sehr leise Musik. Oper.

Tony ist wieder da und winkt mich zu sich. »Hier lang, Horne.« Ich folge ihm durch den Flur und um die Ecke. »Hier rein«, sagt er. Es geht eine Stufe nach unten in einen mit Neonröhren hell beleuchteten Raum.

»Guten Abend, Mr. Horne. Wie schön, dass Sie kommen konnten. Setzen Sie sich doch.«

»Wie hätte ich Karls Einladung widerstehen können?« Gallio sitzt auf einem hohen Hocker über eine Werkbank gebeugt. Unter einer starken Lampe hält er etwas in der linken Hand, das er durch eine ins Auge geklemmte Lupe betrachtet. Als er hochschaut, wird das Licht von der Lupe reflektiert, die sich wie ein Scheinwerfer auf mich richtet. In der Rechten hält er einen feinen Pinsel. Vor ihm steht eine Kollektion Farbfläschchen.

»Es freut mich, dass Sie sich Ihren Sinn für Humor bewahrt haben«, sagt Gallio. »Kann ich Ihnen etwas zu trinken anbieten?« Hinter Gallio steht auf einem massiven Tisch, der den Großteil des Raumes einnimmt, ein so kunstvoll gearbeitetes Puppenhaus, wie ich es noch nie gesehen habe.

Es hat einen liebevoll angelegten Hof und einen Garten, und durch die Fenster des Hauses sind in mehreren Räumen, die verschieden hell erleuchtet sind, winzige Figuren zu erkennen.

»Sehen Sie es sich ruhig an«, sagt Gallio, während er mit seiner Arbeit fortfährt.

Ich blicke durch das Fenster des Raumes, das das Wohnzimmer sein muss. Die Einrichtung ist identisch mit der des Zimmers, in dem ich noch vor wenigen Minuten gestanden habe. Im Puppen-Wohnzimmer geht gerade eine Party vor sich. Püppchen, zum Teil mit Getränken in der Hand, sind auf den Sitzmöbeln des Zimmers drapiert oder stehen in Gruppen beisammen. In einer Ecke des Zimmers steht ein Flügel, vor dem sogar ein Pianist auf der Klavierbank sitzt und beide Hände auf den Tasten liegen hat.

»Mein Hobby und meine Leidenschaft«, sagt Gallio. Er legt den Pinsel auf einen Lappen und stellt die Figur vorsichtig auf den Tisch, dann nimmt er die Lupe aus dem Auge und stellt die Lampe ab. »Es ist eine Arbeit, die sehr viel Sorgfalt erfordert. Manchmal ist es frustrierend, bis man endlich alles genau nach Wunsch hinbekommen hat, aber ich finde es entspannend. Es gefällt mir, wie viel Kontrolle ich habe, wie ich die Szenen verändern kann. Hier, ich zeigs Ihnen.«

Auf einem Glasregal an der Wand stehen einige hundert winziger Figuren. Er wählt eine aus, eine Frau im Abendkleid, und nimmt sie mit zum Puppenhaus. Er legt sie einen Moment beiseite, langt mit einem Gerät, das aussieht wie ein langes, dünnes Röhrchen mit einer Pinzette am Ende, ins Wohnzimmer und nimmt den Pianisten hoch. Vorsichtig zieht er die Figur zum Wohnzimmerfenster heraus, nimmt sie vom Röhrchen ab und ersetzt sie durch die Frau. Wieder durch das Fenster hindurch wird die Frau an den Flügel gesetzt und das Röhrchen abgezogen. Erst dann atmet er wieder.

Einen Augenblick lang hält er die kleine Pianistenfigur im Frack vorsichtig in der Hand und betrachtet sie. Der Druck seiner Finger wird fester. Ein schwaches Knacken ist zu hören, und einer der Arme bricht ab.

Gallio sieht auf und lächelt mich an. »Wie Sie sehen«, sagt er, »kann ich die Szene ganz nach Laune verändern. Man kann noch so vorsichtig sein, irgendetwas passiert immer.« Er wirft die Puppe in einen kleinen Kasten mit anderen beschädigten Miniaturfiguren. Ich verstehe, was er mir sagen will.

»Gut. Ich weiß, wer Sie sind, und habe hinreichend Angst. Was ich nicht weiß, ist, was Sie von mir wollen. Ich möchte nur nach Hause.«

Gallio mustert mich einen Augenblick lang. »Sie sind entweder ein sehr wagemutiger oder ein sehr dummer, tolldreister junger Mann. Oder vielleicht beides. Welches von beidem, weiß ich noch nicht, aber Ihre Reaktion auf meine Bitte wird die Wahl zweifelsohne entscheiden.
Sie werden nur deshalb so zuvorkommend behandelt, weil ich Ihre Verbindung zu Louise Cody kenne. Ansonsten, nein, über solche unangenehmen Dinge sprechen wir lieber nicht. Ich kenne Louise seit vielen Jahren, wie Sie sicher wissen, und habe ihr früher in nicht unbeträchtlichem Maß geholfen, wie Ihnen sicherlich ebenfalls bekannt sein dürfte. Und jetzt werden Sie mir helfen.«

Ich habe keinen blassen Schimmer, wovon er redet. Wir starren uns einige Sekunden lang an, bevor es Gallio zu bunt wird. »Muss ich Ihnen alles haarklein erklären, Horne? Als wir uns im Spago kennen gelernt haben, habe ich doch gewisse geschäftliche Vorhaben erwähnt, die momentan bezüglich des Moulin-Rouge-Grundstücks in der Schwebe sind, richtig?«

»Ja, das haben Sie wohl.«

»Schön, und diese Pläne neigen sich ihrer Vollendung zu, aber es gibt noch einige Details, die beachtet werden wollen. Ich will nicht, dass die Vergangenheit Einfluss auf das hat, was heute geschieht.« Gallio macht eine Pause und wägt seine Worte genau ab. »Es gibt da ein Tagebuch, das Louise geführt hat, als sie damals im Moulin Rouge war. In diesem Tagebuch stehen Dinge, die peinlich für mich und gewisse Geschäftspartner in anderen Städten sein könnten, wenn sie an die Öffentlichkeit dringen. Ich will das Tagebuch, Horne, und Sie werden mir helfen, es zu kriegen.«

Jetzt ergibt das Ganze langsam einen Sinn. Gallio, jetzt unter legitimer Flagge, will das Grundstück mit dem Moulin Rouge darauf kaufen. Seine Vergangenheit würde bei den lizenzvergebenden Stellen nicht gut ankommen, und seinen »Geschäftspartnern in anderen Städten« würde es sicher nicht gefallen, wenn sich die Medienaufmerksamkeit auf einen aus ihren Reihen richtete.

»Warum sollte ich Ihnen wohl helfen, und warum glauben Sie überhaupt, dass ich dazu in der Lage bin?«

»Weil«, sagt Gallio und beugt sich mir entgegen, »Sie wissen, wo das Tagebuch ist.«

Gallio lächelt. »Ich möchte, dass Sie jemanden kennen lernen.«

Er drückt auf einen Knopf an seiner Werkbank. Eine Minute später blickt er über meine Schulter hinweg und nickt. Tony steht wieder im Zimmer. »Gehen wir, Horne.«

»Wenn Sie wieder da sind, können wir uns weiter unterhalten«, sagt Gallio.

Wir durchschreiten einen anderen Gang, der vom Wohnzimmer abgeht. Am Ende des Flures bleibt Tony vor einer Tür stehen und klopft leise. »Onkel Carlo, Besuch für dich!« Tony öffnet die Tür und winkt mich hinein, dann schließt er sie hinter mir. Ich habe das Gefühl, in einem Albtraum gelandet zu sein.

Das erste Gefühl ist Kälte. Dieses Zimmer ist viel kälter als der Rest des Hauses. Die Klimaanlage summt. Sie muss auf zehn Grad eingestellt sein. Abgesehen vom metallischen Leuchten eines großen Fernsehgerätes ist es dunkel. Direkt vor dem Fernseher steht ein großer Liegesessel. Auf den gehe ich zu, wobei ich schattenhaft andere Einrichtungsgegenstände wahrnehme: eine Wand voller Bücherregale, einen Tisch und ausgeschaltete Lampen.

»Kommen Sie doch rein.« Die merkwürdige Stimme, die aus dem Liegesessel kommt, erschreckt mich. Sie hat einen unheimlichen, mechanischen Klang, ein monotones Schnarren, von dem es mir noch kälter den Rücken herunterläuft. Ich gehe näher und werfe einen Blick auf das Fernsehbild. Ein Schwarzweißfilm füllt die Mattscheibe: In einem Sessel sitzt ein Mann, der das Gemälde einer schönen Frau an der Wand anstarrt. Die Szene kommt mir bekannt vor, aber ich weiß nicht, woher.

»Hier drüben«, sagt die mechanische Stimme. Aus dem Liegesessel erscheint ein Arm, der auf einen Sessel neben sich zeigt.

Ich gehe zu dem Sessel hinüber und setze mich hin. Im Licht des Fernsehers kann ich die leichte Ähnlichkeit des Mannes mit Anthony Gallio erkennen. Die Brillengläser sind dicker und sehen aus wie Prismen, wenn das Fernsehlicht auf sie fällt. Er trägt eine bequeme Hose, Sportsakko, Oberhemd und ein Halstuch.

»Verzeihen Sie, dass ich mich nicht erhebe, Mr. Horne. Ich bin Carlo Gallio, der Bruder von Anthony.«

Jetzt erklärt sich die mechanische Stimme. Beim Sprechen hält er eine Art kleines Mikrofon an die Kehle, mit dem er seinen fehlenden Kehlkopf ersetzt. Die Musik im Fernsehen schwillt zum Crescendo an. Als ich die Melodie erkenne, drehe ich mich zum Fernseher um. Der Mann im Film ist über der Betrachtung des Gemäldes eingeschlafen.

»*Laura*«, sagt Gallio. »Spielen Sie das Stück?«

»Manchmal.« Jetzt fällt mir auch der Film dazu wieder ein. Ich muss Ausschnitte daraus im Spätabendprogramm gesehen haben.

»Das ist mein Lieblingsfilm. Dan Andrews ist Detektiv, Gene Tierney ist Laura. Sehen Sie hin. Da ist sie.«

Ich wende mich dem Bildschirm zu. Die Wohnungstür geht auf, und Gene Tierney kommt herein. Sie blickt den schlafenden Andrews an, das Bild von sich selbst, dann wieder Andrews. Er öffnet die Augen, erwacht, sieht sie, springt auf und starrt sie mit einem Ausdruck völliger Verwirrung und Unglaubens an.

»Wie Sie sehen«, sagt Gallios Kehlkopfmikrofon, »ist nichts das, was es zu sein scheint. Kennen Sie den Film?«

»Ich habe ihn sicher schon mal gesehen.«

»Jemand ist ermordet worden. Andrews, der Detektiv, glaubt, dass es Laura, die Frau auf dem Gemälde, war. Mittlerweile hat er sich in ihr Bild verliebt, aber es war nicht Laura, die gestorben ist. Es war ihre Mitbewohnerin. Eine romantische Wendung der Handlung, finden Sie nicht?« Gallio nimmt die Fernbedienung und macht den Ton aus. Ich beobachte Andrews und Tierney weiter, wie sie sich lautlos unterhalten.

»Mein eigenes Leben ist in gewisser Hinsicht ähnlich verlaufen, Mr. Horne«, sagt Gallios Kehlkopf. »Viele Leute dachten, man hätte mich umgebracht, aber wie Sie sehen, war das nicht der Fall. Es ist wahr, dass ich beinahe gestorben wäre. Meine Stimme ist gestorben. Eine Schande, möglicherweise. In meiner Jugend hatte ich eine gute Singstimme. Und jetzt habe ich das hier.«

Er hält das Kehlkopfmikrofon hoch, sieht es an und hält es dann wieder an seinen Hals. »Heutzutage gibt es natürlich andere, modernere Möglichkeiten, aber meine Gesundheit lässt sie nicht zu, und ich habe mich an das hier gewöhnt. Ein ziemlich Furcht einflößender Klang, finden Sie nicht? Den meisten Menschen ist er unangenehm.«

»Wie kam es dazu?«

»Ich war jung und voller Heldenmut, wie man es als junger Mann oft ist. In einem eher dummen Anfall von Machismo unterschätzte ich die Fähigkeiten meines Gegners mit dem Messer. Meine Stimmbänder wurden durchtrennt.«

Ich lehne mich zurück und atme tief durch. Das Zittern, das ich verspüre, wird nicht durch die Zimmertemperatur verursacht, sondern durch das, was mir jetzt klar wird. Kein Wunder, dass niemand nach Pappy Dean gesucht hat. Kein Wunder, dass kein Mordfall gemeldet wurde. Es gab keinen Mordfall, und ich sitze in einem eisig kalten Raum und starre den Mann an, den Pappy glaubt ermordet zu haben – Anthony Gallios Bruder Carlo.

»Sprechen wir nicht weiter von mir«, sagt Gallios Stimme. »Ich bin mir nicht ganz sicher, warum mein Bruder wollte, dass Sie mit mir zusammentreffen. In letzter Zeit ist er sehr nervös und macht sich Sorgen wegen eines Geschäftes, das mit dem Grundstück des Moulin Rouge zu tun hat. Ist doch merkwürdig, wie die Vergangenheit zurückkommt, um uns zu verfolgen. So viele Stimmen gab es im Moulin Rouge. Meine habe ich dort eingebüßt. Anthony sagte mir, dass Sie den Tod eines Musikers im Moulin Rouge untersuchen. Er möchte, dass Sie ihm in irgendeiner Art und Weise helfen,

Mr. Horne. Die Einzelheiten sind mir nicht bekannt, aber eines kann ich Ihnen sagen: Mein Bruder ist ein entschlossener Mann. Ich würde Ihnen raten, seinem Ersuchen um Hilfe nachzukommen. Und was Ihre Vermutungen anbelangt, dass ich oder mein Bruder etwas mit dem Tod dieses Musikers zu tun hatten, so sind diese unbegründet. Wie war der Name doch gleich?«

»Wardell Gray.«

»Ja, richtig. Aufregende Zeiten waren das, Mr. Horne. Ich war gegen die Entscheidung, die über das Moulin Rouge gefällt wurde, aber ich hatte im Grunde nichts zu sagen. Ich versichere Ihnen, dass dieser Wardell Gray nicht wichtig genug war, um ein Problem darzustellen. So, wie ich die Sache verstehe, starb er an den Folgen seines Drogenmissbrauchs. Falls er in die Wüste geschafft wurde, dann war er bereits tot.«

Ich lausche Gallios mechanischer Stimme, die die Vergangenheit in so ruhigen Worten erzählt, und versuche, diesen Mann zur Deckung zu bringen mit dem, der auf dem Parkplatz des Moulin Rouge gegen Pappy Dean gekämpft hatte. Konnte man sich in siebenunddreißig Jahren so verändern? Beide Gallios mussten jetzt Ende sechzig sein. Zum ersten Mal denke ich ernsthaft darüber nach, ob Wardell Gray nicht vielleicht wirklich so gestorben ist, wie Teddy Hale sagte – weil er aus dem Bett fiel und sich dabei das Genick brach.

Gallio wertet mein Schweigen als Zustimmung. Er drückt wieder auf einen Knopf der Fernbedienung, und das Gespräch zwischen Gene Tierney und Dan Andrews und die leise Musik, eine Variation des *Laura*-Themas, ist wieder zu hören.

»Der Film ist ganz hervorragend, Mr. Horne. Sie sollten ihn sich unbedingt ganz ansehen. Er würde Ihnen sicher gefallen.« Gallio legt das Mikrofon beiseite. Seine Augen schließen sich. Das Gespräch ist beendet.

Ich stehe auf und verlasse den eiskalten Raum. Als ich die Tür hinter mir schließe, merke ich, wie mir noch einmal ein Schauder den Rücken herunterläuft.

Anthony Gallio wartet zusammen mit Tony und Karl im Wohnzimmer auf mich.

Ich stehe einen Moment lang da und sehe Gallio nur an, was ihm offensichtlich Freude bereitet. »Weiß Ihr Bruder, wer …?»

»Der ihn mit dem Messer überfallen und sein Leben zugrunde gerichtet hat? Nein, natürlich nicht, sonst würde derjenige heute nicht mehr leben.«

»Und Wardell Gray?«

»Sie haben das Ganze unnötig aufgebläht. Den brauchte niemand umzubringen. Er war bereits tot. Beweisen Sie das Gegenteil. Teddy Hale war völlig hysterisch, und deswegen haben wir Gray hinaus in die Wüste geschafft. Wir haben Hale seine Story vorgesagt und ihn überzeugt, dass die Sache am besten so gehandhabt würde. Die Show hatte gerade eröffnet, und negative Presse konnten wir nicht gebrauchen. Die Polizei hatten wir in der Tasche.«

Davon gehe ich aus. Ob Buddy Herman wohl ihr Mann war?

»Warum ist dieses Tagebuch von Louise Cody so wichtig?«

»Horne, wissen Sie eigentlich, wen Sie hier vor sich haben? Sie brauchen nichts weiter zu wissen, als dass ich dieses Tagebuch will. Sie haben vierundzwanzig Stunden Zeit, um es mir zu beschaffen.«

»Sonst?«

»Fragen Sie nicht, Horne. Fragen Sie nicht.«

20

Ganz so wie in einem alten Gangsterfilm spielt es sich nicht ab. Ich werde nicht direkt aus dem fahrenden Auto gestoßen, aber Haustür-Service bieten Tony und Karl auch nicht. An einem verlassenen Grundstück an der Ecke von Torrey Pines und Desert Inn fahren sie an den Straßenrand.

»Und denk dran, Horne«, sagt Tony. »Vierundzwanzig Stunden.« Sie fahren davon. Ich stehe einen Augenblick da, sehe ihren Rücklichtern hinterher, und frage mich, wie ich hierher gekommen bin. Als ich die zwei Straßenecken zu Aces Haus zurücklaufe, tut mir alles weh. Ich bin es leid, getreten, geprügelt und in Las Vegas herumgezerrt zu werden.

In der Einfahrt steht neben Aces Jeep und dem VW ein Auto mit Avis-Aufkleber auf der Scheibe, das ich nicht kenne. Ich bleibe ein paar Minuten im Schatten des Hauses stehen, um zu sehen, ob Tony und Karl mir folgen, aber da ist nichts.

Ich schließe den Käfer auf und ziehe das Tagebuch unter dem Vordersitz hervor, verschließe ihn wieder und gehe hinten ums Haus herum. Coop bemerkt mich als Erster, als ich um die Ecke komme.

»Da ist er ja«, sagt Coop. Natalie und Ace stehen zusammen mit ihm am Schwimmbecken. Coop betrachtet meine verrutschte Kleidung, die Kratzer, die das Gebüsch in meinem Gesicht hinterlassen hat, und sieht nach, ob ich mir die Hand halte. Die ist ausnahmsweise mal unbeschadet geblieben. »Gehst du neuerdings nachts joggen?«, fragt Coop.

»Ich war bei Anthony Gallio«, sage ich.

Coop nickt. »Erzähl mir alles.«

Wir gehen hinein. Natalie hakt sich bei mir unter. »Ist alles in Ordnung? Ich wusste nicht, was ich tun sollte, als du nicht zurückgekommen bist. Ich koche dir einen Kaffee«, sagt sie und macht sich in der Küche zu schaffen. Ace sieht völlig verwirrt aus. Seine akademische Welt wurde soeben auf den Kopf gestellt, und er will mir aus irgendeinem Grund nicht in die Augen sehen. Coop muss ihm irgendetwas erzählt haben. Nervös läuft er auf und ab, sieht auf die Uhr, dann geht er ins Wohnzimmer und stellt den Fernseher an.

Coop und ich setzen uns an den Küchentisch. Ich spüre seinen Blick auf mir, wie er mich mustert und meine Haltung abzuschätzen versucht, und ich weiß, dass ihm das, was er sieht, nicht gefällt. Er macht keine Bemerkung über das Tagebuch, das ich vor uns auf den Tisch lege.

Bevor wir beginnen können, unterbricht Ace uns. »Seht euch das bloß an«, ruft er und stellt den Fernseher lauter. »Kommt her.«

Wir versammeln uns vor dem Fernsehgerät und sehen eine Nachrichtensprecherin mit blonder Föhnfrisur unverwandt in die Kamera starren.

»... und in einem Exklusivbericht, den Sie nur auf *Inside Las Vegas* sehen werden«, sagt sie in die Kamera, »schalten wir jetzt um zu unserer Reporterin Tiffany Walker am Lake Mead. Tiffany, wie sieht es bei Ihnen aus?«

In einer Schriftzeile unten auf dem Bildschirm steht »Live vom Lake Mead«. Es folgt eine Einstellung von einem halb mit einem Tuch zugedeckten Leichnam. Zwei Füße in schwarzen Stoffschuhen gucken darunter hervor. Die Kamera schwenkt weg von der Reporterin zum Seeufer, wo ein Abschleppwagen ein kleines Boot aus dem Wasser zieht. Der auf das Heck gemalte Name ist ganz kurz zu sehen. »Buddy Herman«, sage ich.

Alle drehen sich zu mir um. Natalie schlägt die Hand vor den Mund. Ace starrt mich an. »Wer?«, will Coop wissen.

Wieder eine Aufnahme der Reporterin, wie sie in Ufernähe steht. Sie blinzelt in die grellen Fernsehscheinwerfer. Mehrere Männer in Windjacken mit der Aufschrift ›Polizei‹ auf dem Rücken laufen im Hintergrund hin und her, während über Buddy Herman der Leichensack zugezogen und er in den Transporter des Coroners geladen wird.

»Sehr viele Einzelheiten sind noch nicht bekannt«, sagt die Reporterin. »Das Opfer wurde identifiziert als« – sie sieht nach unten auf einen Notizblock, dann zurück in die Kamera – »Charles Buddy Herman, pensionierter Polizist der Las Vegas Metropolitan Police, der ertrunken zu sein scheint. Lieutenant John Trask von der Mordkommission hat noch keine Stellungnahme abgegeben. Später werden wir Ihnen weitere Einzelheiten berichten können. Damit gebe ich zurück ins Studio.«

»Du kennst ihn?«, fragt Coop.

»Ich habe mich heute Nachmittag mit ihm unterhalten. Das war der Typ, auf den Trask mich angesetzt hat, als wir uns im Sands getroffen haben.« Wochen scheint das her zu sein, nicht nur wenige Tage.

Coop nickt. »Trask wird mit dir reden wollen, weil du möglicherweise einer der Letzten bist, die ihn lebend gesehen haben.« Ace starrt immer noch auf die Mattscheibe. Natalie drückt mir und Coop eine Tasse Kaffee in die Hand. »Komm, wir gehen nach draußen.«

Coop lässt mir Zeit, eine Zigarette anzuzünden und meine Gedanken zu sammeln.

»Fällt dir irgendwas dazu ein? Hast du was aus Herman rausgekriegt?«

Ich schüttele den Kopf. »Er hatte nicht viel zu sagen, aber es kam mir fast so vor, als würde er Zeilen aus einem Skript ablesen. Ich glaube, *dass* es eine Akte über Wardell Gray gegeben hat. Weißt du noch, wie Trask mir berichtet hat, da sei keine Akte? Er sagte außerdem, dass die Computerdaten der Metropolitan Police nur bis zurück in die Sechziger reichen. Alles davor lagert zwischen braunen Aktendeckeln in Pappkartons.«

»Und?«

»Ich bin überzeugt, dass Herman sich die Akte unter den Nagel gerissen hat, vielleicht schon vor Jahren, vielleicht schon kurz nach Grays Tod. Mehr als dreißig Jahre, und niemand stellte jemals irgendwelche Fragen. Und als dann doch jemand nachsieht, ist keine Akte mehr da. Alle nehmen einfach an, dass es niemals eine gegeben hat.«

»Außer dir«, sagt Coop.

»Es ist doch so, Coop.« Ich lehne mich ihm über den Tisch entgegen. »Wardell Gray hat niemanden interessiert. Er war schwarz, außerhalb der Jazzgemeinde nicht sonderlich bekannt, außerdem schrieb man das Jahr 1955 in Las Vegas. Jede Darstellung von Wardell Grays Tod – in den Zeitungen, in den Jazzlexika, in den Geschichten, die unter Musikern kursieren – besagt dasselbe: Tod unter rätselhaften Umständen. Es hat nie eine einleuchtende Erklärung gegeben.«

»Das ist bei Mord häufig der Fall«, sagt Coop.

»Aber du hältst es dafür?«

»Das sage ich ja gar nicht. Irgendjemanden hat sein Tod doch interessiert, und zwar so sehr, dass zwei weitere Menschen deswegen umgebracht worden sind. Gallio oder jemand aus seinem Umkreis geht keine Risiken ein.«

»Genau, Gallio. Er hat praktisch zugegeben, dass er und einige andere Gray in die Wüste geschafft und die Aussage von Teddy Hale präpariert haben. Allerdings behauptet er, Gray sei schon tot gewesen. Er sagte außerdem, sie hätten die Polizei in der Tasche gehabt.«

Darüber ist Coop leicht aufgebracht. »Ist das der Grund, warum Gallio dich heute Abend zu sich beordert hat?«

»Zum Teil. Er wollte mir Angst machen, und das hat er auch geschafft. Was er wirklich will, ist das hier.« Ich klopfe mit der Hand auf Louise Codys Tagebuch. Ein kalter Schauder überläuft mich, als ich an Gallios Bruder Carlo denke. »Außerdem habe ich seinen Bruder kennen gelernt, den Mann, den Pappy Dean glaubt ermordet zu haben.«

»Der Bassist, von dem du erzählt hast?« Coop trinkt einen Schluck Kaffee. »Mach mal langsam, Kumpel. Fang noch mal von vorne an.«

Ich erzähle ihm die gesamte Geschichte noch einmal. Irgendwann merke ich, dass Natalie sich schweigend zu uns setzt, zuhört, mich beobachtet und hin und wieder Coop ansieht, um seine Reaktion einzuschätzen. Als ich geendet habe, starrt Coop einige Augenblicke lang in seine leere Kaffeetasse. Jetzt habe ich eine Frage an ihn.

»Warum Buddy Herman?«

»Wie du schon sagtest: Wenn Herman die Akte an sich genommen hat und Gallio wusste, dass du mit ihm geredet hast, dann war er das letzte Glied in der Kette. Jetzt steht dein Wort gegen das von Gallio wegen eines siebenunddreißig Jahre alten Verbrechens, zu dem es nichts Offizielles gibt. Und das natürlich nur, wenn es wirklich ein Verbrechen war. Vielleicht wollten sie Gray ursprünglich ja beiseite schaffen, aber dann lief es doch so, wie er beschrieben hat. Vielleicht hat Gray wirklich einfach eine Überdosis genommen und wurde dann in der Wüste abgeladen.«

»Das wissen wir doch beide besser, Coop.«

»Bei Sonny Wells und Buddy Herman vielleicht, aber nicht bei Wardell Gray. Gallio ist ja nicht blöd. Er hat seine Fährte hervorragend verwischt. Ich würde jede Wette mit dir eingehen, dass Tony und Karl für Wells' oder Hermans Mordzeitpunkt ein Alibi haben.«

»Das schon, aber ich glaube, dass ich die Verbindung von Gallio zum Moulin Rouge beweisen kann. Deswegen will er ja auch das Tagebuch. Er will das Grundstück kaufen und muss sich um Lizenzen für das bemühen, was er dort vorhat. Wenn diese Sachen rauskommen, ist sein Antrag gefährdet oder wird zumindest wegen des Medienrummels verzögert.«

»Hast du irgendwelche Beweise dafür?«, fragt Coop.

»Kann ich besorgen, glaube ich. Ich habe bereits jemanden darauf angesetzt.«

»Ich habs ja geahnt. Wann weißt du Genaueres?«

»Morgen hoffe ich.«

»Gut. Ich habe eine Idee. Lass mich kurz mit Trask darüber reden. Ich sage ihm, dass du morgen früh rüberkommst, um eine Aussage zu deinem Gespräch mit Buddy Herman zu machen. Und lauf in der Zwischenzeit nicht auf der Straße herum. Ist gefährlich da draußen.«

»Coop?«

»Ja?« Er ist bereits aufgesprungen.

»Gallio hat mir vierundzwanzig Stunden gegeben.«

Mitternacht ist vorbei, als ich mich zehn Minuten lang unter die Dusche stelle und das heiße Wasser über meine Beulen und blauen Flecken laufen lasse. Beim Abtrocknen betrachte ich mich im Spiegel. Dafür, dass mich ein ehemaliger Footballspieler zu Boden geworfen hat, ist es gar nicht so schlimm. Im Gesicht habe ich ein paar Kratzer von den Büschen, aber meiner Hand ist nichts passiert. Am meisten tut das weh, was man nicht sehen kann.

Als ich aus dem Badezimmer komme, schläft Natalie bereits. Ich betrachte sie einige Augenblicke lang, kämpfe gegen den Wunsch an, bei ihr zu bleiben und mich neben sie zu legen, decke sie mit der leichten Sommerdecke zu und schleiche auf Zehenspitzen aus dem Schlafzimmer.

Ich gehe in die Küche, mache einen Kaffee und nehme mir Louise Codys Tagebuch vor. Irgendetwas muss da drin stehen, das Gallio so dringend haben will, irgendetwas, das ich gegen ihn verwenden kann. Ich lege Keith Jarretts Klaviersolos auf, stelle sie sehr leise, mache es mir mit Kaffee, Zigaretten und dem Tagebuch auf dem Sofa gemütlich und fühle mich wie ein Student, der für eine Prüfung büffeln muss.

Ich überfliege die ersten Eintragungen, die denen aus dem ersten Tagebuch stark ähneln. Der Stil eines jungen Mädchens, das, begeistert vom Glanz des Showgeschäfts, Karriere machen will und die erste große Chance ihres Lebens in einer neuen Revue eines neuen Kasinohotels erhält.

April 1955 – Es ist wirklich wahr, aber ich kann es immer noch nicht glauben. Vier Mal musste ich vortanzen, und jetzt bin ich tatsächlich für die Moulin-Rouge-Revue in Las Vegas ausgewählt worden!!! Wie toll, wie toll, wie toll! Nächste Woche reisen wir ab und fangen mit den Proben an. Ich kanns kaum abwarten. Ein paar von den anderen Mädchen kenne ich schon, aber es sollen noch mehr von überallher kommen. Ich bin so richtig stolz, und ich weiß genau, dass die Show gut wird. Ich habe mich heute im Spiegel angeguckt und zu mir gesagt: »Mädchen, du hast es zu was gebracht!«

Als sie dann in Las Vegas eingetroffen ist, um mit den Proben zu beginnen, schreibt Louise:

Eine Sache gibt es schon, die mir nicht gefällt. Wir wohnen in so Häusern, die sie extra für uns gebaut haben – Cadillac Arms heißen sie. Sie sind schön, und meine Mitbewohnerinnen Marva und Josie sind sehr lieb. Es macht uns viel Spaß, zusammen zu kochen, über unsere Kostüme zu reden und uns gegenseitig bei den Tanzschritten zu helfen, aber der Vertrag, den wir da unterschreiben mussten, der ist wirklich unglaublich. Ganz oben steht in dicken, fetten Buchstaben, dass wir keins der Hotels am Strip betreten dürfen. Nicht, dass wir Zeit dafür hätten, aber manchmal fühlt man sich wie im Gefängnis. Aber ich darf mich wahrscheinlich nicht beklagen. Die Proben laufen gut, und nächste Woche kommt auch die Band. Ich kann es gar nicht fassen: Es ist Benny Carter!!! Vielleicht – nein, daran denke ich lieber gar nicht, das bringt sonst Unglück.

Mai 1955 – Vielleicht hätte ich doch mehr drüber nachdenken sollen. Heute Nachmittag hatten wir die erste Probe zusammen mit der Band, und da war er, der süße Schatz Wardell, saß da in der Bläsergruppe, lächelte mich an und zwinkerte mir zu, richtig cool und so. Wir haben uns so lange nicht gesehen. Müde sieht er aus, und ich weiß genau, dass er immer noch mit demselben üblen Zeug zu tun hat wie in L.A. in der Central Avenue. Ich freue mich so doll, dass er hier ist, aber wir hatten noch keine Zeit, viel miteinander zu reden, und die Männer, die das Kasino leiten, sind viel zu freundlich zu mir, besonders dieser Anthony Gallio und sein Bruder. Ich lächle immer nur und höre mir seine Komplimente an, aber mit ihm wird es Probleme geben. Und ich muss vorsichtig sein. Ich weiß, dass er es nicht mag, wenn ich mit Wardell rede. »Konzentrier dich lieber auf die Bühne, Schätzchen«, hat er gestern zu mir gesagt. Schätzchen? Was *glaubt* er denn, woran ich denke? In zwei Wochen geht es los.

Die Band ist fantastisch. Benny Carter hat alle Kompositionen selbst geschrieben, aber jedes Mal, wenn ich vorbeitanze, sehe ich nur Wardell. Heute bin ich länger dageblieben, um die besonderen Stücke der Band und Wardells Solos anzuhören. Der süße Schatz kann wirklich spielen. Manchmal habe ich das Gefühl, er spielt nur für mich, aber ich weiß ja, dass das nie passieren wird. Er hat eine Frau und ein Baby. Sie müssen ihm fehlen. Gestern haben wir miteinander gesprochen, und er hat mich zum Kaffee eingeladen, und den kleinen Gedichtband, den er immer bei sich trägt, hatte er auch dabei. Manchmal fühlt es sich an, als wäre er der Lehrer und ich seine Schülerin. Mit mir redet er anders als mit den anderen Jungs in der Band und sagt mir, ich soll Bücher lesen.

Er hat zu mir gesagt, dass ich mich vor Gallio und den anderen Männern, denen das Kasino gehört, in Acht nehmen soll. »Hier ist nicht alles so, wie es nach außen hin scheint«, hat er mir gesagt. Als ich ihn gefragt habe, was das bedeutet, wollte er nicht weiter darüber reden, also habe ich nicht weiter gefragt. Ich glaube, ich weiß, was er meint.

Ich trinke meinen Kaffee aus und denke über diesen Eintrag nach. Was meint Wardell wirklich damit? Er war damals fast doppelt so alt wie Louise, hatte eine Menge Erfahrungen gesammelt – mit Benny Goodman, Basie, Earl Hines – und wusste daher, wie die Dinge liefen, besonders bei Clubs in Mafiahänden. Da er in Detroit gelebt hatte, musste Wardell in genügend solchen Läden gespielt haben. Außerdem war er schlau genug, um zu wissen, dass einem nichts passiert, wenn man sich schön an die Musik hält.

Ich wende mich wieder dem Tagebuch zu. Die nächsten Einträge führen hin zum Eröffnungsabend und bestätigen viele der Dinge, die Louise mir bereits erzählt hat. Dann kommt sie auf Wardells Tod.

> Donnerstag – Ich weiß nicht, wie ich es schreiben soll. Jemand rief hier bei uns zu Hause an und sagte uns, dass Wardell tot ist. Er wurde in der Wüste gefunden, und die Polizei hat Teddy Hale festgenommen. Ich wollte sofort rüber zum Club gehen, aber ich hatte Angst. Ich musste die ganze Zeit an Wardells Frau und das Baby denken. Als wir in den Club kamen, war es sehr still hinter der Bühne. Ich versuchte, aus einem der Musiker etwas herauszubekommen. Er sagte mir, dass Wardell an einer Überdosis gestorben ist.
>
> Freitag – Heute gab es eine Besprechung. Mr. Gallio und ein anderer Mann redeten mit allen aus der Show und sagten, dass es zwar schlimm wäre mit Wardell, aber dass wir hier einen Auftritt hätten, und den sollten wir gut machen und am besten gar nicht darüber reden. Wardell ist diesen Männern gleichgültig! Sie wollen nur Geld. So läuft es wohl in dieser Branche, aber es ist einfach nicht richtig. Sie haben schon einen anderen Saxofonspieler gefunden, Sonny Wells, Wardells Freund. Er sieht Wardell sogar ein wenig ähnlich, was es mir noch schwerer macht, die Band anzusehen, also

versuche ich einfach nur, meine Schritte hinzukriegen und mich ganz auf den Auftritt zu konzentrieren.

Sonny Wells. Jemand anderen so schnell aus Los Angeles kommen zu lassen, war wohl nicht möglich, aber ich kann mir vorstellen, dass Sonny mit den Arrangements für eine solche Revue seine Probleme hatte. Er war vor allen Dingen Jazzmusiker. Aber Benny Carter war sicher in der Lage, die Sache auszubügeln.

Ich weiß noch, wie jemand mal einen Jazzmusiker interviewte. »Können Sie Noten lesen?«, wollte der Journalist wissen.

»Nicht gut genug, um meinem Spiel zu schaden«, erwiderte der Musiker.

Wardells Tod war ganz offensichtlich ein Wendepunkt für Louise. Aus den noch folgenden Tagebucheinträgen ist die Begeisterung vollständig verschwunden, doch sie beginnt, ihre Umgebung aufmerksamer zu beobachten und versucht, das Gesehene zu registrieren und zu verstehen. Mitte Juni wird sie immer misstrauischer.

15. Juni – Ich kann es immer noch nicht fassen, dass Wardell nicht mehr da ist. Wie ich gehört habe, kam seine Frau her, um seinen Leichnam nach Los Angeles zum Begräbnis mitzunehmen. Nicht mal eine Trauerfeier, bei der wir von ihm Abschied nehmen können, aber alle aus der Show haben Geld für Blumen gegeben. Jetzt ist alles Routine. Die Reporter sind verschwunden, aber das Kasino ist immer noch jeden Abend brechend voll. Wenn ich mich so im Kasino umsehe, muss ich an etwas denken, was Wardell zu mir gesagt hat.

Heute Abend bin ich zusammen mit meiner neuen Freundin Elisabeth noch nach der Vorstellung dageblieben, und während wir uns unterhielten, sah ich Mr. Gallio und die anderen Männer in das Kassiererhäuschen des Kasinos gehen und mit Säcken herauskommen. »Da verschwindet das Geld«, sagte Elisabeth. »Und das machen sie jede Nacht.« Sie hat Recht, und sie muss es auch wissen, denn sie ist Blackjack-Croupier. Ich habe auch genau hingeguckt, und es stimmt. Ich verstehe das nicht. Wir bekommen jede Woche unsere Gage, etwas müssen sie also aufsparen, und dass die Band bezahlt wird, weiß ich auch, weil sich noch keiner beschwert hat. Aber irgendetwas stimmt da nicht. Ich weiß es genau.

30. Juni – Ich mag gar nicht mehr hier reinschreiben, ich habe zu viel gesehen. Mr. Gallio ist wieder hinter mir her, und sein Bruder Carlo auch. Sie wollen beide mit mir ausgehen. Nur zum Mittag- oder Abendessen. Von wegen. Marva und Josie haben jetzt beide einen Freund, aber sie meinen, ich wäre verrückt, dass ich mit den Gallios herummache. Warum ist er nur gerade auf mich verfallen? Ich weiß, dass er mich rausschmeißen lassen kann, wenn er will. Neulich abends habe ich mit Pappy Dean geredet, dem neuen Bassisten. Pappy war auch mit Wardell befreundet. Er sagt immer zu mir, ich soll die ganze Sache vergessen, aber wie soll ich das wohl tun? Sie holen hier immer noch jede Nacht das Geld heraus. Wo bringen sie es hin? Das kann einfach nicht mit rechten Dingen zugehen, aber ich weiß, dass ich nur den Mund zu halten und zu tanzen und hübsch auszusehen habe. Sonst wollen sie doch nichts von uns.

Die Eintragungen werden immer sporadischer, aber die Themen bleiben sich gleich. Wenn man zwischen den Zeilen liest, wird offensichtlich, dass Louise eine kurze Affäre mit Gallio hatte und dann entweder die Beziehung zu ihm abbrach oder Gallio ihrer überdrüssig wurde und zu neuen Eroberungen überging.

Gallio und sein Bruder und die anderen, die an der Unternehmung beteiligt waren, schöpften ganz offensichtlich tagtäglich Geld aus dem Moulin Rouge ab. Die Band zu entlohnen, war eine weise Entscheidung, weil sich dann niemand beschwerte oder öffentliche Aufmerksamkeit auf das lenkte, was sie da taten. Aber irgendetwas ging dann doch schief, und das Kasinohotel schloss ohne Vorwarnung.

> Ich kann nicht glauben, dass ich das wirklich schreibe, aber es ist aus. Die erste Vorstellung heute Abend lief wie gewohnt, dann gingen wir nach Hause. Marva hat gekocht, und wir saßen da und redeten über neue Kostüme, als das Telefon klingelte. Josie ging dran, und ihr Gesicht sagte uns, dass etwas nicht stimmte. Als sie auflegte, stand sie einfach nur da, als ob sie in Trance wäre oder so was. Und dann erzählte sie uns, dass der Club zu sei und wir keine Spätvorstellung mehr machen würden. Zuerst dachten wir, sie wollte uns auf den Arm nehmen, aber dann riefen wir bei den anderen Mädchen an, und alle hatten das Gleiche zu berichten.
>
> Die ganze Nacht haben wir herumgesessen und beratschlagt und gerätselt, wie lange es wohl geschlossen sein wird. Am nächsten Tag fuhren wir zum Moulin Rouge, um uns selbst davon zu überzeugen, und tatsächlich hing da ein Vorhängeschloss an der Tür. Was wird jetzt aus uns? Ein paar aus der Band versuchten reinzukommen, um ihre Instrumente herauszuholen, aber niemand war da. Keine Gebrüder Gallio, niemand. Nach ein paar Tagen wurde uns dann schließlich gesagt, dass der Club nicht wieder eröffnen würde und wir noch eine Woche Zeit hätten, unsere Wohnungen zu räumen.

Und das war das Ende. Weniger als ein halbes Jahr, und das Moulin Rouge war Geschichte und hatte Geschichte gemacht. Louise wusste gar nicht, an was sie da eigentlich Anteil gehabt hatte. Ein von Weißen geführtes Kasinohotel ohne Rassentrennung, das lange vor dem Busboykott in Alabama Furore gemacht hatte. Wie viel Geld konnte man in sechs Monaten aus einem solchen Unternehmen abschöpfen? Und in wessen Taschen floss es? In die von Gallio? Zurück nach Chicago zur Geldwäsche und Verwendung in anderen Geschäften?

Ich klappe das Tagebuch zu, reibe mir die Augen und lausche den letzten Klängen von Keith Jarrett, der sich durch *The Wrong Blues* müht und sich fast so anhört, als könne er den Ausweg nicht finden.

Ich weiß genau, wie er sich fühlen muss.

21

Als ich ums Haus gehe, ist Ace bereits wach, sitzt am Küchentisch, trinkt Kaffee und starrt hinaus auf den Pool. Ich schiebe die Terrassentür auf. »Hast du auch einen für mich?«

»Na klar«, sagt Ace. »Komm rein. Wo ist Natalie? Schläft sie noch?«

»Ja.« Ich hole mir einen Becher, fülle ihn mit Kaffee und setze mich zu Ace. Er schiebt mir einen großen braunen Umschlag über den Tisch zu.

»Das ist gestern für dich gekommen. Bei der ganzen Hektik – ich habs jedenfalls völlig vergessen.« Ich drehe ihn um. Die Handschrift von Cindy Fuller. Im Umschlag befinden sich mehrere Briefe – ein paar Rechnungen, Kontoauszüge, Werbung, nichts Wichtiges – sowie ein Gruß von Cindy.

> Lieber Evan,
> ich dachte, das hier könnte dich interessieren. Ich habe die Post für dich gesammelt, aber so wie es aussieht, scheint es ja in Las Vegas gut zu laufen. Deinen Brief habe ich erhalten. Evan, du brauchst dich nicht bei mir zu entschuldigen. Vielleicht stimmt unser Timing einfach nicht, vielleicht haben wir ja ein anderes Mal mehr Glück. Ich bin wie üblich viel unterwegs, die freundlichen Lüfte, du weißt schon, aber wenn du Lust hast, kannst du mich gerne anrufen, wenn du wieder da bist.
> Liebe Grüße, Cindy

Ich stecke alles zurück in den großen Umschlag und sehe Ace an. »Von Cindy«, sage ich, »schickt mir nur meine Post nach.«

Ace nickt. Er wirkt abwesend und besorgt. »Alles in Ordnung, Ace?«

»Ja klar. Heute hab ich Prüfungen.« Er trinkt einen weiteren

Schluck Kaffee und protestiert noch nicht einmal, als ich eine Zigarette anzünde. »Was ich dir sagen wollte, Evan: Wenn ich auch nur die leiseste Ahnung gehabt hätte, dass all das passieren würde, hätte ich dich nie um Mithilfe gebeten. Mein Gott, ich wollte doch nichts weiter als einen Vortrag für eine blöde Konferenz schreiben, damit ich vielleicht einen Buchvertrag kriege. Aber diese ganzen Ereignisse jetzt, ich weiß ja wirklich nicht.«

Ich sage nichts dazu, sondern lasse Ace Zeit, es auf seine Weise vorzubringen.

»Mein Leben hat immer aus Forschung, Vorträgen, Seminaren, Konferenzen und so weiter bestanden.« Er sieht mich an. »Ich meine, wie wirst du bloß damit fertig?«

»Ich weiß nicht, ob ich damit fertig werde, Ace. Als wir mit der Sache anfingen, wusste keiner von uns, wohin das Ganze führen würde. Das ist der Lauf der Welt, dafür kannst du nichts. Wenn man die Vergangenheit aufwühlt, kommen unerwartete Dinge zum Vorschein.«

Ace lächelt, als fiele ihm gerade etwas ein. »D. H. Lawrence hatte Recht. Warum legt sich die Vergangenheit nicht anständig ins Grab, anstatt darauf zu warten, von der Gegenwart angehimmelt zu werden? Der Gedanke ist mir schrecklich, dass ich verantwortlich dafür sein soll, all das ins Rollen gebracht zu haben.«

»Das bist du nicht, Ace, überhaupt nicht, so darfst du nicht denken. Wenn irgendjemand verantwortlich ist, dann der, der Wardell Gray umgebracht hat.«

Ich schiebe ihm Louises Tagebuch zu. »Kannst du mir einen Gefallen tun, Ace? Würdest du das hier bitte kopieren und die Kopie in deinem Büro aufbewahren?«

»Natürlich. Ist das das andere Tagebuch, von dem du gestern gesprochen hast? Steht was Interessantes drin?«

»Und ob, hochinteressant. Einiges davon kannst du vielleicht für deine Forschungen gebrauchen. Wie wichtig ist das Moulin Rouge als historisches Phänomen?«

»Äußerst wichtig, würde ich sagen. Läge Las Vegas in den Südstaaten, dann könnte man fast sagen, dass die Eröffnung des Moulin Rouge der Auftakt der Bürgerrechtsbewegung war.«

»Das klingt ganz nach den einleitenden Worten eines Vortrags. Louise schreibt hier drin, dass die Tänzerinnen laut Vertrag nicht mal auf die Vergnügungsmeile gehen durften.«

»Das wundert mich nicht. Das Moulin Rouge bot ihnen eine Unterkunft und bewies außerdem, dass Leute sich in der Öffentlichkeit in einer schwarz-weiß-gemischten Gruppe amüsieren konnten, ohne dass notwendigerweise ein Massenkrawall losging. Allmählich lockerten dann auch die anderen Hotels ihre Regelungen für schwarze Musiker. Mein Gott, steht das wirklich da drin? Könnte ich eventuell ein wenig in dem Tagebuch lesen?«

»Louise hätte sicher nichts dagegen. Was ist mit der Zeit nach der Schließung des Moulin Rouge?«

Ace antwortet: »Immer noch wichtig. Ich müsste in meinen Unterlagen nachsehen, aber ich glaube, es war im Frühjahr 1960, als die NAACP mit einem Protestmarsch auf dem Strip drohte, um die Integration zu erzwingen. Schließlich gab es ein Treffen der Vereinigung mit der Nevada Resort Association und dem Gouverneur. Das war damals Grant Sawyer. Es kam zu einem Vertrag, der schließlich zur Aufhebung der Rassentrennung auf dem Strip führte. Dieser Vertrag wurde verdammt noch mal im Moulin Rouge unterzeichnet.«

»Dann ist dieser Freundeskreis zum Erhalt des Moulin Rouge also ziemlich wichtig, was?«

»Und wie. Derzeit findet gerade eine Kampagne statt, das Moulin Rouge unter Denkmalschutz stellen zu lassen.«

Ein Verein, in dem Louise Cody Mitglied ist. Falls es Gallio gelingt, das Grundstück zu kaufen, wird das Moulin Rouge auf immer verschwinden. Ein weiterer guter Grund, Gallio Einhalt zu gebieten.

»Hier steht jedenfalls eine Menge drin, was du verwenden kannst.«

Ace grinst und boxt mich leicht in die Schulter. »Alle Achtung, das wird ein Wahnsinnsvortrag, was?« Bevor ich antworten kann, klingelt das Telefon an der Wand. Ace geht dran. »Ja, ja, er ist da. Einen Augenblick, bitte.« Ace reicht mir den Hörer. »Für dich. Jemand namens Breeze?«

Ich nehme den Hörer entgegen. »Breeze, wie gehts, wie stehts?«

»Ganz wunderbar, mein Freund, ganz wunderbar. Ich glaube, ich habe das gefunden, wonach Sie gesucht hatten. Hab sogar Kopien für Sie gemacht.«

»Und wann kann ich sie haben?«

»Also, um zehn habe ich einen Termin vor Gericht. Wie wäre es, wenn wir uns um elf treffen?«

»Und wo?«

»Im Coffee-Shop des Four Queens? Das ist in der Nähe des Gerichts.«

»Schön. Wir sehen uns dort.«

»Sie werden begeistert sein, Evan.«

Ich lege auf und drehe mich zu Ace um. »Sag nichts«, meint er und erhebt sich vom Küchentisch. »Ich muss zur Uni und überprüfen, wie gut ich am jungen Menschen gearbeitet habe.«

»Na schön. Bis später, Ace.«

Natalie ist aufgestanden, sieht aber in Bademantel und ungebürsteten Haaren noch etwas verschlafen aus. »Hast du Lust, The Breeze kennen zu lernen?«, frage ich sie.

»Das lass ich mir nicht entgehen. Eine Viertelstunde brauche ich noch.«

Während Natalie sich fertig macht, rufe ich Louise und Rachel an, aber bei beiden Nummern geht niemand dran. Ich habe den bohrenden Verdacht, dass Gallio sich nicht allein darauf verlassen wird, dass ich das Tagebuch beschaffe. Es ist gut möglich, dass er mit einer der beiden etwas vorhat. Besonders mit Rachel, auch wenn ich nicht mit Sicherheit sagen kann, ob er weiß, dass das Tagebuch in ihrem Besitz war. Bevor wir gehen, hinterlasse ich meine Nummer auf Louises Piepser.

»Wohin fahren wir?«, fragt Natalie, während ich den VW im Rückwärtsgang aus der Einfahrt fahre.

»Zuerst zum Four Queens, dann muss ich bei der Metropolitan vorbei und mit Trask sprechen. Coop wird vermutlich schon da sein. Außerdem will ich nach Rachel sehen.«

»Warum das?«, möchte Natalie wissen.

»Ich weiß auch nicht, nur so ein Gefühl. Ich würde sie gern in Sicherheit bringen, nur für den Fall, dass Gallio sie unter Druck zu setzen versucht.«

Ich gebe den VW beim Parkservice ab und ernte einen spöttischen Blick von der jungen Aufsicht, als ich ihm die Schlüssel überreiche. »Wir kommen gleich wieder.«

»Warten kann ich nicht«, sagt er und gibt mir den Parkschein.

Wir sind noch zu früh, deswegen versüßen wir uns das Warten auf Breeze mit dem Spezialfrühstück. Selbst zu dieser frühen Stunde ist im Kasino schon etwas los, und die Kenosüchtigen spielen sogar während des Frühstücks noch weiter.

»Ist heute dein Glückstag?«, fragt Natalie, während sie sich einen Kenoschein betrachtet.

»Ich glaube nicht.«

»Na komm schon, ein oder zwei Mal müssen wir spielen. Sag mir ein paar Zahlen.«

Mir fällt nur mein Geburtsdatum ein. »Siebenundzwanzig, neun, siebenundfünfzig.«

»Wunderbar. Dann hänge ich meins noch hintendran.« Mit schwarzer Wachsmalkreide markiert sie die Zahlen auf dem Schein.

»Welche Zahlen hast du?«

»Verrate ich nicht«, sagt sie und gibt den Schein einem Keno-Laufburschen, der im Coffee-Shop unterwegs ist.

Wir sind bei der zweiten Tasse Kaffee und dem dritten Spiel angelangt, als Breeze hereinkommt. Heute zeigt er sich im grauen

Anzug, dunkler Krawatte und mit einem ledernen Aktenkoffer in der Hand. Die einzige Reminiszenz an sein musikalisches Ich ist die Anstecknadel der Las Vegas Jazz Society, die er am Revers trägt.

»So einen nehm ich auch«, sagt er zu der Kellnerin, die in unserer Nähe herumläuft. Er streckt Natalie die Hand hin. »Jonathan Counts. Ich habe neulich sicher mit Ihnen telefoniert. Sie müssen Natalie sein.«

Natalie lächelt und gibt ihm die Hand. »Tag, Mr. Breeze.«

Breeze lächelt zurück. »Das bin ich nur im Radio. Heute bin ich Superanwalt. Tut mir Leid, dass ich zu spät bin«, sagt er zu mir. »Der Richter war sehr nervig und wollte unbedingt zu Ende verhandeln.«

Er stellt den Aktenkoffer auf den Tisch und lässt ihn aufschnappen. Er wühlt darin herum, zieht eine Aktenmappe hervor und überreicht sie mir. »Das ist für Sie, mein Freund. War gar nicht so einfach, wie ich dachte«, sagt er.

Ich blättere in der Akte, während The Breeze mir den Inhalt aufzählt. »Da drin finden Sie Lizenzanträge, Finanzübersichten, Grundbuchauszüge, Treuhandverträge. Unser Mr. Gallio ist ein viel beschäftigter Mann.«

Ich gehe den Stapel Fotokopien durch. »Ich habe jetzt keine Zeit, alles durchzulesen, Breeze. Was können wir aus all dem schließen?«

»Gallios Immobilienbesitz ist sehr ausgedehnt. Jedes Objekt für sich ist klein, aber zusammen genommen sind sie beeindruckend. Ihm gehört das Haus in Spanish Trail; dann hat er ein paar Apartmenthäuser, eine Reinigung, ist Miteigentümer eines Restaurants, außerdem besitzt er Land auf der West Side, wo er derzeit ein Einkaufszentrum errichten will.« Breeze legt eine kurze Pause ein, bis es bei mir angekommen ist.

»Es wurden Lizenzanträge für Gastronomie, Alkoholausschank und Glücksspiel gestellt, aber Gallio ist durch mehrere Mittelsmänner von den Anträgen entfernt. Das habe ich nach mehreren Anrufen bei einem Freund in der Glücksspiel- und Wettaufsicht herausbekommen. Das größte Objekt, das momentan zum Verkauf steht, ist – raten Sie mal? Das Moulin Rouge.«

»Er will es wieder eröffnen?«

Breeze schüttelt den Kopf. »Er will es abreißen und etwas Neues an der Stelle aufbauen, aber beim County ist er auf Widerstand gestoßen. Es gibt einen Interessenverband, dem auch der derzeitige Besitzer angehört, der das Rouge renovieren und unter Denkmalschutz stellen lassen will. Eine andere Hürde ist die Glücksspiel- und Wettkommission. Bei denen gibt es eine schwarze Liste, mit der die Bewerbung von Leuten aus dem organisierten Verbrechen für Glücksspiellizenzen verhindert werden soll. Sie haben allerdings nichts Konkretes gegen Gallio in der Hand, auch wenn sie wissen, dass er seine Verbindungen hat.«

Ich sehe die Blätter in dem Ordner durch und frage mich, wie der Glücksspiel- und Wettkommission wohl ein Blick in Louise Codys Tagebuch und eine Zeugenaussage gegen Little Tony und Karl gefallen würde. Noch besser würde es ihnen gefallen, wenn man Gallio mit den Todesfällen Sonny Wells und Buddy Herman in Verbindung bringen könnte.

»Wie viel braucht es, um Gallios Hoffnung auf eine Lizenz zunichte zu machen?«

Breeze zuckt die Achseln. »Nicht sehr viel. Die Glücksspiel- und Wettaufsicht ist heutzutage sehr vorsichtig. Vor ein paar Jahren war sie sogar hinter Jackie Gaughan her, und dem gehört eine ganze Latte Kasinos in Downtown. Blütenweiße Weste, untadeliger Ruf, aber vor der Aufsicht musste er trotzdem erscheinen.«

»Und ohne Lizenz?«

»Kann Gallio den Laden zumachen, bevor er überhaupt aufgemacht hat. Ohne Lizenz kann man kein Kasino betreiben. An was denken Sie?«

»Sag ich lieber nicht.«

»Ist mir auch lieber so. Eine Sache ist da noch.«

»Und die wäre?«

»Gallio mag sich zwar nach außen hin völlig legitim geben, aber negative Presse würde ihm bei seinen Leuten in Illinois fast genauso sehr schaden wie hier bei der Glücksspiel- und Wettaufsicht. Wissen Sie, wer Tony Spilatro war? Tony, die Ameise, der letzte Vertreter der Chicagoer Familie in Las Vegas, der dann zu sehr ins Rampenlicht geriet.«

Ich erinnere mich, dass Trask den Namen erwähnt hat.

»Er war einer von denen, die mit dem Gesicht nach unten in einem Maisfeld in Indiana gefunden wurden.«

Rachels Wagen steht vor dem Apartmentgebäude, als wir bei ihr in der Naked City vorfahren. Das ist ein gutes Zeichen, aber ich habe trotzdem das Gefühl, das etwas nicht stimmt. Natürlich wird Gallio sich nicht ausschließlich darauf verlassen, dass ich das Tagebuch freiwillig rüberrücke. Irgendwie wird er sich rückversichern. Nur, um ganz sicherzugehen.

Ich versuche, mir einzureden, dass ich Unrecht habe, aber es funktioniert nicht. Fast fünf Minuten vergehen, bis Rick endlich an die Tür kommt.

Rick in seinen abgeschnittenen Jeans ist wieder auf irgendwas drauf. Im Mundwinkel klebt ihm ein Rinnsal getrocknetes Blut. »Haut ab«, sagt er, »ihr bringt nichts als Ärger.«

Wir drängen uns an ihm vorbei in die Wohnung. Rick lässt sich auf das Sofa fallen. Er verschränkt die Arme vor der Brust und starrt uns mit glasigem Blick an. Der Couchtisch ist umgekippt, die Stühle ebenfalls. Vor dem Bücherregal liegen Kassetten verstreut.

»Was ist hier vorgefallen, Rick?«

Er sackt auf der Couch in sich zusammen. Ich richte ihn wieder auf und schüttle ihn. »Komm schon, Rick, wach auf. Wo ist Rachel?«

»Lass mich in Ruhe, Mann.« Er versucht, sich loszumachen.

»Du brauchst uns nur zu sagen, wo Rachel ist.« Natalie setzt sich neben ihn, um ihn aufrecht zu halten.

Er starrt sie mit einem Hundeblick an. »Mach, dass er mir nicht wehtut, ja?«

»Keiner will dir wehtun, Rick. Wir müssen nur herausfinden, wo Rachel ist.«

»Die haben mir wehgetan«, sagt er, starrt wieder mich an und versucht, mich zu erkennen.

»Wer, Rick?«

»Zwei Typen, wer sonst. Üble Kerle, und einer war ganz groß und hat mich auf den Boden geschmissen.«

»Tony und Karl«, sage ich zu Natalie. »Haben die zwei Rachel mitgenommen?«

»Ja, Mann.« Er sieht uns beide an. »Ich konnte nichts dagegen tun. Ich …« Sein Kopf kippt nach hinten auf die Sofalehne, und die Augen fallen ihm zu.

»Na komm«, sage ich zu Natalie. »Wenn er aufwacht, ist er wieder nüchtern.«

»Und jetzt?«

»Wir müssen mit Trask und Coop sprechen, dann heißt es warten.«

»Worauf?« Sie betrachtet wieder Rick.

»Auf den Anruf von Gallio.«

Tagebuch gegen Rachel, so wird die Sache laufen.

Nach Coop oder Trask brauchen wir nicht lange zu suchen. Sie warten schon bei Ace zu Hause auf uns.

»Rachel Cody ist verschwunden«, sage ich zu Coop. »Little Tony und Karl.«

»Wissen wir doch schon lange, Kumpel. Ihre Mutter hat bei uns angerufen. So etwas war zu erwarten.«

Ace, von der Invasion seines Hauses leicht aus dem Gleichgewicht gebracht, ist auch wieder da. Trask telefoniert, während ein anderer Detective auf dem Küchentisch ein Aufnahmegerät aufstellt. Trask bellt etwas ins Telefon und knallt den Hörer auf die Gabel.

»Horne, jetzt sind Sie dran. Gehen wir nach draußen.«

Ich folge ihm und Coop hinaus auf die Terrasse. Trask wirkt geschäftsmäßig, aber nicht verärgert. »Ihr kleiner nächtlicher Ausflug, Horne, hat der ganzen Sache eine neue Richtung gegeben.«

»Der Ausflug war nicht direkt meine Idee«, erinnere ich Trask. Coop sieht mich vieldeutig an. Glauben die etwa, mir macht das Ganze Spaß?

»Weiß ich«, sagt Trask. »Coop hat mir berichtet und einen hochinteressanten Vorschlag gemacht. Da Sie nun mal so tief drin stecken, können Sie uns auch helfen, Gallio dingfest zu machen.«

»Wie meinen Sie das?«

»Wenn er Rachel Cody entführt hat, wird er hier anrufen und höchstwahrscheinlich fordern, dass Sie als Überbringer beim Austausch auftreten. Das Tagebuch haben wir von Ihrem Freund, dem Professor, bekommen. Wir können den Austausch also durchführen und haben gleichzeitig etwas Greifbares gegen Gallio in der Hand. Sie waren als Einziger in letzter Zeit häufiger mit ihm in Kontakt. Es könnte also klappen.«

Ich blicke von Trask zu Coop. »Hört sich ja nicht so schrecklich attraktiv an. Was soll ich denn tun?«

»Die endgültige Entscheidung fällen wir nach dem Anruf, wenn wir wissen, was er vorhat. Sie sollen sich im Grunde nur auf einen Übergabeort einigen, und dann schnappen wir uns Gallio, sobald sie stattgefunden hat.«

Ich sehe erst Trask an, dann Coop. Beide wirken entschlossen. »Sie glauben doch nicht ernsthaft, dass Gallio selbst auftreten wird? Er ist viel zu schlau für so etwas.«

»Wird er schon, wenn du darauf bestehst«, sagt Coop.

»Genau«, pflichtet Trask bei. »Er will das Tagebuch. Ich verstehe auch, warum. Ich habe eben mal kurz reingeguckt.«

Ich werfe einen Blick zum Haus. Ich sehe Ace mit Natalie reden, während sie beobachten, wie das Aufnahmegerät ans Telefon angeschlossen wird. Ich hoffe nur, dass Ace eine Kopie gemacht hat.

»Und wie soll sich das abspielen? Gallio wird wollen, dass ich zu ihm nach Hause in Spanish Trail komme.«

»Ausgeschlossen«, sagt Coop. »Wir brauchen einen Ort, den wir einigermaßen absichern können.«

»Was meinst du mit einigermaßen absichern? Ich würde gerne mit heilen Knochen aus dieser Sache herauskommen.«

»Sie *und* Rachel«, erwidert Trask, »Gallio ist nicht so dumm, irgendetwas zu versuchen. Außerdem will er nur das Tagebuch. Also …«

»Ich weiß genau, wo der perfekte Ort ist«, sage ich.

»Ich weiß jetzt schon, dass ich dagegen bin«, meint Coop dazu.

»Wo?«, fragt Trask.

»In der Fashion Show Mall, während ich spiele.«

»Kommt nicht in Frage«, sagt Trask. »Ausgeschlossen.«

»Warum nicht? Es ist sehr belebt dort. In einem Einkaufszentrum voller Leute wird Gallio auf keine dummen Ideen kommen. Ich lege das Tagebuch so oben auf den Flügel, dass es gut sichtbar ist. Sie können Leute in Zivil hinschicken. Er kriegt das Tagebuch, wir kriegen Rachel, und ich bin von allen Seiten gut sichtbar.«

Trask brummelt und brütet.

»Gar nicht so übel«, sagt Coop. »Vielleicht könnten wir die Situation da besser kontrollieren als sonst irgendwo.«

»Aber Sie müssen Gallio davon überzeugen«, sagt Trask zu mir. »Und das tun Sie genau so, wie ich Ihnen sage.«

»Ich werde Gallio überzeugen. Kümmern Sie sich um den Rest.«

»Um wie viel Uhr spielen Sie?«

»Vierzehn Uhr. Meine Schicht dauert bis sechzehn Uhr.«

Trask sieht auf die Uhr. «Verdammt, da bleibt uns nicht viel Zeit.« Einige Minuten läuft er auf der Terrasse auf und ab. Coop zwinkert mir zu. Schließlich bleibt Trask stehen. »Na schön, warten wir ab, was Gallio sagt, und ob er überhaupt rechtzeitig anruft.«

Wir brauchen nicht mehr sehr lange zu warten. Die Schiebetür geht auf, und wir hören das Telefon klingeln. Ochoa winkt uns hinein.

»Los«, sagt Trask zu mir. »Gehen Sie dran.«

Ochoa drückt die Aufnahmetaste des Kassettengeräts, und ich hebe nach dem dritten Klingeln ab.

»Horne? Sie wissen ja sicherlich, wer dran ist?« Ich nicke Trask und Coop zu.

»Ja, weiß ich.«

»Dann wissen Sie auch, was ich will«, sagt Gallio, »und was Sie im Gegenzug für Ihre Kooperationsbereitschaft bekommen.«

»Sind Sie sich eigentlich im Klaren, dass Rachel möglicherweise Ihre Tochter ist?«, frage ich. Ich sehe, wie Coop und Trask hektisch abwinken und lautlos nein, nein, nein schreien.

»Meine was?« Einige Takte lang herrscht Schweigen, und mir schießt der Gedanke durch den Kopf, ob ich nicht vielleicht das falsche Thema angesprochen habe. Jetzt legt er auf. Ist ihm der Gedanke denn noch nie gekommen? »Ich bin Ihre Spielchen leid, Horne. Sie werden jetzt das Folgende tun. Sie kommen allein, ich betone das Wort, allein zur Haupteinfahrt von Spanish Trail, wo der Wachschutz sitzt, und …«

»Nein«, erwidere ich. »Sie wollen das Tagebuch, also kommen Sie zu mir.«

»Zu Ihnen kommen? Sie glauben, ich werde zu Ihnen nach Hause kommen?«

»Nein, das erwarte ich nicht, aber ich muss mich auch absichern. Seien Sie um fünfzehn Uhr mit Rachel in der Fashion Show Mall. Das Tagebuch wird oben auf dem Flügel liegen. Wenn Sie es zu Ihrer Zufriedenheit vorfinden, lassen Sie Rachel frei.«

»Tony und Karl werden es abholen«, sagt Gallio.

»Nein, entweder Sie, oder unser Geschäft ist gestorben. Wir wissen doch beide, wie sehr Sie das Ding wollen, Gallio, also kommen Sie es selbst holen.«

Eine weitere lange Pause entsteht, in der Gallio die Sache überdenkt. Ich lege die Hand über die Sprechmuschel und flüstere Trask zu: »Ich glaube, er spielt mit.«

Als Gallio wieder drangeht, ist seine Stimme ruhiger, kontrollierter, wie damals im Spago. »Also gut, Horne, ich werde da sein.«

»Ich meine nicht Little Tony und seinen Spielgefährten.«

»Ich auch nicht«, antwortet Gallio. »Fünfzehn Uhr. Horne?«

»Ja?«

»Sie ist nicht meine Tochter.« Er legt auf, und ich lasse den Hörer sinken. Ochoa hält das Band an.

Coop und Trask blicken mich an, als würde ich die Lottozahlen verkünden. »Und?«, fragen sie wie aus einem Mund.

»Er kommt. Um drei in der Fashion Show.«

»Sehr schön!«, sagt Trask und klatscht in die Hände. Er schnappt sich das Telefon und fängt an, Anrufe zu machen.

Coop sieht mich an. »Ganz schön großer Gig, den du da hast, Kumpel.«

Ace und Natalie haben sich das Schauspiel schweigend angesehen. »Ace, hast du vielleicht einen großen Umschlag, wo ich das hier rein tun kann?«, frage ich und zeige auf das Tagebuch, das auf dem Tisch liegt.

»Was?« Ace muss das Gefühl haben, er sei versehentlich auf dem Set einer Polizeiserie gelandet. »Ja, natürlich. In meinem Arbeitszimmer.«

Ich folge Ace in sein Arbeitszimmer, wo er einen großen, braunen Umschlag aus einer Schublade zieht. Ich stecke das Tagebuch hinein. »Die Kopie hast du ja gemacht, oder?«

»Ja sicher. Genau wie du gesagt hast. Die Kopie ist in einem verschlossenen Aktenschrank in meinem Büro an der UNLV.«

»Wunderbar, danke, Ace. Bald ist alles überstanden.«

In der Küche telefoniert Trask immer noch, Ochoa schreibt etwas auf einen Block. Coop und Natalie unterhalten sich leise. »Sie kommt mit mir mit«, sagt Coop, »Trask schickt Polizisten in Zivil hin, aber du wirst nicht wissen, wer sie sind.«

Trask legt auf, erhebt sich und sieht wieder auf die Uhr. »Okay, es ist alles arrangiert. Sie sitzen einfach nur da und spielen schön Klavier, verstanden?«

»Und das sagt er nicht nur so«, unterstreicht Coop. »Ganz egal, was sonst abläuft.«

»Keine Bange«, sage ich. »Ich werde Ihnen nicht die Schau stehlen. Ich zieh mich jetzt um.« Ich nehme das Tagebuch mit, ziehe mein Pianisten-Outfit an und mache einen Anruf. Als ich mit dem im braunen Umschlag versiegelten Tagebuch wieder erscheine, sind die anderen bereits weg.

»Willst du mit dem Jeep fahren?«, bietet Ace mir an.

»Nein, ein unauffälliger VW-Käfer ist für diese Art Ausflug wahrscheinlich besser geeignet. Drück mir die Daumen, Ace.«

Mit Frack und Tagebuch in der Hand gehe ich hinaus zum Wagen, werde von der Hitze beinahe erschlagen und fühle mich völlig fehl am Platze mit meiner schwarzen Hose. Ich werfe das Tagebuch auf den Beifahrersitz und frage mich, was Brent Tyler wohl dazu sagen würde, wenn er wüsste, dass seine Mall gleich von Undercover-Polizisten und Figuren aus dem organisierten Verbrechen überrannt wird, die sich treffen, um ein Entführungsopfer zu übergeben.

Besonders, weil das Ganze unter der Regie eines Pianisten abläuft.

22

Ochoa sichte ich in der Nähe des Eiscremestandes, wo er eine Eiswaffel leckt und unbeteiligt auszusehen versucht. Seine Augen sind überall. Coop und Natalie sitzen bei der Cappuccino-Bar, zwei Pappbecher vor sich auf dem Tisch, und blicken in meine Richtung. Trask sehe ich nicht.

Wir haben uns kurz auf dem Parkplatz getroffen, um die letzten Details abzusprechen und noch mal meine Rolle durchzugehen. Wo ist er? Draußen, in Funkkontakt mit den Polizisten? Jeder der Kunden, die mit Einkaufstüten am Flügel vorbeikommen, könnte einer von Trasks Leuten in Zivil sein. Ich bin froh, dass ich nicht weiß, wer oder wo sie sind.

»Das Ganze soll so unauffällig wie möglich ablaufen«, hatte Trask gesagt. Mit Nachdruck hatte er hinzugefügt: »Sie bleiben am Klavier sitzen, komme, was wolle.« Oder darunter, denke ich. Tony und Karl werden sicherlich bewaffnet sein. Ein Risiko wird Gallio nicht eingehen. Er will nur das Tagebuch und einen sauberen Abgang.

Ich blicke sicher zum zehnten Mal auf die Uhr. Immer noch fünfzehn Minuten. *These Foolish Things* fällt mir ein. Kein allzu schlecht zum Anlass passendes Stück. Ich spiele, lächle den vorbeigehenden Kundinnen zu und versuche, mich auf die Musik zu konzentrieren.

Von wo wird *er* kommen? Die Rolltreppe hinter mir herunter? Er könnte auch durch Robinson's May hindurch zur Rolltreppe gehen. Oder durch die Glastüren, die sich im Gastronomiegeschoss auf den Parkplatz hin öffnen, oder am völlig entgegengesetzten Ende der Mall im Ober- oder Untergeschoss? Es gibt eine Menge Möglichkeiten.

Natürlich werden sie einzeln auftreten, Tony und Karl wahrscheinlich mit Rachel. Gallio wird den Flügel von der gegenüber liegenden Seite ansteuern. Ich blicke auf die Tasten. Sollte ich nach dem heutigen Tag jemals wieder spielen, werde ich diesen Flügel sicherlich nie mehr mit den gleichen Augen anschauen.

Um zehn vor drei sichte ich Pappy Dean in Sporthemd, Freizeithose und mit seinem allgegenwärtigen Panamahut. Er kommt von rechts vom Parkplatz her herein. Seine Augen sind hinter einer dunklen Sonnenbrille verborgen. Mit einer schnellen Kopfbewegung sieht er sich um, nickt mir zu und begibt sich dann zum Pitastand, wo er etwas bestellt.

Ich werfe Coop einen Blick zu. Er hat Pappy nicht bemerkt, aber Natalie hat ihn gesehen, das weiß ich. Sie sieht mich fragend an. Ich zucke die Achseln. Es ist nicht so, als würde ich Trask und seinen Männern nicht vertrauen, aber irgendwie ist es doch beruhigend, Pappy in der Nähe zu wissen. Vielleicht brauche ich einfach die Jazz-Connection. Als ich ihm am Telefon sagte, was mir durch den Kopf ging, herrschte Schweigen am anderen Ende, dann: »Ich komme.«

Dass Natalie auch dabei ist, finde ich nicht so toll, aber sie hat darauf bestanden und Trask hat schließlich nachgegeben.

Ich spiele weiter und wünsche mir, die Samtkordel um den Flügel herum würde ein wenig mehr Schutz bieten. Ich leite zu einem langsamen Blues über und zähle im Geiste die Minuten bis fünfzehn Uhr.

Mitten im ersten Chorus stellt Coop seinen Kaffeebecher ab und starrt über meine Schulter hinweg auf eine Stelle hinter und oberhalb von mir. Gallio? Coop sieht Natalie an und fragt sie etwas, aber sie wirkt ratlos. Das muss ich selbst sehen und drehe mich leicht auf der Klavierbank.

Da steht er sehr aufrecht auf der fahrenden Stufe, für mich nur von der Taille an aufwärts sichtbar, gleitet ins Untergeschoss und sieht die Einkaufspassage an, als sei er noch nie hier gewesen.

Zuerst denke ich, ich bilde mir das Ganze ein. Ich habe einen Fehler gemacht. Gallio hat seinen Bruder Carlo geschickt.

Ich blicke wieder zu Coop und nicke. Er sagt etwas in das winzige Mikrofon des Funksprechgerätes an seinem Revers. Ich lasse den Blick durch die Mall gleiten. Ist der Typ mit der Tüte von Dillard's einer von Trasks Männern? Er sieht mich unverwandt an, während er die Tüte auf dem Boden abstellt.

Direkt mir gegenüber im oberen Stockwerk sehe ich Tony und Karl an der Buchhandlung um die Ecke kommen. Zwischen ihnen ist Rachel. Ich bin zu weit von ihr entfernt, um ihren Gesichtsausdruck erkennen zu können. Die drei bleiben an der Brüstung stehen, um den Gastronomiebereich und mich unter ihnen überblicken zu können. Rachel hält sich ein wenig im Hintergrund. Braves Mädchen. Karl wirkt nervös und blickt mehrmals über die Schulter. Tony ist durch und durch cool, ihm macht das Ganze vermutlich Spaß. Ich hoffe nur, dass die beiden neben ihnen Leute von Trask sind.

Aus dem Augenwinkel sehe ich, wie Carlo Gallio auf der Rolltreppe unten ankommt. Unsicher betritt er festen Boden, blickt in Richtung Flügel und kommt auf mich zu. Er erreicht die Samtkordel und bleibt stehen. Er zögert, geht dann um die Absperrung herum, erblickt den Umschlag oben auf dem Flügel und sieht mich erwartungsvoll an.

Ich beende den Blues abrupt und schlage die ersten paar Takte von *Laura* an. Carlo lächelt fast unmerklich und nickt. Er langt nach dem Umschlag und wiegt ihn in der Hand. Ich werfe einen schnellen Blick nach oben. Sie verfolgen jede seiner Bewegungen. So weit, so gut.

Ungeschickt versucht Carlo Gallio, den Verschluss des Umschlags zu öffnen. Er bekommt ihn auf und fasst hinein, zieht das Tagebuch heraus und streckt es nach oben, damit Tony es sehen kann, während ich weiterspiele. Coop steht auf und bewegt sich zurück hinter die Tische. Ich versuche ihm mit den Augen zu bedeuten, das er nach oben gucken soll. Durch den Überhang des oberen Stockwerks ist ihm die Sicht auf Tony und Karl versperrt.

»Guten Tag, Horne, schön, dass Sie wieder da sind«, sagt Brent Tyler, der von links auf mich zukommt. Er sieht Carlo an, dann mich. »Was geht hier vor sich? Wer ist dieser Mann? Tut mir Leid, Sir«, sagt er zu Gallio, »Sie müssen hinter der Absperrung bleiben.«

In genau diesem Augenblick klingelt Tylers Handy. Er langt in seine Gesäßtasche. Durch Brents heftige Bewegungen verwirrt lässt Gallio das Tagebuch fallen und sieht mich an.

»Verschwinden Sie, Brent«, sage ich.

»Was?«

Gallio bückt sich nach dem Tagebuch und drängt sich an Brent Tyler vorbei. »Hey«, stößt Brent Tyler aus, als er gegen den Flügel fällt. »Was zum Teufel ist hier los?«

Gallio umklammert das Tagebuch fest und bleibt unten an der Rolltreppe stehen. Dann geht er an ihr vorbei und verschwindet in dem Robinson's-May-Laden. Der Mann mit der Einkaufstüte, den ich vorher bemerkt hatte, folgt ihm. Ochoa geht in kurzem Abstand hinterher.

Ein paar Leute an den Tischen haben das Ganze mitverfolgt, sind aufgestanden und zeigen auf uns. Über mir sehe ich, wie das Paar an der Brüstung hinüberrutscht und mit Rachel im Schlepptau abzieht, wobei es die größer werdende Menschenmenge benutzt, um Tony und Karl abzublocken. Coop rast bereits die Treppe hoch.

Ich merke gar nicht, dass ich immer noch spiele. Ich höre auf, weil ich das Gefühl habe, im Kino zu sitzen. Brent Tyler drückt wie ein Wilder die Tasten seines Telefons und glotzt mich an.

»Ich verstehe überhaupt nicht, was hier vor sich geht, Horne«, sagt er. Dann ins Telefon: »Wachschutz? Runter in den Food-Court, aber dalli. Himmel Herrgott!« Seine Augen suchen das Obergeschoss, wo jemand aufgeschrien hat. Karl hat seine Waffe gezückt und hält sie über den Kopf.

Coop hat Tony beinahe überwältigt. Er packt ihn, doch Karl bricht in Panik aus. Er bemerkt zwei Männer in grünen Blazern, die auf das Geländer zustürzen, beide mit Walkie-Talkies in der Hand. Er weicht den Wachmännern aus und springt über Coop und Tony, die zu Boden gegangen sind. Coop legt Tony Handschellen an.

Karl kommt die Treppe heruntergerast, wobei er einige Kunden umreißt. Aufgebrachte Stimmen, als er Leute beiseite stößt. Er kommt geradewegs auf das Piano zu. Brent Tyler sieht ihn kommen, lässt sein Handy fallen und rennt weg, aber Karl verlangsamt sein Tempo nicht einmal. Ich stehe auf und versuche, so viel Flügel wie möglich zwischen mich und Karl zu bringen.

Er rennt an mir vorbei und auf den Ausgang zum Parkplatz zu, wohin er es auch beinahe geschafft hätte, wäre da nicht Pappy, der sich ihm in den Weg stellt, um ihn abzufangen. Karl weicht nach links aus, aber Pappy stellt ihm ein Bein, und er fällt hin. Die Waffe fliegt Karl aus der Hand und schlittert über den Boden. Bevor er sich halbwegs aufrappeln kann, schubst Pappy ihn gegen die Glastür. Karl landet mit dem Kopf zuerst in der Scheibe. Sie zersplittert durch den Aufprall zwar nicht, aber ein Spinnennetz aus Sprüngen durchzieht das Glas. Karl prallt ab und bleibt stöhnend liegen.

Urplötzlich erscheinen zwei andere Undercover-Polizisten und legen ihm Handschellen an, bevor er aufstehen kann. Pappy hebt die Pistole auf und richtet sie auf Karl. Ich öffne den Mund, um zu schreien, aber kein Laut dringt heraus. Karl reißt die Augen auf. Die reglosen Polizisten starren in den Lauf der Pistole. Pappy lächelt Karl zu, visiert ihn einige Sekunden lang über die Waffe hinweg an, lässt sie dann sinken und übergibt sie einem der Männer, die Karl festhalten. Ich stoße den Atem aus, den ich angehalten habe.

Coop führt Tony die Treppe hinunter. Der funkelt mich an, als er am Flügel vorbeikommt, aber Coop schiebt ihn auf den Ausgang zu. Die aufgewühlte Menschenmenge diskutiert das Geschehen laut. Als alles so weit unter Kontrolle zu sein scheint, taucht auch Brent Tyler wieder auf und beruhigt die Kundenansammlungen. Inzwischen ist noch mehr Sicherheitspersonal eingetroffen, das den Zugang zum Parkplatz abgeriegelt hat.

Vollkommen cool und gelassen kommt Pappy zum Flügel geschlendert. »Danke, dass Sie mir Bescheid gesagt habe, Mann. Das hatte ich mir nicht entgehen lassen wollen. Das sind doch die Kerle, die Sonny fertig gemacht haben, oder?«

»Kann sein, Pappy, kann sein. Sie haben mich da gerade 'n bisschen zum Schwitzen gebracht.«

Er nickt. »Das, was Sie am Telefon gesagt haben. Gut möglich, dass es stimmt. Und selbst wenn nicht: Das ist jedenfalls meine Meinung dazu.« Er richtet sich auf, als Ochoa mit Carlo Gallio, der zerbrechlich und erschöpft wirkt, aus dem Kaufhaus kommt. Am Flügel bleibt Gallio stehen, sieht mich noch einmal an, dann richtet sich sein Blick auf Pappy Dean.

Er hält das Mikrofon an die Kehle. »Einen Moment, bitte«, sagt er mit der mechanischen Stimme, von der ich sogar hier in der Mall Gänsehaut bekomme, zu Ochoa. Er und Pappy starren sich mehrere Augenblicke lang an. Pappy bemerkt das Kehlkopfmikrofon, die mechanische Stimme. Blitzartig erkennen die beiden sich, und siebenunddreißig Jahre scheinen gegenstandslos zu werden. Gallio dreht sich um und sieht mich an, bevor er abgeführt wird.

Pappy starrt Gallio einige Sekunden lang hinterher, dann wendet er sich mir zu. »Ich schulde Ihnen was, und zwar ganz gewaltig«, sagt er. Er schlägt mit der flachen Hand oben auf den Flügel. »Und denken Sie an heute Abend. Ich habe alle angerufen, die ich kenne, sie sollen es weitersagen. Wenn die nicht auftauchen, müssen sie mir Rede und Antwort stehen.« Kopfschüttelnd geht er davon.

Natalie kommt zu mir an den Flügel. »Mein Gott, ich glaube, jetzt bewerb ich mich wirklich fürs Jurastudium. Das war ein bisschen zu aufregend!« Sie blickt Pappy hinterher. »Wieso war er hier?«

»Ich habe ihn angerufen.«

»Warum?«

»Wegen etwas, was du neulich gesagt hast. Ich habe auch noch mehr im Tagebuch gefunden. Ich glaube, dass du Recht hast. Rachel ist vermutlich Pappys Tochter.«

Während die Menschenmenge sich auflöst und alles wieder halbwegs in den Normalzustand zurückkehrt, gesellen sich Coop und Trask zu uns. Brent Tyler bahnt sich ebenfalls den Weg, vermutlich auf der Suche nach seinem Handy. Er öffnet den Mund, um etwas zu mir zu sagen, aber ich komme ihm zuvor.

»Ich weiß, Brent. Ich bin entlassen.«

Im Metropolitan Hauptquartier habe ich das Gefühl, an einer abschließenden Lagebesprechung teilzunehmen. Rachel ist wohlbehalten zu Hause bei Louise, es wurde nicht geschossen, Tony, Karl und Carlo Gallio sitzen in Untersuchungshaft, aber Trask ist dennoch nicht zufrieden, als er mich in einem der Verhörzimmer ausfragt.

»Horne, Sie haben die Tagebücher vertauscht«, sagt er zu mir. »Gegen Carlo Gallio liegt absolut gar nichts vor, und sein Anwalt steht gleich auf der Matte. Der ist zum Abendessen wieder daheim.« Trask schlägt mit der Faust auf den Tisch. »Ich will bloß hoffen, dass Sie nicht wussten, dass Anthony Gallio nicht kommen würde.«

»Ich hatte keinen blassen Schimmer, aber jetzt ergibt es natürlich einen Sinn. Carlo hat seit Jahren praktisch nicht mehr das Haus verlassen, und er weiß, dass Sie nichts gegen ihn vorliegen haben.«

Trask nickt und pflichtet mir seufzend bei. »Carlo Gallio hat sich nichts weiter zu Schulden kommen lassen, als einen Umschlag mitzunehmen, den wir ihm sowieso geben wollten. Wir haben ihm nichts Belastendes vorzuwerfen. Little Tony und Karl können wir wegen tätlicher Bedrohung, illegalen Waffenbesitzes, Entführung und vielleicht sogar versuchten Totschlags drankriegen, vorausgesetzt, Sie und Natalie sind bereit, als Belastungszeugen auszusagen.«

»Ich denke, darauf werden Sie zählen können, John«, antwortet Coop. Er sieht mich an und grinst. »Hab ich Recht, Kumpel?«

»Ich glaube, ich weiß, wie wir Gallio ebenfalls kriegen oder zumindest aus dem Versteck locken können. Rachel haben wir zurück, aber Gallio wird sehr bald merken, dass er das falsche Tagebuch hat, und davon wird er nicht begeistert sein.«

»Und woran wird er das merken?«, fragt Trask.

»Wenn Sie Carlo nach Hause schicken, geben Sie ihm das Belastende mit. Ich habe es im Auto.«

»Weiter«, sagt Trask. Coop lächelt.

»Wenn Sie Tonys und Karls Festnahme an die große Glocke hängen und so viel Presseaufmerksamkeit wie möglich auf sie und ihre verwandtschaftlichen Bande daheim in Illinois lenken, wird man in Chicago oder wo auch immer gar nicht zufrieden mit Gallio sein. Mit Tony Spilatro waren sie sehr unzufrieden, richtig?«

Dafür ernte ich einen perplexen Gesichtsausdruck von Coop, dann sehen er und Trask sich an.

»Ich darf Ihnen eins sagen: Wenn Sie wirklich wüssten, wer und was Anthony Gallio ist«, erwidert Trask, »würden Sie nicht hier sitzen und von diesem Plan erzählen.«

»Ich will gar nicht mehr wissen, als ich bereits weiß. Aber ich will, dass Gallio aus dem Verkehr gezogen wird.« Ich erkläre Trask die Bemühungen um die Renovierung des Moulin Rouge und Gallios Kaufinteresse und seine Bewerbung um eine Glücksspiellizenz. »Am Anfang ging es nur um die Erforschung von Wardell Grays Tod. Der wird wohl ein Geheimnis bleiben. Falls es je eine Akte gab, dann ist sie zusammen mit Buddy Herman im Lake Mead untergegangen, aber die Veröffentlichung dieses Tagebuchs wird sicherlich ausreichen, um Gallio die Hoffnung auf eine Lizenz zu versauen und die Verkäufer abzuschrecken.«

»Und wie schaffen wir das, wenn Gallio das Tagebuch hat?«

»Ich habe eine Kopie an einem sicheren Ort. Sie lassen Gallio einfach nur wissen, dass der Inhalt der Kopie in der Zeitung steht, falls er sich muckst und versucht, auch nur eine Eigentumswohnung zu kaufen.«

Trask und Coop starren mich einige Takte lang an. Trask bricht schließlich das Schweigen. Er sieht Coop an und fragt ihn: »Woher kommt dieser Typ bloß?«

»Ist doch was dran«, sagt Coop. »Wir könnten Carlo einen entsprechenden Brief mitgeben.«

»Oder ich könnte ihn anrufen«, biete ich an.

»Nein!«, brüllen beide gleichzeitig.

Ich halte die Hände hoch und ergebe mich. »Ist ja gut, Sie werden das Kind schon schaukeln.« Ich bin auf einmal sehr müde. »Kann ich jetzt gehen?«

Trask seufzt. »Ja, ich denke schon. Später brauche ich noch eine detaillierte Aussage zu Tony und Karl, und Sie werden noch mal zur Vernehmung bei der Anklageerhebung hier anreisen müssen; aber jetzt können Sie gehen.«

»Wir sehen uns später«, sagt Coop. »Natalie wartet draußen.«

Ich stehe auf und gebe Trask die Hand. »Gar nicht schlecht gemacht, Horne«, sagt er. »Schade, ich hätte Ihnen mit Wardell Gray weitergeholfen. Und bei dem Typ aus der Mall könnte ich sicher auch ein gutes Wort für Sie einlegen. Wie hieß er schnell wieder? Tyler?«

»Ist schon gut, danke. Mir reicht es erst mal mit der Kaufhausberieselung, und was Wardell Gray angeht, hat Coop vielleicht doch Recht. Vielleicht sollte man die Vergangenheit nicht wieder ausgraben.«

Eine heiße Dusche, etwas zu essen, ein nettes Gespräch mit Ace, und ich fühle mich wieder ganz gut.

Ace hat die Sache im Einkaufszentrum in den Achtzehn-Uhr-Nachrichten gesehen, aber er möchte eine vollständige Berichterstattung, die Natalie und ich ihm liefern.

»Und was ist mit der Kopie des Tagebuchs?«, will er wissen.

»Die behältst du, Ace. Kannst sie gern für deine Konferenz verwenden. Wann findet die übrigens statt?«

»Im September«, sagt Ace. »Ich würde mich sehr freuen, wenn ihr zwei dabei sein könntet.«

»Ich werde mich bemühen, Ace.«

»Dann heißt das also, dass ihr abreist?«

Ich sehe Natalie an. »Ja, dieser Gig ist vorbei, und ich hab nicht mal meine zwei Wochen Kündigungsfrist gekriegt.«

»Tja, ich muss Seminararbeiten korrigieren. Nach alldem wird die Uni ganz schön öde sein.«

Natalie und ich gehen langsam zurück in unser Apartment. Für uns beide sind noch eine Menge Fragen offen. Sie wird weiter arbeiten gehen, zumindest fürs Erste. Ich weiß nicht, was als Nächstes für mich auf dem Programm steht. Wieder Gruppentherapie und Krankengymnastik? Es wird langsam langweilig, und ich werde eine Entscheidung treffen müssen, was ich mit meinem Leben anfangen will.

Ich brüte über diese Gedanken nach, dann springe ich plötzlich auf.

»Mein Gott, beinah hätte ichs vergessen.«

»Was denn?«, fragt Natalie.

»Eine Sache müssen wir noch erledigen. Komm, wir müssen los.«

»Oh, Evan, können wir nicht einfach hier bleiben? Wo gehen wir hin?«

»Wirst du gleich sehen.«

Ich könnte wetten, dass der Parkplatz des Pogo's noch nie so voll gewesen ist. Wo die normalen Stellplätze nicht ausgereicht haben, stehen die Autos eingekeilt in schrägen Winkeln, also parke ich ein Stück weiter weg. Die Musik ist schon zu hören, bevor wir überhaupt an der Tür sind. Im Fenster hängt ein handgeschriebenes Plakat:

Als ich die Tür aufmache, fließt uns eine Welle Jazzmusik entgegen, die momentan gerade von einem kleinen, muskulösen Tenorsaxofonisten in Jeans und einem T-Shirt mit Dexter Gordons Gesicht darauf angeheizt wird. Mit gebeugten Knien, geschlossenen Augen und herunterströmendem Schweiß wiegt er sich vor und zurück, während Pappy Dean und die Rhythmusgruppe ihn durch die Akkordwechsel von *Just Friends* jagen.

Natalie und ich bahnen uns einen Weg nach drinnen. An der Theke stehen sie vier Mann tief und überbrüllen mit ihren Bestellungen das Getöse. Sämtliche Tische und Sitzecken sind gestopft voll, und einige, die keinen Sitzplatz gefunden haben, haben sich auf dem Boden niedergelassen. Die Klimaanlagen und Deckenventilatoren arbeiten auf höchsten Touren, aber es scheint, als sei es hier drin noch heißer als draußen.

Natalie und ich drängeln uns bis ans Ende der Theke vor und quetschen uns seitlich neben das Podium. Ich schnappe mir eine leere Bierflasche vom Tresen und halte sie hoch. Der Barmann bemerkt mich schließlich, und ich zeige ihm zwei Finger. Jemand gibt mir die Biere, und ich werfe einen Fünf-Dollar-Schein rüber und winke ab, dass ich kein Wechselgeld haben will.

Beim Aufbranden von Applaus drehen wir uns um. Der Tenorsaxofonist beendet seinen Chorus, nickt den Zuschauern zu und tritt ab. Links vom Podium bewegt sich die Schlange von Saxofonisten – sieben zähle ich – ein paar Schritte weiter auf die Band zu, Kannen am Halsband, lecken Blättchen an und fingern nervös an den Klappen herum.

Pappy zeigt auf einen von ihnen, einen bohnenstangendürren Schwarzen mit Baseballkappe, knallrotem Hemd und dunkler Hose. Er steigt aufs Podium und flüstert Pappy etwas zu, der nickt und dann dem Schlagzeuger und dem Pianisten zuruft. Am Ende des nächsten Chorus verstummt die gesamte Rhythmusgruppe und lässt den Tenoristen seine Geschichte allein erzählen.

»Um das hier geht es doch, um nichts anderes, stimmts?«, sagt Natalie. Ich nicke, lächle ihr zu und richte meine Aufmerksamkeit auf Pappy. Er schnappt sich ein Handtuch von seinem Verstärker, trocknet sich das Gesicht ab und schluckt ein Bier herunter. Schlagzeuger und Pianist tun dasselbe, dann zünden sich beide eine Zigarette an und lauschen den mitreißenden Saxofonklängen. Pappy lässt den Blick durch den Saal gleiten, bemerkt meinen Blick, grinst und winkt in Richtung der wartenden Saxofone. Jeder will etwas für Sonny Wells spielen. Über dem Podium hängt ein Spruchband mit den Worten SONNY ZUM GEDENKEN! Ein übergroßer Brandyschwenker zu Füßen des Pianisten ist voll gestopft mit Geld.

»Das ist ja Wahnsinn!«, schreit Natalie mir ins Ohr. Der Tenorsaxofonist kommt gerade zum Ende seines zweiten Solochorus, deswegen kann ich sie kaum verstehen. Getränke und Zigaretten werden abgesetzt, als sich die Rhythmusgruppe für ihren Einsatz bereitmacht. Der Tenorspieler bläst noch zwei Chorusse. Bisweilen klingt es fast wie ein Schrei. Hört, was ich kann, sagt er. Dann dreht er sich halb zu Pappy um, reckt die Faust in die Luft, und sie bewegen sich auf den Schluss des Stückes zu. Als der Drummer das Ganze mit einem letzten Schlag auf die Becken zum Abschluss bringt, sind die Leute bereits aufgesprungen, schreien und klatschen.

Pappy legt Trouble vorsichtig auf den Boden und geht zum Mikrofon, wobei er sich das Gesicht wieder mit dem Handtuch abwischt. Seine Anzugjacke hat er ausgezogen, die Krawatte gelockert. »Schon gut, schon gut, jetzt beruhigt euch wieder«, kommandiert er. Er wartet kurz, bis es einigermaßen still geworden ist und er fortfahren kann. »Diese Rhythmusgruppe hier braucht eine Pause, aber wir wollen nicht vergessen, wem diese Nacht gewidmet ist. Wir sind gleich wieder da. Wir ihr seht, haben wir heute Abend jede Menge heißer Saxofone, also geht nicht weg.«

Wieder Applaus, dann blickt Pappy in meine Richtung und sagt:

»Ich sehe hier jemanden, der unseren Pianisten gut mal ablösen könnte, falls wir ihn hier hochbekommen, damit er ein bisschen spielt.« Pappy grient wieder und zeigt auf mich.

Natalie berührt mich am Arm. »Willst du spielen?«

»Sieht so aus, als bliebe mir nichts anderes übrig.« Ich trinke einen Schluck Bier und sehe mich im Lokal um. Eine Menge Leute sehen in meine Richtung, während Pappy sich einen Weg durch die Menge zu uns bahnt.

»Unglaublich, was, Mann«, sagt Pappy. »So einen Wahnsinn hat Pogo's noch nie gesehen. Ich hab Ihnen gesagt, dass ich sie herkriege.« Ein großer, schlanker Mann mit dunkler Sonnenbrille, T-Shirt, Shorts und Sandalen gesellt sich zu uns.

»Komm, Mann, lass uns draußen 'ne Runde drehen, bevor du spielst«, sagt er. Er klopft auf seine Hosentasche und lächelt.

Pappy sieht ihn durchdringend an. »Verpiss dich, Juni.« Der Mann, den er Juni genannt hat, zuckt die Achseln und verschwindet in der Menge am Tresen.

»Dass Sie mir nicht mit dem mitgehen«, sagt Pappy. »Der hat das Scheißzeug, das Elvis umgebracht hat.« Er legt mir die Hände auf die Schultern. »Na, kommen Sie, Mann, spielen Sie einen für Sonny. Ich weiß, dass Sie das können. Wenn irgendwas schief geht, kommen wir und helfen Ihnen.«

»Ich weiß nicht, Pappy, die Stimmung ist gerade so gut.«

»Hörn Sie auf, Mann, erzählen Sie mir nicht diesen Mist. Spielen Sie schon, Mann, spielen Sie.« Er nimmt mich am Arm und zieht mich auf das Podium zu.

Pappy führt mich zum Klavier, und ich setze mich an das alte, verschrammte Piano. Ich spreize die Finger und starre die Tasten an, die ich so gut kenne, während Pappy sich das Mikro schnappt. »Applaus bitte«, sagt er zum Publikum. »Evan Horne, ein wahrer Freund von Sonny Wells.«

Schwacher Applaus ertönt, dann wird es merkwürdig still im Saal. Ich blicke die Decke an und suche im Geiste nach etwas, das ich spielen könnte. Für Sonny Wells fällt mir nichts ein als der Blues. Fats Wallers *Black and Blue* kommt mir in den Sinn. Ich beginne mit einer langsamen, linkshändigen Figur, schlage dann mit beiden Händen Akkorde an und bewege mich durch die Melodielinie mit ihrer tiefen, innewohnenden Traurigkeit.

»Du sagst es«, meint jemand aus dem Publikum. Eine andere Stimme murmelt: »Oh ja. Sprich mit uns.« Ich weiß nicht, von wem das kommt. Mit gesenktem Kopf beginne ich mein Solo, zumeist Blockakkorde, Töne vermischen sich, rasend schnelle Läufe, da spüre ich den ersten Schmerz meinen Arm durchzucken. Aber ich spiele einfach weiter, und beim dritten Chorus sind die Schmerzen verschwunden. Wenn das hier das letzte Mal sein soll, dann kann ich auch alles geben.

Plötzlich habe ich Pappys Bass im Ohr, der mit mir voranschreitet, kraftvolle, tiefe Töne, die zwischen meinen Noten hindurchklingen. »Ich bin nicht da, um zu helfen«, sagt Pappy, als er sich zu mir vorbeugt. »Ich will nur bei diesem Trip mit dabei sein.«

Beim nächsten Chorus steigt der Drummer mit einem Art-Blakey-artigen Presswirbel ein, der als Flüstern beginnt und sich dann zum Crescendo steigert, mit dem er uns in den nächsten Chorus katapultiert. Ich spüre seinen Trommelstock auf den Becken, mit dem er hinter mir treibt und drängelt. Ich lehne mich ein wenig zurück auf der Bank, schüttle die rechte Hand aus und stürze mich dann wieder auf die Tasten, während ich die Akkorde mit der Linken weiterspiele. Rhythmisch schlage ich die Tasten an und hole Melodien aus mir heraus, die ich selbst nicht erkenne, aber so schön es auch ist, so gut es sich auch anfühlt: Meine Hand verkrampft sich und kann jeden Moment schlappmachen. Und wieder ist der Schmerz da, um mich zu verfolgen.

Ich werfe Pappy einen Blick zu, der die Saiten seines Basses zupft und mich vollkommen unterstützt. Ich brauche Hilfe. Als wir zum Ende des Chorus kommen, nicke ich ihm zu und lasse eine Welle Applaus über mich hinwegspülen. Jetzt ist Pappy dran.

Pappy, über seinen Bass gebeugt, braucht keinerlei Hilfe. Mit der Linken gebe ich ihm die Akkordwechsel vor, schüttle die Finger der Rechten aus und höre den Besen des Schlagzeugers zu, die die kleine Trommel streicheln. Vielleicht bringe ich das Ganze doch noch zu einem rühmlichen Abschluss.

Pappys Solo geht dem Ende entgegen, und er beginnt den Heimweg. Ich bereite mich gerade auf das Finale vor, als ein anderer Tenorsaxofonist das Podium erklimmt und einsteigt. »Davon musste ich unbedingt auch was haben«, sagt er. Für mich sind es jetzt bis zum Ende nur noch Blockakkorde, als er und ich uns mit Kadenzen abwechseln. Ich ringe mir einen letzten Lauf ab, dann zeigt Pappy den Schlussakkord an. Erst da bemerke ich das Publikum, das in Geschrei und Applaus ausbricht.

Pappy beugt sich zu mir vor und sagt: »Weiße Jungs können vielleicht nicht springen, aber den Blues spielen können sie schon.« Er lacht und schlägt bei mir ein, dann gebe ich meinen Platz am Klavier auf.

»Heiß war das, Baby«, sagt der Pianist zu mir, als wir die Plätze tauschen. »Heiß!«

Alles fühlt sich so gut an – der Club, das Spielen, die Kameradschaft mit den Musikern. Aber als ich vom Podium springe, um zurück zu Natalie zu gehen, bleibe ich stehen und drehe mich nach dem Piano um. Eine Welle der Trauer überkommt mich, weil ich weiß, dass es vielleicht das letzte Mal war.

Coda

Professor Charles Buffington ist vor dem Barrick Museum der UNLV von Kollegen umringt. Er genießt die Aufmerksamkeit, lächelt, schüttelt Hände, nimmt Glückwünsche entgegen – wie ich sehe, sogar von seiner Nemesis aus dem Fachbereich Anglistik. Auszüge aus Aces Vortrag haben offensichtlich schon die Runde gemacht, eine Verfahrensweise, die laut Ace bei diesen Konferenzen gang und gäbe ist. Insbesondere, weil er dem Dekan ein Exemplar unter der Hand hat zukommen lassen.

Ich fühle mich ein wenig fehl am Platze, aber ich habe versprochen, dass ich kommen würde, zumindest zum Auftakt der Konferenz. Ace bemerkt mich und löst sich von der Gruppe.

»Was sagst du dazu, Evan? Nun bin ich doch noch berühmt geworden.«

»Glückwunsch, Ace. Du hast es dir verdient.« Ich freue mich, ihn so richtig glücklich zu sehen.

»Und das ist noch nicht mal alles. Ich habe dem einen Lektor, den ich kenne, einen Projektvorschlag zugefaxt. Heute Morgen rief er an. Vielleicht kriege ich einen Buchvertrag mit einem recht angesehenen Universitätsverlag.« Er runzelt ein wenig die Stirn. »Der meinte, ich müsste dem Ganzen irgendeinen bescheuerten, hochakademischen Titel geben, aber es wird das, was ich will: ein Buch über das Moulin Rouge und Wardell Gray. Für mich ist es ein eher interdisziplinäres Projekt, aber mein Fachbereich kann es nicht ignorieren. Gehaltserhöhung und Beförderung zum ordentlichen Professor sind auf jeden Fall drin.«

Ich zeige auf Aces Rivalen. »Selbst dein Freund da scheint drauf abzufahren.«

»Ach, alles nur schöner Schein. Er will nur die Lorbeeren dafür ernten, dass er mein Vorgesetzter ist. Wahrscheinlich heckt er schon irgendeinen Plan aus, wie er mir meinen Buchvertrag kaputtmachen kann. Der kann mich mal. Soll ers doch ruhig versuchen.

Ich habe ein paar Strippen gezogen und für nächstes Frühjahr ein Urlaubssemester bewilligt bekommen, damit ich Zeit habe, an dem Buch zu arbeiten.«

»Immer mit der Ruhe, Ace. Ihr Akademiker seid ja bösartiger als die Agenten der Plattenindustrie.«

»Nicht alle. Wie ist deine Zeugenaussage gelaufen?«

»So gut, dass die Anklagejury die Eröffnung des Hauptverfahrens gegen Karl und Little Tony beschlossen hat. Die Todesfälle Sonny Wells und Buddy Herman sind nach wie vor ungelöst, aber Trask wird die Akten noch nicht schließen.«

»Wie steht es mit Gallio?«

»Als ihm klar wurde, dass eine Kopie des Tagebuchs existiert, hat er sich aus allem zurückgezogen, und Trask zufolge hat er einige Reisen nach Chicago antreten müssen. Man ist dort nicht glücklich über ihn. Er hat eine Menge zu erklären.«

Ace nickt. »Tja, du hast getan, was du tun konntest, und bei diesem Vortrag hast du mir auf jeden Fall sehr geholfen. Komm, gehen wir rein.«

Ich folge Ace in das Auditorium und setze mich ziemlich weit hinten hin. Als ein kleiner, schlanker Mann, der Konferenzleiter, die Bühne betritt, um die Redner vorzustellen, verstummen alle.

»Vielen Dank, dass Sie heute Nachmittag so zahlreich erschienen sind. Ich hoffe, dass niemand deswegen Veranstaltungen ausfallen lassen musste, aber wenn doch, dann kann ich Ihnen versichern, dass es die Sache wert sein wird.« Er legt eine kurze Pause ein, bis sich das höfliche Geschmunzel wieder gelegt hat, und fährt fort. »Wir freuen uns sehr, die Konferenz mit dem Vortrag eines Kollegen aus unserem eigenen Fachbereich Anglistik eröffnen zu können. Wir hoffen, dass Sie Ihren Aufenthalt hier in Las Vegas in der Stadt und auf dem Campus genießen werden. Genug der Vorrede, jetzt möchte ich Ihnen Professor Charles Buffington vorstellen, den wir für diesen Vortrag ausnahmsweise einmal vom Tennisplatz locken konnten.«

Höflicher Applaus, während Ace auf die Bühne zuschreitet, als wäre er ein Schauspieler, dem jetzt der Oscar verliehen wird. Sein schwarzer Anzug sieht ein bisschen verknittert aus, aber so trägt man ihn wohl in akademischen Kreisen. Er ordnet sein Manuskript vor sich, rückt die Brille zurecht und beginnt mit dem Vortrag.

»Dieser Vortrag ist das Ergebnis recht intensiver Forschungen und, sollten Sie es in den Lokalzeitungen verfolgt haben, auch recht intensiver Polizeiarbeit. Ich für meinen Teil freue mich darüber, Universität und Bevölkerung so erfolgreich zusammenarbeiten zu sehen. Ich bin der Überzeugung, dass wir der Öffnung des Elfenbeinturms ein gutes Stück näher gekommen sind.«

Ace macht eine kurze Pause, um seinen Bemerkungen Nachdruck zu verleihen und dem Dekan einen bedeutungsschweren Blick zuzuwerfen. Ich muss es zugeben: Ace weiß, wie man den Saal anheizt, und außerdem weiß ich, dass er sich blendend dabei amüsiert.

»Bevor ich zu meinem Thema komme«, fährt er fort, »möchte ich es nicht versäumen, einem guten Freund zu danken, bei dem ich für die Unterstützung bei meinen Forschungen in großer Schuld stehe. Ich glaube, er sitzt dort hinten. Mr. Evan Horne.«

Ich stehe nicht auf, winke Ace aber zu. Neugierige Gesichter wenden sich mir zu und versuchen vermutlich zu erraten, wo sie mich schon einmal gesehen haben könnten. Ob sie mich wohl für ein Mitglied der Dozentenschaft halten?

»Der Titel dieses Vortrags lautet ›Moulin Rouge, Las Vegas‹«, fährt Ace fort. »Als Erstes möchte ich einige Begriffe erklären, die im gesamten Vortrag vorkommen werden und einigen von Ihnen unbekannt sein mögen. So werden zum Beispiel mit dem Begriff ›Tenoristen‹ in der Jazzsprache die Tenorsaxofonspieler bezeichnet…«

Ich stehe auf und schlüpfe zur Tür hinaus. Ich kenne den Vortrag schon und habe die Fotos gesehen, die Ace zusammengetragen hat. Wardell würde sich freuen, denke ich, wenn er wüsste, dass er Gegenstand einer akademischen Konferenz ist und der Hauptredner über ihn geschrieben hat.

Ich überquere den leer gefegten Campus, um den Mietwagen zu holen. Gleich muss ich Natalie einsammeln. Wir werden zusammen zurück nach Los Angeles fliegen. Als ich die Treppe heruntergehe, komme ich an einem Wachschutzmann vorbei.

»Ist Ihnen das Wetter auch heiß genug?«, begrüßt er mich.

»Ich weiß ja nicht«, antworte ich. »Mir kommt es heute wesentlich kühler vor.«

Der Wachmann lacht. »Sie müssen sich mittlerweile an die trockene Hitze gewöhnt haben.«

Gewöhnt wäre der falsche Ausdruck, aber der September bietet doch eine zarte Andeutung von Herbst. Die schlimmste Sommerhitze ist überstanden. Wie versprochen bin ich zurückgekommen, um bei der Anklageerhebung gegen Tony und Karl auszusagen. Die zwei werden sitzen, und Anthony Gallios Pläne für das Moulin Rouge sind ein für alle Mal Makulatur.

Louise und Rachel Cody sind wieder vereint, und als ich das letzte Mal mit ihr sprach, berichtete Louise mir, dass der Eintrag des Moulin Rouge in das nationale Verzeichnis historischer Denkmäler praktisch Realität sei. Sie und Pappy sehen sich häufig.

Natalie hat einen Studienplatz in Jura bekommen, und wir sind immer noch dabei, unsere Beziehung zueinander auszuloten. Es läuft gut. Die Wochen, die ich zu Hause in meiner Wohnung in Venice verbracht habe, haben Zeit zum Nachdenken geboten. Ich habe wieder mit der Physiotherapie begonnen. Ich kann das Klavierspielen einfach nicht lassen. Sogar Cindy Fuller steht voll hinter mir.

Ich steige in den Wagen und fahre zum Strip, um Natalie abzuholen, aber an der Ampel an der Flamingo Road, Ecke Paradise, fällt mir etwas ein. Eins möchte ich noch sehen. Ich fahre durch Downtown hindurch und halte in der Nähe des Moulin Rouge an. Noch ein letzter Blick. Ich denke an den Eröffnungsabend 1955 und frage mich, ob wir diese Art Ereignis jemals wieder erleben werden. Wahrscheinlich nicht.

Dann fahre ich vom Kasino aus einige Meilen nach Norden, an die richtige Stelle, wie ich glaube.

Ich fahre an den Straßenrand, steige aus und betrete ein leeres Grundstück in der Nähe eines Tankstellenshops. Der Müll liegt immer noch auf der leeren Erd- und Sandfläche – zerdrückte Colabecher, Sandwichpapiere, wild wucherndes Unkraut; sogar der einsame LKW-Reifen ist nicht verschwunden.

Einige Meter von der Straße entfernt bleibe ich ganz still stehen und lausche. Das hier ist die Stelle, an der Wardell Grays Leichnam gefunden wurde. Ich lausche wieder. Auf was? Geister? Den schwachen Klang eines Saxofons? So viele Gedanken gehen mir durch den Kopf, doch hier gibt es keinen Gedenkstein für einen Tenorsaxofonisten. Nichts als den Wind, der Müll durch die Wüste bläst, und die Geräusche des vorbeirauschenden Verkehrs. Ich fasse in die Tasche, berühre den neuen Gummiball und drücke ihn.

Bis dann, Wardell. Die Jagd geht weiter.

Bill Moody

Bill Moody wurde 1941 in Kalifornien geboren. Nach vier Jahren bei der Luftwaffe studierte er am Berklee College of Music in Boston. Doch es hielt ihn nicht länger im Hörsaal, und er tat sich mit dem Pianisten Junior Mance und dem legendären Sänger Jimmy Rushing zusammen. Im Sommer 1968 war Moody mit dem Gustav Brom Jazz Orchester als Gast-Schlagzeuger beim Internationalen Jazzfestival in Prag und wurde dort von der Invasion des Warschauer Pakts überrascht. Nach zwei weiteren Jahren in Europa, in denen er mit Maynard Ferguson, Jon Hendricks und Annie Ross auf Tour war, kehrte er nach Los Angeles zurück, um mit dem Sänger Lou Rawls und später mit dem Pianisten Earl Hines zu spielen. In den folgenden Jahren spielte Moody in den Hotel-Kasinos von Las Vegas. In dieser Zeit begann er auch, für Zeitschriften wie *Jazz Times, The Armchair Detective* sowie *Popular Culture Journal* zu schreiben, und gab *The Magazine of Las Vegas* heraus. Nebenbei machte er seinen Masters in Englischer Literatur an der University of Nevada. Acht Jahre lang arbeitete er als Jazz-DJ für den Radiosender KUNVFM. Moodys erste publizierte Erzählung war *The Resurrection of Bobo Jones* in der Anthologie *B Flat, Bebop, Scat.* Zu seinen Short Storys gehören *The Rehearsal, Jazzline* (in *Ellery Queen's Mystery Magazine*) und *Grace Notes. The Jazz Exiles: American Musicians Abroad* basiert auf seinen Erfahrungen in Europa. Seit Mitte der Neunzigerjahre schreibt er auch seine Evan-Horne-Romane mit dem Jazzpianisten und Ermittler Evan Horne.

Neben dem Schreiben gibt Bill Moody Kompositionsunterricht an der Sonoma State University und tritt immer wieder in Jazzclubs auf. Darüber hinaus arbeitet er als Jazzredakteur für den Hörfunk. Bill Moody lebt heute in San Francisco.

Bibliografie

Solo Hand (1994, dt. *Solo Hand*, 2001); *Death of a Tenor Man* (1995, dt. *Moulin Rouge, Las Vegas*, 2002); *The Sound of the Trumpet* (1997); *Grace Notes*, in: *Blue Lightning* (hg. v. John Harvey, 1998); *Bird Lives!* (1999), *Looking for Chet Baker* (2002).

Tod eines Kasinos
von Bill Moody

Wo auch immer man sich heutzutage befindet, Las Vegas ist allgegenwärtig. Die Convention-and-Visitors-Behörde zeigt unermüdlich und weltweit Präsenz im Fernsehen und in den Printmedien. Das erstaunt nicht, wenn man bedenkt, dass der Bau neuer Hotels wie des ›Aladdin‹ bis zu 1,3 Milliarden Dollar kostet. Aber hinter dem Glanz und Glamour und dem Versprechen, sich zu vergnügen wie noch nie im Leben, hinter dem Strip, da verstecken sich die Geheimnisse dieser Stadt, die selten enthüllt werden.

Ein solches Geheimnis umgibt ein Hotel, dessen Eröffnung so viel Aufmerksamkeit erhielt, wie sich die Megahotels nur erträumen können. Das war vor fünfundvierzig Jahren, und es geschah weit weg vom Strip. Dieses Hotel gibt es immer noch, es sieht heute ein wenig verloren und vernachlässigt aus, aber irgendwie gelingt es ihm, dem Schicksal des ›Sands‹ zu entgehen oder dem des ›Landmark‹ und des ›Hacienda‹. Es liegt ein wenig abseits der Touristenpfade auf der West Bonanza, aber als es eröffnet wurde, zierte es das Titelbild des *Life*-Magazins.

1955 war das Vorhaben, ein gemischtes Hotelkasino zu eröffnen, ein gewagtes Unternehmen, denn das Zusammenleben der Rassen in Las Vegas unterschied sich in nichts von dem in Alabama. Dorothy Dandridge oder Sammy Davis Jr. durften zwar auf den Bühnen von Las Vegas auftreten, aber sie durften den Swimmingpool nicht benützen und schon gar nicht in einem Hotel am Strip übernachten. Das ›Moulin Rouge‹ sorgte nicht nur für erstklassige Unterhaltung, es beherbergte auch schwarze und weiße Hotelgäste.

Bei der Eröffnungsgala wurde nichts dem Zufall überlassen. Im ganzen Land wurden die schönsten afroamerikanischen Mädchen gesucht für die luxuriöse Show. Der Schwergewichtschampion Joe Louis führte durch den Abend, und Nat King Cole, Judy Garland und Frank Sinatra waren unter den Ehrengästen. Benny Carter wurde verpflichtet, eine All-Star-Band zusammenzustellen, zu der auch der Saxofonist Wardell Gray gehörte. Die Eröffnungsnacht war so glamourös wie eine Filmpremiere.

Aber das Unternehmen stand von Anfang an unter einem schlechten Stern. In der zweiten Nacht tauchte Gray, einer der jungen hoffnungsvollen Jazzstars, der schon in den Bands von Count Basie und Benny Goodman gespielt hatte, nicht mehr auf für die zweite Show. Später wurde seine Leiche in der Wüste nicht weit vom Kasino gefunden. Obwohl die Band und das Ensemble erschüttert waren, schenkte die Öffentlichkeit diesem Todesfall wenig Aufmerksamkeit. Und noch weniger die Polizei der Aufklärung.

Trotzdem wurde das ›Moulin Rouge‹ ein enormer Erfolg. Alle, die nach der Mitternachtsshow der anderen Hotels noch weiter feiern wollten, gingen dorthin. Dann, nur sechs Monate nach der pompösen Eröffnung, schloss das ›Moulin Rouge‹ plötzlich seine Tore, die Besitzer erklärten Bankrott, und die Lichter gingen aus.

Das Hotel spielte weiterhin eine Rolle in Las Vegas, jedoch nicht die ursprünglich vorgesehene. Wäre Las Vegas eine Stadt in den Südstaaten gewesen, so glauben viele, hätte die Eröffnung des ›Moulin Rouge‹ den Beginn der Bürgerrechtsbewegung signalisiert. Dass das ›Moulin Rouge‹ ein historischer Meilenstein war, wurde nochmals deutlich, als 1960 die *National Association for the Advancement of Colored People* mit einer Demonstration auf dem Strip drohte, um die Aufhebung der Rassentrennung zu erreichen. Die Mitglieder der NAACP trafen sich mit den Hotelbesitzern und dem damaligen Gouverneur Grant Sawyer im ›Moulin Rouge‹, dabei wurde eine Erklärung unterzeichnet, die zur Aufhebung der Rassentrennung auf dem Strip führte.

In den folgenden Jahren, durch mehrere Besitzerwechsel bis hin zum gegenwärtigen Besitzer Bart Maybie, gab es immer wieder Aufrufe und Kampagnen, um das Hotel wieder im alten Glanz erstrahlen zu lassen. Nichts davon wurde in die Realität umgesetzt, aber die Stadtregierung hat kürzlich Maybies Plänen, das Hotel zu renovieren, zugestimmt. Möglicherweise wird es tatsächlich wieder eröffnet.

Dank dem Engagement von Menschen wie Dee Dee Jasmin, die früher im Showroom tanzte, konnte die *Gesellschaft zur Erhaltung des Moulin Rouge* den Abriss bisher verhindern und die Eintragung in das *National Register of Historic Landmark* erreichen.

Die Bar bleibt weiterhin geöffnet, und manchmal finden Veranstaltungen im Bankettsaal statt. Vor ein paar Jahren nahm ich selbst an einem solchen Anlass teil, dem vierzigsten Jahrestag der Eröffnung des Hotels. Nur wenige Gäste waren da, aber bei der Gelegenheit konnte ich wieder einen Blick in den alten Showroom werfen – er wurde als Abstellraum benutzt.

Warum wurde das ›Moulin Rouge‹ nach einem so fulminanten Beginn geschlossen? Niemand weiß es genau, aber finanzielle Schwierigkeiten, schlechtes Management und Druck von Konkurrenzunternehmen gelten als mögliche Gründe.

Und Wardell Gray? Was mit ihm geschah, bleibt ebenfalls bis heute ein Geheimnis. (aus: *Las Vegas Life*, Januar 2000)

Nachbemerkung: Die glanzvolle Wiedereröffnung hat immer noch nicht stattgefunden. Das ›Moulin Rouge‹ funktioniert nach wie vor nur als Bar.

Diskografischer Tipp: Die berühmten Aufnahmen von Wardell Gray, darunter auch *Twisted* und das geheimnisvolle *Lavonne,* finden sich auf der schönen *Memorial Edition*, Vol. 1 und 2, bei Prestige OJCCD-050-2 und -051-2 (P-7009).

Die Übersetzerin

Anke Caroline Burger studierte Amerikanistik und Filmtheorie an der Freien Universität Berlin und der University of Texas. Sie übersetzt seit sieben Jahren Romane und Kurzgeschichten mit den Schwerpunkten Frauenliteratur und amerikanische Minderheitenliteratur. Sie lebt und arbeitet heute in San Francisco, USA, einer der ersten wahrhaft multikulturellen Städte der Welt.

metro – Spannungsliteratur im Unionsverlag

»Die metro-Bände gehören auf jeden Fall zum Besten, was derzeit an so genannter Spannungsliteratur zu haben ist.« *Michaela Grom, Südwestrundfunk*

Guillermo Arriaga *Der süße Duft des Todes*
In einem kleinen Dorf in Mexiko entsteht aus Lügen eine Wahrheit, von der niemand verschon bleibt. »Mit seinem Nebeneinander von furioser Leidenschaft und kühl sezierender Analyse sucht dieser Krimi seinesgleichen.« *Abendzeitung*

Mongo Beti *Sonne, Liebe, Tod*
Zam, der Journalist, hat Sorgen: Leiche in der Wohnung, Freundin entführt, Überfälle. »Ein schwelgerisches Buch, bunt mäandernd zieht es uns in seinen Bann.« *Sächsische Zeitung*

Blue Lightning
Ohne Musik wäre das Leben ein Irrtum. »Es kommt nicht oft vor, dass der unterhaltsamste Krimi des Jahres eine Sammlung von Kurzgeschichten ist.« *London Times*

Pierre Bourgeade *Das rosa Telefon*
In den Labyrinthen des Telefonsex: »Eine frivol und mit laszivem Zungenschnalzen servierte Story, die in ein überraschendes Finale mündet.« *Neue Luzerner Zeitung*

R. Bradley, S. Sloan *Temutma*
Ein blutdürstiger Mörder macht Hongkong unsicher. »Mystery mit Biss: eine schnörkellos erzählte X-Akte made in China – gruselig, philosophisch, spannend.« *Brigitte*

Jerome Charyn *Der Tod des Tango-Königs*
»Mehr als nur einen Thriller: das visionäre Porträt einer Stadt, in der sich der gesamte irrationale Wahnsinn des globalen Zeitalters konzentriert.« *Robert Brack, schwarze taz*

Driss Chraïbi *Inspektor Ali im Trinity College*
Ein Fall für Inspektor Ali, den genialen Detektiv aus Casablanca, der kombiniert wie Sherlock Holmes und daherkommt wie ein marokkanischer Bauer.

Pablo De Santis
Die Übersetzung; Die Fakultät
»Der eigentliche Star der Erzählung ist die Sprache. Es ist nicht nur literarisch anspruchsvoll, sondern auch vergnüglich, zu lesen, wie die Sprache zum Stoff und Motor des Geschehens wird.« *Jazz Zeit*

Garry Disher *Drachenmann*
»Ein Krimi-Juwel. Das Buch liest sich packend bis zur letzten Seite.« *Dresdner Neuste Nachrichten*

Jon Ewo *Torpedo; Rache*
»Das organisierte Verbrechens agiert, als habe nicht der Staat, sondern die Mafia das Gewaltmonopol.« *Stuttgarter Zeitung*

Santiago Gamboa
Verlieren ist eine Frage der Methode
In Bogotá gerät der Journalist Silanpa in einen Strudel aus Traum und Albtraum. »Ein raffinierter Großstadt-Krimi – spannend bis zur letzten Seite.« *Der Spiegel*

Alicia Giménez-Bartlett *Hundstage; Boten der Finsternis; Gefährliche Riten*
»Originell, melancholisch und voll Weisheit, was die Unvollkommenheit des Menschen angeht. Inspectora Petra Delicado und Subinspector Fermín Garzón passen zusammen wie Feuer und Wasser.« *Der Standard*

Friedrich Glauser *Schlumpf Erwin Mord; Matto regiert; Die Fieberkurve; Der Chinese; Die Speiche; Der Tee der drei alten Damen*
»Der Glauser mit dem gläsernen Herzen – noch heute sieht man beim Lesen seiner Kriminalgeschichten ungehindert in diesen klaren, wahren Kern hinein.« *Vogue*

Chester Himes *Die Geldmacher von Harlem; Lauf Mann, lauf!; Der Traum vom großen Geld; Fenstersturz in Harlem; Heiße Nacht für kühle Killer; Plan B*
»Wer Chester Himes' Krimis liest, taucht ab ins tiefste Harlem ... Hier harrt ein Klassiker seiner Entdeckung.« *Annabelle*

metro – Spannungsliteratur im Unionsverlag

Jean-Claude Izzo
Total Cheops; Chourmo; Solea
»Izzo war für Marseille, was Malet für Paris, Hammett für San Francisco, Jerome Charyn für New York war. Als er starb, das war, als habe die Stadt ihr Gedächtnis verloren.«
Süddeutsche Zeitung

Stan Jones *Weißer Himmel, schwarzes Eis; Gefrorene Sonne*
»Stan Jones lässt uns in die Seele der Ureinwohner Alaskas schauen.« *Johannes Kaiser, Hessischer Rundfunk*

Yasmina Khadra *Morituri; Doppelweiß*
»Kommissar Llob ist praktizierender Muslim trotz des Missbrauchs seiner Religion durch eiskalt kalkulierende Fanatiker. Er weiß, dass ein Menschenleben das höchste Gut ist, auch wenn er auf sein eigenes keinen Pfifferling gibt.« *Robert Brack, die tageszeitung*

Brian Lecomber *Letzter Looping*
»Brian Lecomber macht aus Flugzeugen und Piloten, was Dick Francis aus Pferden und Pferderennen macht.« *New York Times*

William Marshall *Manila Bay*
Battling Mendez, der legendäre Kampfhahn, auf Spurensuche. »Dieses Buch ist Schwindel erregend, verrückt, exzentrisch und exzessiv.«
Los Angeles Times

Bill Moody
Solo Hand; Moulin Rouge, Las Vegas
Was haben Jazz und das Aufklären von Verbrechen gemeinsam? Die Kunst der Improvisation! »Zwischen jeder Zeile klingt wunderbarer Jazz durch.« *Badische Zeitung*

Christopher G. Moore
Haus der Geister; Nana Plaza
»Konsequente Action, meisterhafte Sprache, authentischer Schweiß aus Bangkok, dazu angelsächsischer Humor at its best.«
DeutschlandRadio

Walter Mosley
Socrates in Watts; Socrates' Welt
Nach siebenundzwanzig Jahren im Knast will Socrates ein ordentlicher Mensch werden. »Ein Buch mit dem Blick von unten: wahrhaftig, glaubhaft und ehrlich.« *Deutsche Welle*

Katy Munger
Beinarbeit – Ein Fall für Casey Jones
»Katy Munger hat das Kunststück zuwege gebracht, Trash auf höchstem Niveau zu schreiben. Urkomisch und höchst spannend.« *Beate Hinrichs, Deutsche Welle*

Meja Mwangi *Die Wilderer*
Wenn die Ranger auf ihren Fahrten durch die kenianische Savanne die Geier kreisen sehen, wissen sie: Die Wilderer haben wieder zugeschlagen.

Celil Oker
Schnee am Bosporus; Foul am Bosporus
»In Sachen Kriminalroman tut sich was in der Türkei. Istanbul als Hintergrund für Suchaktionen und Verfolgungsjagden ist für den Krimileser spannendes Neuland.« *SWR1*

Jerry Raine *Frankie Bosser kommt heim*
»Ein blendend geschriebener Krimi, der das Gewohnte von seiner hässlichen Seite zeigt. Nichts für schwache Nerven – für robustere ein Vergnügen!« *Zürich Express*

M.K. Wren *Medusa Pool*
Sheriff zu sein ist nicht einfach – schon gar nicht für eine schwarze Frau.
»Ein emotionaler, ein packender Roman.«
Booklist

Helen Zahavi
Donna und der Fettsack; Schmutziges Wochenende
»Zahavi gewinnt dem Machtkampf zwischen Mann und Frau bizarre Seiten ab.« *Stern*
»Wahnsinnig, komisch, mit wunderbaren Dialogen.« *The Sunday Times*